홍기훈 장편소설

가라앉는 마음

차례

기회

털어놓고 싶은 이야기가 잔뜩 있다. 다만 이런 형태로 풀어나가는 게 괜찮을지에 관해서는 확신이 없다. 나한테 이럴 자격이 있기는 한 걸까. 의문도 여전하다. 왜 이렇게 뜸을 들이냐고? 무슨 말을 하고 싶은 거냐고? 그렇다면 이어질 글의 종류에 대해 먼저 설명하는 게 순서 같다.

당신이 읽게 될 무언가는 소설이 아니다. 대신 내가 언론인 자격으로 어떤 사건을 조사하다 겪은 일을 담았다. 그렇기에 등장하는 모든 일화와 자료, 인물과 수치는 실재한다. 기억에만 의존하는 게 아니라 녹음을 기반으로 하니 진실이 손상될 일도 없다. 더군다나, 예나 지금이나 나는 기자다. 창작은 내 전문 분야가 아니라는 뜻이다.

이제 온통 물어올 것이다. 그런 인간이 지구를 한 바퀴씩 돌고 적은 글이 왜 기사로 나오지 못했냐며. 내가 곧장 답을 내놓지 못하면 서둘러 안 좋은 상상들을 하겠지. 외압, 회유, 검열 같은 것들. 정치권과 경제권 틈새에서 저널리즘을 겨냥해 일어나는 은밀한 뒷공작들. 제2의 베로니카 게린*. 미안하지만 내게 그런 안줏거리는 없다.

내가 초고를 제출했을 때 회사의 반응은 썩 좋지 않았다. 보도국 사람들은 그저 심드렁했다. 내가 구자라트 출신 국장에게 들은 말을 그대로 옮겨 보겠다.

"내가 생각을 좀 해봤는데 말야. 다 좋은데 러시아, 하필이면 왜 또 군대 이야기야? 생각해 봐. 내 고향에서 특집이랍시고 파키스탄 공군 조종사들이나 인터뷰하고 다니면 누가 좋아하겠어? 심지어 파워스랑 주제도 겹치잖아. 미안하지만 이번에는 다른 걸로 좀 가자."

경제제재는 물론이고 대리전을 치를 만큼 사이가 어긋난 나라의, 심지어 '군사적' 재난을 누가 궁금해하겠냐는 거였다. 어느 정도는 맞는 말이었다. 하지만 몇 주치 노력을 통으로 반려할 논리

---

* 아일랜드의 기자. 범죄 집단에 대한 취재를 이어가던 중 갱단에게 살해되었다.

적인 근거처럼 들리지는 않았다.

물론 거절이 무조건 나쁘기만 한 것은 아니었다. 신문사 이름을 달고 기사를 내지 못하게 되었다는 건 규정과 논조를 포함한 여러 가이드라인이 사라졌다는 의미이기도 하니까. 그래서 마음먹었다. 이렇게 된 김에 디테일과 사견을 넉넉히 더해보기로. 거창하게 포장했지만 뭐, 스무 시간 분량의 녹음 파일을 그냥 날리기 아까웠다는 뜻이다.

몇 달에 걸쳐 쓰다 말기를 반복하다 보니 이젠 작성자인 나조차 글의 정체를 알 수 없는 지경이 되었다. 인터뷰 기사 같기도, 또 어느 부분은 수필과 닮아 있기도 하고 종종 일기나 여행기처럼 보이기도 한다.

고로 이 글은 지나치게 상세하며, 또 개인적이다. 오직 나의 독단으로 쓰인 탓이다. 공신력은 제로에 가까운 데다, 문장이 일목요연하지 않은 건 물론, 출근길 지하철에서 대충 훑어볼 만큼 짧지도 않다. 여기에 담긴 내용을 어떤 방식으로 받아들일지는 오로지 읽는 이의 자유다. 또한 그 자유에는 당신이 여기서 멈춘 다음 내 블로그를 떠날 권리까지 포함되어 있다. 그러니 고맙다. 스크롤바를 계속 내려주겠다면 말이다.

어쩌다 보니 이름을 말할 타이밍도 놓쳤다. 나는 마야 카슨이고 시애틀을 기반으로 하는 주간지 '더페이퍼' 소속 기자다. 처음 들어봤다고? 그럴 만도 하다. 우리 신문은 북미 전역에서 발행되는 종합 주간지 중에서는 가장 젊다. 설립된 지 올해로 딱 스무 해째니 그 덜떨어진 뉴스맥스*보다도 어리다는 이야기다.

매스미디어의 인기가 예전 같지 않다는 것을 고려하면 발간 20주년이 가지는 의미는 꽤 크다. 뉴스위크나 타임 같은 미디어 공룡들 사이에서 신생 언론으로 그만큼을 버티는 게 쉬운 일은 아니지 않은가?

그런 상황이니 회사 입장에서는 2020년을 허투루 보낼 수 없을 터였다. 위에서 세운 계획은 이러했다. 특별호 느낌이 물씬 나는 새 표지 레이아웃, 역대 최고의 기사를 뽑는 온라인 투표, 그리고 창간 당시 일어난 사건들을 재조명하는 5부작 특집 섹션. 명분만큼은 차고 넘쳤지만 무엇 하나 참신하다 보긴 어려웠다. 총무팀과 특파원을 제외한 모든 직원에게는 그저 성가신 숙제가 생긴 셈이었다.

2000년이라. 뭐, 내게 남아 있는 기억이라고 한다면 첫사랑과 루트비어를 마시며 피닉스 선즈를 신나게 응원하던 정도가 전부이기는 했다. 나보다 윗세대라면 할 말이 더 많겠지만. 2000년은

---

* 1998년에 설립된 미국의 극우 언론사.

1999년의 지구 종말과 2001년의 자유 시대 종말 사이에 끼어 태풍의 눈처럼 보이던 해니까. 희망이나 새로운 세상처럼 긍정적인 단어를 끼워 넣기 좋은 시절이니까.

물론 사람들 사이에서 안온한 연도로 여겨진다고 해서 기자들도 같은 생각인 건 아니었다. 세상은 여전한데 기삿거리가 갑자기 줄어들 리가. 시끌벅적하기로는 2000년도 만만치 않았다.

취재진 중 최고령인 로저 파워스는 2000년 10월, 예멘에서 자살폭탄 테러를 당했던 구축함 승조원들을 만나러 앞장서 떠났다. 입사 동기 제프리 화이트는 러브 바이러스 제작자인 오넬 데 구즈만을 찾기 시작했고, 재작년에 퓰리처상 후보까지 올라간 안젤리나 라이하트는 엔스헤데 폭발 사고를 파헤치러 암스테르담행 항공권을 끊어왔다. 한여름에도 에비에이터 재킷에 라이딩 부츠 차림을 고수하는 그녀는 휴가라도 가는 듯 들뜬 눈치였다.

나? 나는 멀리 가기 싫었다. 노퍽에서 살 때도 해외는커녕 바이블벨트를 벗어나 본 일이 손에 꼽았다. 이 나라가 구대륙과는 대양을 사이에 두고 있기에 더더욱 그러했다. 도중에 무슨 문제가 생긴다면, 망망대해 한복판에서 외부의 도움이 필요한 상황이 온다면……. 발아래로 펼쳐질 푸른 바다를 피하게 된 건 이미 오래전 일이었다.

더군다나 굳이 외국으로 눈을 돌릴 필요도 없었다. 2000년 10월 11일 자정 무렵, 켄터키주 마틴 카운티에 있는 광산 댐에 구멍이 났다. 광산 댐은 석탄 채굴의 부산물인 슬러리를 저장하는 곳이었기 때문에, 어마어마한 양의 오염물질들이 근처 강으로 밀려들었다. 흔히 환경 재앙의 척도로 불리는 엑손 발데스의 원유 유출량이 1,100만 갤런인 데 반해, 이 사태로 유출된 슬러리는 그 30배가 넘는 3억 5,000만 갤런에 달했다. 환경단체에서 활동하는 지인 말로는 20년이 지난 지금도 인근 수돗물에서 음용 부적합 판정이 뜬다고 했다. 부시 행정부의 농간으로 조사가 중단된 이 사건은 바다를 건너지 않아도 되는 거리의 재난이었다.

내 몫의 기사는 그걸로 써야겠다고 마음을 굳힌 터였는데 오밤중에 전화가 울렸다. 아론 코왈스키. 동갑이지만, 객원으로 시작한 나와는 다르게 샌프란시스코에서 카피 에디터를 하다 대뜸 기자 딱지를 단 사람이었다. 그는 며칠 전 건강검진을 받으러 간 후로 출근하지 않았다. 제프리에게 얼핏 듣기로는 아예 휴직계를 냈다고 했다. 코왈스키의 부재조차 빈 의자를 통해 알아차렸다는 내 말을 믿는다면 우리가 개인적으로 연락할 사이가 아니라는 것도 쉽게 짐작할 수 있을 터. 그런데 상대의 용건은 한술 더 떴다.

그는 자신이 준비하던 기사를 대신 맡아달라고 이야기했다. 급하게 수술을 받아야 해서, 적어도 이번 분기 안에는 복귀하기 어렵다는 거였다. 고작 서른다섯 나이에 갑자기 무슨 수술이냐는 내 물음에는 함구했다. 이거, 신종 몰래카메라 같은 거야? 우리가 그럴 사이는 아니잖아. 진심으로 부탁할게. 작년에 모스크바 특파원 준비하면서 너도 비자 받아뒀다며. 엘 파로* 심층 취재도 네 작품이고. LA에 있을 때 썼던 기사를 말하는 모양이었다. 무슨 바람이 불어서 그것까지 찾아냈나 싶었다.

몇 마디 더 들어보니 그는 한참 전부터 사람들과 인터뷰 약속을 잡아둔 터였다. 숙소 예약은 당연하고 사전조사는 이미 지난주에 마쳤다고 했다. 슬러리 사건을 어떻게 다룰지 아직 손도 안 댄 나로서는 썩 나쁜 제안이 아니었다. 우리 일에서 가장 지루한 부분을 미리 해치워 줬다는 뜻이니까. 물론 장거리 비행이 싫다고 둘러댈 수도 있었다. 하지만 상대를 납득시키려면 개인적인 설명이 따라붙어야 할지도 몰랐다. 사이가 데면데면한 직장 동료에게까지 지난날을 나불거릴 생각은 없었기에, 결국 남은 것이라고는 소극적인 저항뿐이었다.

"그래. 알겠어, 알겠는데 난 이름도 겨우 들어본 사건이야. 아무

---

* 미국의 화물선인 엘 파로는 2015년 10월 1일, 허리케인 호아킨에 의해 바하마 근해에서 침몰했다.

것도 모르는 상태에서 질문이나 제대로 할 수 있을까? 모르겠어, 솔직히."

"자료라면 내가 웬만큼 찾아뒀어. 아직 인터뷰까지는 좀 남았고. 한번 쓱 읽어보면 돼."

어느 순간 이후로 나는 가지 않을 이유와 가야 할 이유를 동시에 저울질했다. 그때엔 무엇이 고민이었던가. 매몰차게 거절할 수도 있었다. 생경함과 무례함을 품은 부탁을 쳐내는 방법은 많고도 많았지만, 정작 입을 통해 튀어나온 문장은 그 반대였다.

꽤 긴 침묵 끝에 나온 긍정의 답을 듣자마자 코왈스키는 인사도 없이 전화를 끊었다. 몇 분 지나지 않아 이메일이 날아들었다. 취재 자료와 스케줄, 연락처. 처음부터 내가 수락할 걸 알고 준비해뒀나 싶었다. 기분이 영 찜찜했다.

첨부된 파일을 슬쩍 열어보니 그야말로 기가 찼다. 인터뷰는 두 명이 나흘 뒤, 그리고 한 명이 닷새 뒤로 잡혀 있었다. 시간이 좀 남아 있다더니? 이럴 줄 알았으면 거절하는 게 당연하잖아. 러시아를 무슨 밴쿠버쯤 되는 당일치기 거리로 생각하는 건가? 나는 여권을 찾아 집 전체를 한바탕 뒤엎었고 다음 날 오후에는 항공권을 구하기 위해 끼니도 거른 채 전화를 돌렸다. 퇴근 후에는 잠이 오지 않아 그저 멀뚱히 시간을 죽였다.

그렇게 원치 않는 아침이 찾아왔다. 나는 턱이 빠져라 하품을 하며 시택으로 가는 경전철에 올랐다.

심호흡을 하거나 이야기를 하거나

무르만스크라는 도시를 아는 사람이 얼마나 있을까? 가본 사람은? 알고 있다면 그중 대부분은 학교의 영향일 것이고, 직접 가본 사람은 아마 없으리라 믿는다. 나도 마찬가지다. 역사 시간에 꾸벅꾸벅 졸다 들었을 뿐이다. 2차 세계대전에서 연합군이 랜드리스 물자를 보내던 항구였다고. 그때까지만 해도 이렇게 될 줄 알았을까? 내가 처음 경험할 러시아가 유럽의 최북단, 그것도 북극권 안쪽이 되리라는 것을.

여정부터 예사롭지 않았다. 런던과 모스크바에서 각각 비행기를 갈아타야 했다. 환승 시간을 제하더라도 도합 열일곱 시간을 하늘에서 보내야 하는, 21세기 기준으로는 80일간의 세계 일주와 맞먹는 기나긴 비행이었다.

그 시작은 하나 남았다는 취소 표를 웃돈까지 내가며 받아온 버진애틀랜틱 항공이었다. 비행시간도 시간이었지만 옆자리의 노부부가 더 문제였다. 입이 도무지 쉬지를 않는 사람들이었으니까. 예순 살에 접어든 그들은 여행 겸, 딸을 보러 영국으로 가는 길이라고 했다. 무인 지대나 다름없는 워싱턴주 동부에서 자식을 어떻게 키웠는지에 관한 지루한 회상이 먼저였다. 사위가 세빌스에 다닌다는 것과 그들의 집이 켄싱턴에 있는 화장실 네 개짜리 아파트라는 자랑도 더해졌다. 그쯤 되니 두 사람의 육아관을 다루는 기사 정도는 쉽게 써낼 수 있겠구나 싶었다. 나는 무엇 하나 물어본 게 없었지만.

일방적으로 덮쳐온 대화는 강요에 가까운 팁과 함께 막을 내렸다. 혹시 사우스워크 갈 일 있으면 론 애니버서리는 꼭 들러요. 더 샤드 옆 블록에 있는 간이식당인데, 런던까지 와서 거기 패스티 정도는 당연히 먹고 가야지. 당신, 아가씨 그만 괴롭히고 눈 좀 붙여. 나는 템스강은커녕 공항 면세 구역 바깥으로 나갈 일조차 없을 거라고 대꾸하려다가 그만두었다. 앞줄에 앉은 커플이 속닥거리는 소리가 남은 비행 내내 귀를 파고들었다. 홀로 날아가는 사람은 오직 나뿐인 것만 같았다.

대서양 상공에 접어든 뒤에야 거우 눈을 감았다. 수면 안대와

노이즈캔슬링 헤드폰의 도움이 있어 다행이었다. 아홉 시간이 물리법칙을 거스르듯 늑진하게 흘렀다.

히스로에서 연결편으로 갈아타기까지는 세 시간 남짓 여유가 있었다. 나는 북적대는 터미널 구석에서 랩톱을 켰다. 코왈스키의 이메일에 첨부되어 있던 열 장 분량의 문서를 보기 위해서였다. 평소라면 받자마자 읽어봤겠지만 도통 마음이 가질 않아 줄곧 미뤄왔다. 열어보니 네 장의 사진과 각각 한 장씩의 단면도, 모식도, 그리고 관계자들의 목록이 포함되어 있었다.

그래, 기왕 이렇게 된 거 나도 솔직하게 이야기하겠다. 앞선 묘사로 얼추 짐작한 이들도 있겠지만 코왈스키는 내 타입의 인간이 아니다. 그는 지독한 원칙주의자인 데다 기계적이고 차가운 사람이다. 그리고 그런 성향은 단순히 주변에만 영향을 미치는 게 아니다. 시답잖은 농담 한마디 못 하는 사람이 갑자기 인간적인 냄새 폴폴 풍기는 글을 쓸 리가 없잖은가?

혹시라도 그가 AP나 로이터 같은 통신사에 다닌다면 그런 스타일이 장점일 수도 있다. 그쪽은 우리 업계에서 이른바 선두를 달리는 곳이니까. 속도와 정확성이 최우선 항목이었고, 정보 전달이 목적이니만큼 글은 간결할수록 좋다. 하지만 더페이퍼는 다르다.

우리는 한층 읽기 쉽고 친근한, 한마디로 내용의 경중과 상관없이 술술 읽히는 글을 원한다. 속보라도 되는 듯 육하원칙만 신경 썼다가는 결국 교열 담당자만 죽어 나갈 뿐이다. 나로서는 보도부장이 왜 저 사람을 데려왔는지가 아직도 미스터리다.

다만 코왈스키의 파일이 무척 정갈하다는 사실만은 인정해야 했다. 아이패드에 대충 끄적거리다 중요한 내용조차 빼먹곤 하는 나와는 180도 달랐다. 모든 게 철저한 시간순으로 정리된 건 물론이고, 당시의 신문 기사까지 일일이 스크랩 처리되어 있었다. 그건 단순한 사전조사라기보다는 지난날의 덜떨어진 알래스카 주지사도 단박에 이해시킬 전체관람가 보고서에 가까웠다. 나는 탑승 안내 방송이 들려오기 전까지 파일을 한 번 더 읽었다.

그렇게 무슨 일이 일어났는지 대강 알고 나니 이제는 걱정이 앞섰다. 자료가 가리키는 것은 안타깝지만 꽤 흔한 사고일 뿐이었다. 2000년의 어느 여름날, 러시아 해군 북방 함대 소속 핵잠수함인 K-141 쿠르스크*가 항구를 떠났다. 그리고 훈련 도중 갑작스레 통신이 끊겼다. 인근에 있던 함정들은 폭음과 진동을 감지했지만 대수롭지 않게 여겼다. 해군본부가 사고를 인지한 건 거의 열

---

* 러시아의 프로젝트 949A '안테이'급 순항미사일 핵잠수함. 1994년 5월 16일에 진수되어 2000년 8월 12일에 침몰했다. 전장 154미터, 수상 배수량 약 1만 4,700톤, 수중 배수량 약 2만 4,000톤.

두 시간이 흐른 뒤. 처참한 몰골로 가라앉은 잠수함에서 생존자를 구출하려던 시도는 전부 수포로 돌아갔다.

2년 뒤 등장한 사고 공식 보고서에 의하면 쿠르스크의 침몰 원인은 심플했다. 잠수함은 통신 두절 당시 대수상함 공격 훈련을 하고 있었다. 문제가 된 건 거기에 사용된 어뢰였다. 잠수함에 실린 무게 4.5톤짜리 중어뢰에는 심각한 결함이 있었다. 내부 추진 계통의 용접이 잘못되었고, 그 틈새에서 연료가 새어 나와 폭발했다는 것이다.

내가 군사 분야에 대해 뭘 알겠냐마는, 그게 황당무계한 설명처럼 들리지는 않았다. 무기라는 게 늘 그렇듯 어뢰도 어디 가서 터지는 게 목적인 물건이었다. 당연히 절반은 폭약, 나머지 절반은 연료로 이루어져 있겠지. 그러니 언제 어디서든 폭발할 가능성이 있는 것 아닐까? 잠수함 안에서 그런 일이 벌어졌다면 침몰하는 것도 당연할 테고. 비슷한 사고가 지금도 세상 어딘가에서 일어나고 있을 터였다. 문제라면 그런 평이한 일을 기사화할 때 어디에 초점을 맞춰야 하냐는 거였다. 모스크바에서 깐깐한 입국심사를 받으면서도, 무르만스크행 항공편에 타면서도 답을 내지 못했다.

처음 듣는, 보는, 그리고 타는 메이드 인 러시아 여객기는 서방

승객의 기분 따위는 신경 쓰지 않았다. 재빨리 모스크바를 벗어난 기체가 광대한 습지 위를 가로질렀다. 내 머릿속을 제외한 모든 게 평화로워 보였다. 두 시간 반이 지나 바퀴가 다시 활주로에 닿았고, 탑승객 모두 무사히 땅을 밟을 수 있었다.

짐을 찾고 시계를 보니 저녁 여덟 시 반이었다. 여행 내내 거추장스럽게만 느껴지던 양모 코트는 밖으로 나가자마자 존재감을 톡톡히 발휘했다. 이 도시가 북극권 너머에 있다는 사실이 서서히 실감 나기 시작했다.

기온이 화씨 30도에도 못 미치는 날씨건만 공항 앞 버스 정류장은 북적북적했다. 그 틈에서 손을 불어가며 시간표를 확인하기에는 몸이 너무 피곤했다. 대신 나는 주차장을 어슬렁거리던 몇 명과 지루한 흥정을 시작했다. 3,000 루블로 시작한 요금이 어떤 대머리 택시 기사와의 합의로 1,000 루블까지 내려갔다. 그는 나름 번듯한 군청색 프리우스 앞으로 나를 데려갔다. 앞 유리는 보는 사람 마음이 심란할 정도로 금이 가 있었고 담배 냄새가 잔뜩 났지만 적어도 히터 바람은 따뜻했다.

나에게는 교양 수업과 PBS 다큐로 심어진 편견이 있었다. 아마 이 글을 읽는 사람 대부분도 동의할 만한 종류의 것이었다. 러시아, 흐린 날씨와 살풍경한 자연. 그 기온처럼 차가운 분위기의 콘

크리트 건물들. 딱딱하고 음울한 공산주의 도시. 그리고 택시에 탄 지 5분 만에 깨달았다. 무르만스크는 그 모든 편견이 사실로 굳어지는 곳이었다.

공항에서 시내로 들어가는 길에는 가로등이 하나도 없었다. 헤드라이트 앞에 녹슨 철조망, 그리고 문자 그대로 '말라비틀어진' 라다 지굴리와 총천연색 맥도날드 광고판이 차례대로 드러났다. 스마트폰 내비게이션이 없었더라면 납치를 의심할 만큼 외진 길이 공항과 시내를 연결하는 주도로였다.

운전 내내 통화에만 열중하던 기사는 호텔 앞에 도착하자마자 태도가 돌변했다. 500루블을 더 얹어주기 전까지는 짐이 실린 트렁크를 안 열어주겠다는 거였다. 그래 봐야 몇 달러 수준이니 그냥 넘어갈까 했지만, 상대의 뻔뻔한 표정을 보니 물러서고 싶지 않았다.

실랑이는 달려 나온 호텔 직원이 경찰을 부르겠다고 으름장을 놓은 뒤에야 겨우 끝났다. 그녀는 사설 택시는 항상 저 꼴이라며, 다음부터는 꼭 얀덱스 앱을 써서 택시를 부르라고 충고했다.

나는 방에 들어서자마자 침대 위로 몸을 던졌다. 서글서글한 리셉션 직원 말에 따르면 이곳, 그러니까 아지무트호텔 무르만스크는 북극권 안에서 가장 높은 건물이었다. 부탁한 적도 없는데 감사하게 꼭대기 방을 내준 터라 도시 전체가 잘 내려다보였다. 칙칙한 야경이었지만 삐죽삐죽 솟은 크레인 덕분인지 일단 항구는 화려했다. 그래, 일사라면 샌디에이고 느낌이 난다며 오히려 좋아했을지도. 그녀 특유의 긍정적인 감정을 안주 삼아 샴페인이라도 같이 한 병 비운 뒤였다면 꽤 로맨틱했을지도 모르겠구나 싶었다.

당장이라도 눈을 감고 싶었지만 할 일이 남아 있었다. 인터뷰 상대에게 메시지를 보내야 했다. 답을 기다리는 동안은 카메라와 녹음기의 상태를 확인하고 호텔의 끔찍한 와이파이 속도에 좌절하며 보고서에 딸린 기사 몇 편을 읽었다. 약속 시간을 조율한 다음 화장까지 말끔히 지웠더니 이젠 잠이 달아난 뒤였다. 결국 미니바에 들어 있던 감자칩을 깨작거리며 TV에 시선을 고정했다. 마지막으로 기억나는 장면은 어딘지 모를 바다를 항해하는 쇄빙선, 시간은 새벽 한 시였다. 이불이 생각보다 얇아서 동틀 무렵엔 좀 추웠다.

이고르 야코블레비치 투르게네프, 54세

어김없는 아침이었다. 나는 잡다한 물건들이 가득 든 가방을 메고 북극권을 거닐고 있었다. 시애틀을 떠올리자면 완연한 낮이어야 했지만 거리는 캄캄했다. 그리고 그건 단순히 우중충한 하늘 탓이 아니었다. 태양고도가 어찌나 낮은지 사방이 알전구 하나 달랑 켜놓은 차고 같았으니까. 이런 기세라면 정오가 되어도 선글라스며 선크림은 사치겠구나 싶었다.

물론 분위기라는 게 오직 날씨의 손에 달린 건 아니었다. 아마해가 정수리 높이 떠 있으며 하늘이 무작정 맑아도 별로 달라지는 건 없었을 것이다. 호텔에서 멀어질수록 내가 어디에 와 있는지가 더 잘 드러났다. 활기차게 살아 움직인다기보다는 불완전하게 박제된 듯한 도시. 그러니까 거리가 온통 냉전 시기의 모습 그대로,

질서와 억압이 기본 설정값이던 시절에 멈춘 것처럼 느껴졌다는 이야기다.

왜 그렇게까지 이야기하냐고? 내가 민주주의를 20억 달러짜리 스텔스 폭격기에 실어 배달할 정도로 자유 타령에 목숨을 거는 국가에서 와서? 그럴 리가. 굳이 이곳저곳 돌아볼 필요도 없을 듯했다. 내가 묵은 호텔만 해도 당시의 징후가 한가득이었다. 근처 건물과의 조화는 깡그리 무시한 높이. 설계 단계부터 심미성 대신 위압감에 초점을 맞췄을 회색 벽체. 너무 작은 데다 꼭대기에 붙어 있어 시간을 알린다는 목적을 상실한 시계. 과거 공산당사로 쓰였다고 해도 별 무리 없이 믿을 수 있을 정도였다.

갈림길에 접어들자마자 칼바람이 불기 시작했다. 출근 시간이 지나서인지는 몰라도 거리에는 인기척이 없었다. 털이 지저분하게 엉킨 노견 한 마리가 횡단보도 건너편에서 나를 빤히 쳐다보았다. 개는 자신과 비슷한 상태의 입간판에 몸을 의지한 채였다. 막상 길을 건너보니 입간판은 상품 광고를 위한 게 아니었다. 세일러복 차림의 남자 사진 옆에 키릴 문자가 쓰여 있었다. 고라드-기로이. 무르만스크가 '영웅 도시*'임을 알리는 내용이었다.

---

* 독소전쟁 당시 나치의 침공에 영웅적으로 저항한 도시들에 수여된 칭호이다. 1988년까지 레닌그라드(현 상트페테르부르크), 세바스토폴, 모스크바, 오데사 등 소비에트 연방의 12개 도시가 받았다.

친한 척 몸을 비비던 노견은 내가 어떤 동정도 표하지 않자 미적거리며 걷기 시작했다. 눈에 익은 노란색 로고가 멀지 않은 곳에서 번쩍였다. 전날 그 존재를 알게 된 맥도날드. 도시와 유리된 분위기의 매장은 인근 건물 중 가장 현대적이고 깨끗했다. 인도의 쓰레기 무더기에서 햄버거 포장지를 끄집어내 몇 차례 핥던 녀석이 어느새 골목으로 사라졌다.

얀덱스 지도에 의하면 나는 먼저 스탈린카* 투성이의 프라스펙트 레니나, 그러니까 레닌 대로를 반 마일가량 이동해야 했다. 그런 다음 니포비치 거리 방향으로 좌회전해 조금 더 걸으면 약속 장소였다. 아마 예수 다음으로 유명할 인명이 길에 붙은 것으로 짐작하건대 여기가 도시의 중심부일 게 분명했다. 러시아인들에게는 워싱턴 대로와 비슷한 느낌이 아닐까. 신호가 변하자 녹투성이 트롤리버스가 삐그덕거리며 앞을 지나쳤다.

그 때문인지는 몰라도 근처 건물 외벽에 커다란 휘장과 네 개의 훈장이 걸려 있었다. 마침 옆을 지나치던 노파에게 물어보니 시에 수여된 상이라고 했다. 그녀의 설명에 의하면 무르만스크는 러시아연방의 영웅 도시이자 레닌 훈장, 조국 전쟁 훈장, 노동 적기 훈장을 전부 받은 곳이었다. 스카프를 고쳐 맨 노파는 무르만스크보

---

* 스탈린 재임 기간에 소련 전역에 지어진 아파트를 의미한다. 주로 고위층이 살았으며 '스탈린 제국 스타일'이 특징이다.

다 상을 많이 받은 도시가 전 러시아에서 오직 레닌그라드뿐이라는 사실을 자랑스레 떠들어댔다. 너저분하게 떨어져 나간 회반죽에 비해 훈장은 새것 같았다.

나는 계속 걸었다. 아스팔트를 대충 바른 인도가 울퉁불퉁했다. 가는 곳마다 방치된 티가 났다. 물론 슬쩍 기울어진 가로등과 어지러운 전깃줄 사이에도 나름의 규칙이 있기는 했다. 예를 들어 인접한 건물들은 대부분 같은 스타일의 장식을 공유했다. 한 블록은 아파트들이 온통 크림색이었는데 다음 블록은 청록색, 또 그 옆은 오렌지색이었다. 분명 이유가 있는 듯했지만 이번에는 마땅히 물어볼 사람을 찾을 수 없었다. 약속 시간이 점점 다가왔기에 일단은 이동에 집중하기로 했다.

다만 모든 게 낯설던 와중에도 이 도시가 어떤 것들을 중요하게 생각하는지 정도는 충분히 알 만했다. 그야, 15분간의 도보 여행에서 마주친 국가 기념물이 무려 다섯 개를 훌쩍 넘었으니까.

시작은 휘장 맞은편의 영웅 도시 오벨리스크였다. 그다음에는 청동제 레닌 입상立像. 그래, 도로 이름이 이름이니만큼 그건 별로 신기할 게 못 되었다. 그런데 걷다 보니 순직 헌병을 위한 기념비, 순직 경찰관을 위한 기념비, 펠릭스 제르진스키*의 기념 명판과 북극 국경 수비대 기념비가 줄줄이 나타났다. 심지어 레닌은 흉

---

* 공산주의 혁명가이자 반대 세력 탄압으로 악명 높은 정보기관 '체카'의 설립자.

상 형태로 지방법원 건물 외벽에 하나 더 붙어 있기까지 했다. 일부러 찾아다닌 것도 아닌데. 그 정도라면 시애틀의 스타벅스 매장수와 맞먹는 기념비 밀도인 셈이었다.

나는 지도의 안내에 따라 통신사 대리점 앞 사거리에서 왼쪽으로 꺾었다. 약속 장소는 그곳에서 한 블록 떨어진 호텔 카페였다. 2차선 도로를 건너기만 하면 도착이었는데 그 규모에 비해 통행량이 많았다. 신호등이 없어 눈치를 보던 끝에 은색 SUV를 몰던 남자가 차를 멈춰 줬다.

이 도시의 개인 이동 수단에 대해서라면 할 말이 좀 있다. 나한테도 출퇴근 전용인 구형 포드 피에스타가 있고, 그렇기에 어느 정도는 이해한다. 대부분의 사람들은 낡은 차에 큰돈을 들이고 싶지 않아 한다는 것을. 범퍼에 난 흠집 정도는 무시하고 다니거나 세차를 몇 달 까먹을 수도 있다. 하지만 여기 자동차들은 그런 수준이 아니었다. 뿜어져 나오는 매연 상태를 보고 있자니 정기 검사를 받아본 적은 있는 걸까 의심스러운 차들이 태반이었다. 심지어 아예 가내공업으로 수리를 마친 듯 범퍼가 비뚜름하며 휠아치에 테이프를 덕지덕지 바른 경우가 다섯 대 중 한 대꼴이었다. 이런 것도 문화의 한 부분으로 여겨야 하나? 그러면서도 잊을 만하면 반짝반짝한 신형 독일 차가 굴러다닌다는 게 아이러니했다.

카페는 호텔 로비 바로 옆에 붙어 있었다. 예상보다 규모가 작았고, 뭔가 마시는 사람보다는 먹는 사람이 많은 것을 보니 간이 식당 비슷한 느낌이 났다. 문득 배에서 소리가 났지만 이미 약속 시간이 코앞이었다. 명색이 기자인데 팬케이크를 쩝쩝거리며 인터뷰이를 만날 수는 없지. 나는 창가 자리에 앉아 블랙커피만 한 잔 주문했다. 카메라와 녹음기, 아이패드를 꺼내 테이블 위에 늘어놓았다. 얼마 지나지 않아 세단 한 대가 주차장으로 미끄러지듯 들어왔다. 새카만 메르세데스였다.

***

이고르 야코블레비치. 그는 러시아연방 해군의 현직 카운터 제독[*]이었다. 그 사실을 온몸으로 증명하려는 듯 새카만 정복 차림으로 나타났다. 가슴팍에 주렁주렁 매달린, 킬로그램 분량의 훈장은 덤. 키가 6피트는 족히 되어 보이는 데다가 세월을 잘 비켜 맞은 얼굴이라 그런지 옆 테이블의 중년 커플이 자꾸 그를 흘끔거렸다. 남자는 라프 커피[**] 두 잔을 연달아 주문하고는 먼저 나온 한 잔을

---

[*] 준장에 대응하는 일부 국가의 해군 계급.

[**] 구 공산권에서 인기가 많은 커피의 한 종류. 에스프레소에 바닐라 설탕과 크림을 넣고 거품을 내 만든다.

단백질셰이크처럼 꿀꺽거렸다.

"며칠 전에 세베로모르스크*로 이사를 했거든. 짐을 옮기다가 새로 들어온 공관병이 이태리제 커피머신을 떨어트렸소. 수리하는 데 한 달도 더 걸린다고 하더군. 대신이랍시고 타다 주는 인스턴트 커피는 아예 삶은 양말이랑 엇비슷한 맛이 나고. 단골 카페마저 한동안 문을 안 연다기에 어쩔 수 없이 여기서 보자고 한 거요. 별 기대 안 하고 있었는데 생각만큼 나쁘진 않네. 이거, 한 번이라도 마셔 보셨소? 아, 너무 달다고? 그럼 어쩔 수 없지만."

그는 크림으로 하얗게 변한 윗입술을 대충 닦아 내렸다. 그러더니 가슴 주머니에서 담배를 꺼내 불을 붙이려 했다. 눈치를 채고 달려온 직원은 호텔 전체가 금연 구역이라고 상대를 뜯어말렸다. 담뱃갑을 흘끔 보니 푸른 배경에 노란 지도가 선명했다. 민스크 출신 고학생 덕에 나도 연기 정도는 맡아본 벨로모르**였다.

"생각해 보면 전부터 이사를 자주 다녔소. 뭐, 대단한 이유랄 건 없지. 군인이라는 직업이 원래 그런 거 아니겠소? 밖에 있는 시간이 너무 많아서 그런지 집도 집 같지 않고. 집무실 간이침대에 누워 있을 때가 차라리 편하지. 30년째 이러는 중인데 와이프가 도

---

* 무르만스크에서 북쪽으로 25킬로미터가량 떨어진 곳에 자리한 폐쇄 도시(ЗАТО)이다. 러시아 북방 함대의 본부가 위치한다.

** 정식 명칭은 벨로모르카날. 백해-발트해 운하에서 이름을 딴 러시아의 저가 담배이다.

망 안 간 게 천만다행인 거요.

옮겨 다닌 도시만 해도 체레포베츠, 페테르부르크, 크론시타트, 발티스크, 자오조르스크, 비디야예보…… 아, 폴랴르니도 있네. 해군 학교에 들어가기 전까지는 쭉 체레포베츠에 살았소. 당신이 우리말을 꽤 하니 물어보는 건데, 혹시 들어본 적 있소? 리빈스크 저수지 북변에, 공장이 잔뜩 있는…… 그럼 볼가-발트 운하는 아시오? 잘됐네. 그 초입 부근이오."

이고르 야코블레비치는 무언가 떠올랐다는 듯이 집게손가락으로 담뱃갑을 톡톡 두드렸다. 마분지의 성긴 이음매 사이에서 담뱃잎 가루가 우수수 떨어져 테이블 위에 혼란을 더했다.

"하하, 그 운하 덕을 좀 봤지. 라디오에서 우리 지도자가 비엔나에 갔다는 뉴스를 떠들어대던 기억이 나니 78년…… 아니다, 79년쯤 되었을 거요. 머리가 좀 커진 뒤에야 거기서 무슨 무기 제한 협정이 맺어졌다는 걸 알았고.

그런데 모르긴 몰라도 그런 건 다 시늉일 뿐이었을 거야. 내 눈에는 공장들이 여전히 바빠 보였거든. 전에 니키타가 했다는 말을 기억하시오? 아마 쿠바에서 당신들이랑 한 판 붙기 직전이었을 텐데. '우린 미사일을 소시지처럼 뽑아내고 있다'고 그랬잖소. 그런데 미사일뿐 아니라 잠수함도 줄줄이 뽑아냈다면 믿겠소?

그게 무슨 비밀도 아녔어. 방금 말한 리빈스크 저수지가 볼가강에 붙어 있는데, 거길 쭉 따라 내려가다 보면 고리키가 있거든. 지금은 니즈니 어쩌고라고 이름이 바뀌었을 텐데, 어쨌든. 거기 큰 조선소가 있소. 뚝딱거리며 잠수함을 찍어내면 우리 도시 앞 운하를 거쳐 발트해, 백해까지 보내는 거요. 고리키가 폐쇄도시인 데다 바지선에 실어 옮기기는 했지만 그게 잠수함이라는 사실은 알음알음으로 퍼져 있었지. 화물이 방수천으로 가려진 배가 나타났다 하면 그 틈새로 뭐라도 보일까 싶어 달려 나가서는. 흠, 내가 유난했던 게 아니라 내 또래라면 전부 엇비슷한 상태였소. 바다가 모스크바보다 멀리 있는 도시였는데도 해군에 들어가겠다는 애들이 그렇게나 많았다니까.

뭐, 그렇게 잠수함에 타게 된 거요. 그 시절 이미 구닥다리 취급이던 젤레스카*로 시작해서 바시마크**, 부카시카*** 까지. 알카쉬****,

---

* 쇠붙이라는 뜻. 1957년부터 75척이 건조된 프로젝트 641형 디젤-전기 잠수함의 별명이기도 하다. 프로젝트 641에는 후속 잠수함들과 달리 외부 선체에 소음 저감용 고무 코팅이 없었기 때문에 그런 별명이 붙었다.

** 구두를 의미하는 명사이자 소련의 핵추진 순항미사일 잠수함인 프로젝트 670의 별명이다. 대함미사일이 탑재된 선수부가 구두의 볼록한 앞코와 유사해 붙여졌다.

*** 본래 작은 갑충류를 뜻하며, 소련의 프로젝트 667Б무레나 핵추진 탄도미사일 잠수함의 별명이기도 했는데, 이는 잠수함의 탄도미사일 탑재 구획이 마치 딱정벌레의 등처럼 솟아 있기 때문이었다.

**** 알코올중독자를 향한 러시아의 구어적 멸칭. 1995년 미국 방문 당시 술에 취한 옐친이 속옷 차림으로 거리를 뛰어다닌 뒤 본격적으로 사용되기 시작했다.

그 머저리가 가이다르 말에 혹해 온 나라를 찜 쪄 먹기 전에는 항해도 자주 나갔고. 자본주의인지 뭔지 하는 정신 나간 짓거리 때문에 함대가 완전히 햇볕 아래 돼지 오줌통처럼 쪼그라들었소. 내가 유도무기 담당관으로 K-457에 간 게 딱 그쯤이었는데, 하릴없이 부두에서 시간만 흘려보냈지. 얼마나 쉬는 날이 많았으면 바다로 나가는 게 되레 휴가 같았다니까. 월급만으로는 먹고살 수 없던 시절이라 지인들과 사업이나 벌이던 차에 북방함대 참모장 부관 자리가 얻어걸렸소. 운이 좋았지. 그게 아마 98년쯤일 거요. 사고는 몇 년 있다가 났고."

마지막 남은 커피 한 모금을 삼킨 그가 길게 한숨을 내쉬었다. 내 잔은 진작부터 비어 있었다. 고개를 끄덕거리며 내내 맞장구를 치다 보니 속이 쓰렸다. 차라리 라테나 연한 러시안티를 주문할 걸 그랬나 싶어 후회가 밀려왔다.

"자, 어떻소? 나도 누구한테 경력으로 밀리지 않을 만큼은 되고, 계급장을 보면 알겠지만 이 나이에 오를 수 있는 곳까지 올랐소. 자랑하려는 게 아니라 내가 잠수함 부대 사령관으로 있는 북방 함대 소속 핵잠수함만 스무 척이 넘어. 그런 사고가 일어나선 안 된다는 걸, 상식적으로는 일어날 수도 없다는 걸 누구보다 잘 알지. 우린 지금 핵미사일을 잔뜩 싣고 핵연료로 움직이는 첨단 무기 이야기를 하고 있는 거요. 그러니 한번 생각해 보시오. 당신이 똥오줌 못 가리는 옥탸브랴타* 꼬맹이라도 그런 물건을 공들여 다뤄야 한다는 것 정도는 알지 않겠소? 내부적 문제가 아니라는 건 말할 가치도 없소.

아니, 아니. 이러고 있을 게 아니라 일단 뭐 하나만 물어보지. 당신, 혹시 우리 잠수함을 직접 본 적은 있소? 한 번이라도? 내가 장담하는데, 그런 걸 눈앞에서 마주하게 되면 다른 생각을 가질 수가 없소. 당신들 영화, 터미네이터였나 에일리언이었나, 거기에 이런 내용이 있었을 텐데. 그 괴물이 살인을 위한 완벽한 기계라고. 잠수함도 똑같소. 깊은 물 속에 숨어 상대를 노리는 거대하고도 완벽한 대량 살상 기계인 거요. 불침함이자 해군의 성배나 다름없는 그런 물건이 어느 날 대뜸 가라앉은 거고. 수백 년간 잘 서 있던 바실리 대성당이 비바람 좀 불었다는 이유만으로 무너졌다면 당신은 납득할 수 있겠소?"

여기서 이고르 야코블레비치는 잠시 말을 멈췄다. 제독은 메뉴판을 훑어보더니 종업원을 불렀다. 대뜸 보르시를 주문하고는 내게도 한 접시를 권해왔다. 잠깐 기억을 되짚어 보니 요 며칠간 따뜻한 끼니를 먹은 적이 없긴 했다. 그래, 정확하게는 코왈스키와

---

* 9세 이하 어린이를 위한 소련의 공산주의 단체.

말을 섞은 뒤부터였지. 식사와 함께 진행하는 인터뷰는 처음이지만 뭐 어떠랴 싶었다. 빈속에 커피만 밀어 넣는 것보단 좋은 일이었다.

"이미 알고 왔겠지만 나도 쿠르스크 침몰 사고 조사위원회에 있었소. 벌써 20년이나 지났는데 작년 일처럼 생생해. 나야 참모장이 위원회에 소속되어 있었으니 자동으로 끌려갔지. 과학 아카데미에서 나왔다며 땍땍거리는 학자 나부랭이 몇 명만 빼면 내 계급이 가장 낮았을 거요. 해군 장성 한 무더기에 루빈 해양 설계국 대표랑 중앙 군사 검찰총장도 있었고, 그 모두를 연방정부 부총리인 알렉세이 클레바노프가 이끌었소. 일생을 엔지니어로 공장에서만 보낸 인간이었는데, 그런 걸 뭐라고 하더라? 아, 그렇지. 테크노크라트. 그것도 순도 100퍼센트짜리 테크노크라트였지. 뭐, 마냥 끔찍한 인간은 아녔소. 위원회에서 결론을 내린 게 2002년 여름이었고, 그 전에 모가지가 날아가긴 했지만.

왜 잘렸는지가 궁금하시오? 뭐, 어쩔 수 없는 일이었지. 아마 대통령 입장에서도 그 인간이 제발 입 좀 닥쳐줬으면 싶었을 거요. 말이 너무 많았어. 군함이라고는 타본 적도 없으면서 어느 날에는 암초랑 충돌했을 거라고, 또 하루는 대조국 전쟁 시절 뿌려진 기뢰랑 부딪힌 게 분명하다면서 기자들한테 나불대고 다녔으니까.

위원회가 내린 결론이 부총리 주장이랑 한참 멀다는 것도 문제였소. 당신도 보고서를 봤겠지만, 쿠르스크의 공식적인 침몰 원인은 알마티에서 어뢰를 조립할 때 산화제 탱크 용접을 허술하게 한 탓이오. 충분히 가능성 있는 이론이지. 탱크에 들어 있던 게 그냥 기름도 아니고 과산화수소였으니까 조금이라도 새어 나오면, 꽝! 그런데 끝난 지 반세기도 더 지난 전쟁 이야기나 들먹거리던 작자한테 그런 결론을 읊게 하면 위원회의 신뢰도만 끝장날 게 아니겠소."

그는 스마트폰을 뒤적거리더니 내게 사진 한 장을 보여줬다. 오래된 파일인지 해상도는 낮고 노이즈가 많았다. 젊은 날의 이고르 야코블레비치가 프레임 가장자리에 엉거주춤 선 채 왼쪽으로 고개를 돌리고 있었다. 그의 시선이 향하는 곳에 여러 장성들의 모습이, 그리고 유일하게 양복 차림인 데다 앞머리가 반쯤 벗겨진 남자가 보였다. 낯익은 얼굴. 당시의, 그리고 지금의 러시아 대통령이 분명했다.

"다만 문제는 이거요. 우리 국민들이, 아니면 당신 같은 외부인 입장에서라도 위원회 조사 결과를 100퍼센트 신뢰할 수 있냐는 거지. 가라앉은 쿠르스크를 인양한 게 2001년 후반이오. 바꿔 말하자면 그 1만 톤 쇳덩이를 끄집어내는 데만 1년도 넘게 걸렸다는 거야. 게다가 온전한 상태도 아니었소. 잠수함이 함수에서 일어난 큰 폭발 때문에 가라앉았다는 사실은 당신도 잘 알 거요. 거긴 어뢰실이, 한마디로 탄약고가 있는 곳이지. 남아 있던 어뢰 두어 발이 인양 도중 터지기라도 하면 어떻겠소? 그래서 전문가들은 선체 앞부분을 잘라 해저에 그냥 놔두자고 했지. 조사위원회 입장에선 안타까운 소식이지만 어쩔 수 없는 일이오. 사고 뒷정리를 한답시고 일을 더 키우다 이 나라에 과부 몇 명 더 늘리는 일은 없어야 하니까. 그나저나 여기, 음식도 꽤 하네. 그렇지 않소?"

나는 어렴풋하게 웃으며 고개를 끄덕였다. 사워크림이 조금 부족한 듯싶었지만 직원의 표정이 살벌했기에 잠자코 먹기로 했다.

"자, 그럼 정리해 보겠소. 깊은 소금물에 잠긴 쇳덩이를 한참 뒤에야 겨우 꺼냈는데, 사건의 핵심이 되어줄 부분은 또 없다는 거야. 그런 걸 가지고 이루어진 조사의 정확성이 높아 봐야 얼마나 높겠어. 당신이 판사라고 한번 상상해 보시오. 살인사건이 일어났는데, 현장 위를 사람들이 매일같이 지나다닌 건 물론 비가 내리고 눈이 쌓인 채 몇 달이나 흐른 다음에야 감식이 이루어졌다면 어떻소? 살인에 쓰인 증거물도 회수하지 못한 상태라면? 그런 상황에서 피고인을 데려온 검사의 말을 신뢰할 수 있겠소?"

나는 그에게 되물었다. 그렇다면 어떤 가능성에 무게를 싣고 싶은지. 세상에 어떤 말을 남기고 싶은지.

"이것만 확실히 짚고 넘어가겠소. 이 사건은 이미 십수 년도 더 전에 종결되었소. 국장까지 찍힌 공식 입장문도 진작 발표되었고. 그러니까, 나는 그냥 이야기를 해주려는 것뿐이오. 조국의 판단을 부정하거나 허무맹랑한 시나리오를 늘어놓으려는 게 아니니 오해는 말고. 오로지 위원회가, 내가 직접 검토했던 것들만 알려주겠소. 듣다 보면 모든 가능성이 그리 허무맹랑하지는 않다는 걸 알게 될 거요."

그 시점에서 제독은 잠시 자리를 떴다. 나는 녹음이 잘 되고 있는지 확인한 다음 직원에게 빈 접시를 치워달라고 부탁했다. 정확히 5분 뒤에 다시 돌아온 이고르 야코블레비치에게서는 담배 냄새가 독하게 났다.

"자, 뭐가 됐든 사건이 발생하면 항상 루머가 돌지. 그땐 지금처럼 LTE 네트워크니 프콘탁테*니 하는 게 없던 시절이니까 더더욱 입소문이 판치기 좋았고. 심지어 이런 이야기까지 들었소. 쿠르스크가 미국 잠수함이 발사한 어뢰에 맞아 격침되었다는 거야. 더 웃기는 건 그게 어디 구석진 체부레치나야**에서 코 비뚤어진 술꾼들이 지어낸 게 아니라, 우리 내부에서부터 흘러나온 말이라는 거

---

* VK라고도 불리며 동구권 국가에서 높은 점유율을 보이는 SNS 서비스.

** 러시아식 튀김만두인 체부레키를 비롯해 간단한 음식과 술을 파는 간이식당의 일종.

요. 잠수함이랑 돌고래는 구분할 수 있을지 의심스러운, 알츠하이머일 게 분명한 예비역 장교들이 기자 놈들 마이크를 뺏어 떠벌대곤 했지.

다른 건 몰라도 그것만큼은 가재가 산에서 휘파람 부는 소리요. 냉전 이후에도 당신네랑 우리 사이가 썩 좋지는 않았지만, 남에 나라 훈련 구역까지 기어들어 온 걸로도 모자라 뒤통수에 어뢰를 쏴 재낄 만큼은 아니잖소? 심지어 페리메트르*가 여전히 작동하는 나라를 상대로 말이야.

그리고 여기에서 당신이 주목해야 할 건 바로 이 지점이지. 몰래 어뢰는 안 쏴도, 훈련을 엿보는 정도는 할 수 있다는 거요. 만약 그러다가 서로 충돌했다면? 다른 탈것과 다르게 잠수함에서는 사실상 밖을 '볼 수' 없소. 잠망경? 그건 수면 위를 관찰하는 용도고, 음향탐지기는 생각만큼 정확하지 않지. 배경소음**이 심하면 코앞에 뭐가 있는지조차 모르는 경우도 생긴다는 거요. 80년대 중반이었나, 동해에서 당신들 합동훈련을 지켜보던 우리 잠수함에도 딱 그런 일이 생겼소. 눈뜬장님처럼 허둥거리다가 그만 미국 항공모함을 들이받았지. 콜라반도 앞바다에서 잠수함끼리 충돌한

---

* '데드 핸드'라고도 부르는 소련의 자동 핵무기 제어시스템. 적성국의 선제공격을 받아 지휘부가 전멸하더라도 핵 보복을 달성하기 위해 설계되었다.

** 파도, 해류, 생물체 등에서 생겨나는 바다 고유의 소음을 의미한다.

일도 몇 번이나 있었고. 이번에도 그랬을 가능성이 충분히 있지 않겠소?"

"혹시, 항공모함이랑 부딪혔다는 그 잠수함도 쿠르스크처럼……?"

"에이. 외부 선체가 좀 손상된 정도였소. 내 기억이 정확하다면 뱃머리가 찌그러지고, 스태빌라이저랑 프로펠러가 휘는 정도? 뭐, 수리비야 왕창 깨졌겠지만 결과적으로는 별일 없었소. 우리쪽 배에 붙들린 채 얌전히 차즈마*로 끌려갔지."

"그럼 쿠르스크는……."

"왜 침몰까지 했냐고? 뭐, 굳이 따져보자면 순전히 우연 때문이라고 봐야겠지. 이런 비유밖에 못 해 미안하지만, 누군가 토카레프로 당신을 쐈다고 상상해 보시오. 팔이나 다리에 총알이 박혔다면 아마 99퍼센트 살 수 있을 거요. 물론 병원이 가깝다는 전제하에. 그런데 머리에 맞았다면 응급실이고 나발이고 그 자리에서 즉사하지 않겠소? 기계도 마찬가지지. 사람에게 급소가 있듯이 기계에도 약점이 있어. 어쩌다 보니 당신들 잠수함이 우리 잠수함의 거시기를 뭉개버린 꼴이라고 생각하면 이해가 쉬울 거요. 우연 치곤 너무 억지스럽다고 할지도 모르겠지만, 원래 사고라는 게 대부

---

* 블라디보스토크 동쪽에 있는 만(灣)이다. 러시아 해군의 선박 수리 공장이 자리한다.

분 그렇지 않나? 재수가 없으려니 그런 기가 막힌 사건이 일어나는 거지.

그렇다면 이런 시나리오도 가능할 거요. 당시 우리 정부는 '시크발'이라는 초고속 어뢰를 중국에 팔아먹기 위해 노력 중이었소. 무기를 판촉하는 데는 두 가지 방법이 있지. 진짜 전쟁터에서 실컷 날려보던가, 아니면 테스트를 계속 성공시키던가. 우리는 당신들처럼 매일같이 제3세계 국가들을 두들겨 패고 다니지 않으니까 결국 후자에 의존할 수밖에 없소. 전투 훈련을 할 때 무기 테스트도 겸하는 거지. 아마 쿠르스크에서도 그런 이유로 발사 시험을 했을 거요. 거기까진 이상할 게 없지.

한 가지 불안 요소를 꼽으라면 시크발이 속도가 빠른 대신 멍청하다는 점에 있소. 솔직히 말해, 내가 살면서 본 무기 중 가장 무식한 물건이오. 적과 아군을 구분하지 못하는 건 물론이고 유도시스템도 없다시피 하지. 한마디로, 어뢰의 진로가 멋대로 틀어질 가능성이 늘 존재한다는 뜻이오. 거기다 마침 훈련 때문에 함대 전체가 모인 상황이라면, 뭔가 감이 오지 않소? 근처의 다른 함선에 스치면서 방향을 바꾼 어뢰가 쿠르스크를 향해 되돌아왔을지도 모르는 일 아니오? 탄두가 없는 훈련용 시크발일지라도 그 무게나 속도를 생각하면 외부 선체쯤은 손쉽게 뚫을 수 있을 거고.

그게 어뢰가 장전된 함수 발사관을 건드렸다면 당연히 폭발했겠지."

제독은 이양뒤 쿠르스크를 찍었다는 사진 몇 장을 내게 보여줬다. 잠수함 우현에 무언가 뚫고 지나간 듯 선명한 구멍이 나 있었다. 그는 내가 사진을 보는 동안 무언가를 망설이듯 엄지와 검지 손가락을 여러 번 맞비볐다. 그러더니 정모를 벗고 머리를 몇 번 쓸어 올리며 다시 입을 열었다.

"그냥 넘어갈까 했지만 이 이야기를 안 꺼낼 수가 없네. 그 왜, 체첸 놈들 말이오. 그때는 캅카스뿐만 아니라 전 러시아에서 전투가 한창이었거든. 치카틸로도 한 수 접고 갈 분리주의자 사이코 자식들. 고향에서부터 알고 지내던 친구 중 세 명이 그놈들 손에 죽었소. 보그단, 마샤, 그리고 안드레이. 특히 마샤는 살고 있던 아파트가 사제폭탄에 통째로 날아가는 바람에 뼛조각 하나 없는 가묘를 세워야 했지. 당신도 그 와하비스트 또라이들이 뉴욕 한복판에 비행기 처박는 꼴을 봤을 테니까 잘 알 거 아뇨? 무슬림 가는 곳에 테러가 있다는 건 고슴도치도 이해할 수 있는 사실이잖소.

내가 이런 말까지 하는 데는 뭐 다른 뜻이 있는 게 아니오. 공식적인 사고 원인에 대해 기억하시오? 어뢰에 결함이 있었다는 거? 조금 더 구체적으로 말해보자면, 그 물건들은 90년대 내내 창고에 처박아둔 신형 '키트'와 '케라미카*'였소. 당신 같은 민간인들은 새 아이폰이라면 무조건 쌍수를 들겠지만, 군대에서는 정반대야. 우리한테 신형의 의미는 살라가**의 이미지와 같소. 새로 입대한 수병들이 장교 발소리만 들어도 어버버하는 것처럼 신무기도 툭하면 정신줄을 놓거든. 연구소에서는 말짱하던 물건이 막상 부대에 배치되기만 하면 문제가 생긴다니까. 실제로 써보면서 수리를 하든 개조를 하든 해야 좀 쓸만해지는 거요.

그럼 그런 일을 가장 잘할 사람이 누구겠소? 어뢰는 고사하고 여자 젖가슴도 한 번 못 만져본…… 미안하오, 하여튼 그런 숫총각 계약 병사겠소? 아니지. 바로 어뢰를 만든 공장 인원일 거요. 그래서 쿠르스크에 민간인 두 명을 태운 거고. 둘 다 다그디젤*** 소속이었지. 일단 서류상으로는 말이오.

지금이야 체첸 문제가 해결된 지 오래니 사람들이 어디 출신인지, 그딴 게 왜 중요하겠소. 호홀****만 아니면 되지. 그런데 20년 전에는 좀 달랐어. 흔히들 떠올리는 진짜 체첸 전쟁, 그러니까 뭐 그

---

* 키트는 1991년에 배치된 65-76A 중어뢰를, 케라미카는 1989년에 배치된 YCЭT-80K 중어뢰를 뜻한다.

** 복무한 지 1년이 지나지 않은 신병. 새끼 청어를 의미하는 핀란드어에서 유래했다.

*** 러시아연방 다게스탄자치공화국에 있는 기업. 1932년 설립되었으며 군용 어뢰와 디젤엔진이 주 생산품이다.

**** 러시아에서 우크라이나인, 특히 남성 우크라이나인을 부르는 비하적 표현이다.

로즈니에서 연방군 T-72가 승용차를 깔아뭉개거나 헬리콥터가 공동주택에 로켓탄을 퍼붓는 그런 광경은 대충 2000년을 즈음해서 끝이 났소. 대신 바사예프[*] 똘마니들이 저지르는 테러가 늘었지. 쿠르스크 사고 고작 나흘 전에도 푸시킨스카야[**]에서 폭발이 일어난 터라 더더욱 그런 쪽으로 의심을 안 할 수가 없는 상황이라는 거요.

더군다나 다그디젤은 그 사명에 걸맞게 다게스탄에 있소. 내 말을 못 믿겠다면 지도를 한번 보시오. 거기는 체첸 바로 옆 동네이자 우리 연방에서 가장 무슬림이 많은 지역이거든. 심지어 비디야예보의 한 초병은 처음 보는 민간인이 부두에서 '신은 위대하다'는 말을 중얼거렸다고 위원회에 알려왔지. 비디야예보는 쿠르스크의 모항이니 뭐, 누가 알겠소? 배에 탄 다음 그 볼트 양동이[***]로 무슨 잔재주라도 부렸을지? 어차피 죽은 사람은 말이 없는 법인데."

카운터에 서서 줄곧 우리를 바라보던 직원이 결국 빈 접시를 가지러 왔다. 나는 그녀가 떠난 뒤 제독에게 물었다. 위원회에서 직접 검토된 이론이라고 당신 입으로 말하지 않았느냐. 결론이 오직 어뢰의 제조 결함 쪽으로만 모아진 이유는 뭔가. 혹시 함선 자체

---

[*]   체첸 반군의 지도자.

[**]   모스크바의 지하철역.

[***] 신뢰할 수 없고 잘 작동하지 않는 기계를 의미하는 러시아 속어.

의 문제나 승조원의 실수일 가능성에 대해서는…… 그 시점에서 상대가 내 말을 잘랐다. 손사래를 쳤다.

"그래, 그래. 당신에게 그렇게 보일 수도 있다는 건 인정하겠소. 그때 우리 꼴이 말이 아니긴 했으니까. 해군 총사령관도 사고 후 함대의 안전 규정 위반을 지적했지. 하지만 이 말 만큼은 하고 넘어가야겠소. 군인은 오직 돈만 보고 일하는 게 아니다, 이거요. 우린 모스크바 시티*의 양복쟁이들이 1코페이카라도 더 벌어먹기 위해 아등바등하는 것과는 본질적으로 다르단 말이오. 만약 당신이 내 입장이고, 국방예산이 전년 대비 반의반 토막이 나서 현상 유지는커녕 애들 밥도 제대로 못 먹일 지경이면, 그냥 포기한 다음 도망칠 거요? 아니잖소. 어떻게든 허리띠를 졸라매고 전투력 유지를 위해 애쓰는 거지. 그게 바로 애국심이고, 그런 종류의 희생은 어머니 러시아를 지키려면 어쩔 수 없는 일이야.

한 가지만 더 덧붙이자면, 조국의 무기들은 무슨 사춘기 계집 따위가 아니오. 섬세하게 비위를 맞춰야 하거나, 실수 좀 했다고 삐지지 않는다는 거지. 비록 어두운 시절이 있었을지언정 그게 우리 위대한 기술의 안정성을 깎아내릴 근거가 되지는 않소. 아마 그런 사실은 당신네 군인들이 더 잘 알걸? 지구상에서 가장 큰 중重

---

* 모스크바 프레스넨스키 지구에 위치한 마천루 밀집 구역.

전략 미사일잠수함. 그쪽 이지스함보다 두 배는 많은 무기를 싣고 다니는 중핵 유도미사일 순양함. 혼자 항공모함 타격단 전체를 상대할 수 있는 대형 항공 순양함. 이런 것들을 전부 만들어 낸 국가가 어디일 것 같소? 그리고, 그런 국가의 잠수힘이 대체 어떻게 승조원 잘못으로 침몰할 수 있겠소? 자, 당신이 한번 말해 보시오. 나는 모르겠으니."

"아…… 네. 근데 위원회가 그런 결론을 낸 이유는 그럼?"

"나야 그땐 발언권 하나 없는 신세였으니까. 정확한 의사 결정 과정을 전부 꿰고 있다면 거짓말이겠지. 회의에 못 들어간 적도 많고. 하지만 아마 동정심이 판단의 꽤 큰 부분을 차지했을 거요."

"동정심이요?"

"그렇소. 불쌍한 유족들을 위한 최소한의 배려인 거지. 사고 수습 과정에서 가장 중요한 게 뭐라고 생각하시오? 사건의 본질? 진실? 아쿠닌*이 추리소설을 쓸 때야 개가 묻힌 곳을 찾는 게 중요하겠지만 실제로는 아니지. 혼란을 막는 것, 다시 말해 살아 있는 사람들이 조금이라도 덜 눈물을 흘리도록 하는 게 핵심인 거요. 죽은 자의 아내이자 부모이고 형제인 사람들, 불쌍하잖소. 그래서 위원회가 내린 결론이 모든 가능성 중에 가장 '심플한' 거였지. 보

---

* 조지아 출신의 유명 소설가.

고서를 읽는 내내 그런 생각이 들지 않았소? 위험물질이 들어 있는 용기의 제조 과정상 실수. 그거 하나면 깔끔하게 설명이 가능하잖소."

이고르 야코블레비치는 상상만 해도 벌써 피곤하다는 듯 늘어지게 하품을 했다.

"외교적 논쟁이니, 신형 어뢰의 문제니, 무슬림 테러리스트가 어쩌고 한참 떠들어 대다가 에라 모르겠다, 죄다 끄집어내서 법정에 가져다가 질질 시간이나 끌고. 그러는 동안 유족들은 누구를 탓해야 할지도 모르는 채 허울뿐인 장례를 치러야 했겠지. 그 비난의 화살은 돌고 돌아 결국 우리 쪽으로 날아왔을 거고. 그런 건 최악 아니오? 가장 단순한 설명이 최선의 정답이라는 말도 있지 않나? 위원회의 판단이 옳은지 어쩐지는 솔직히 신만이 알 거야. 하지만 우리가 유족들, 그리고 조국을 위한 최선의 선택을 했을 거라는 것만큼은 분명한 사실이오."

스위스제가 분명한 손목시계를 흘끔 바라보던 제독이 시간이 다 되었다며 내게 양해를 구했다. 머리가 슬슬 끝났을 와이프와 만나 점심을 먹기로 했다는 것이었다. 이고르 야코블레비치는 잔에 조금 남은 커피를 마저 마시더니 자리에서 일어섰다. 정모를 살짝 들었다 놓는 방식으로 짧은 인사가 끝났다. 그는 절도 있어 보이기도, 마냥 딱딱하게만 느껴지기도 하는 걸음으로 호텔을 나섰다. 내가 계산을 마치고 자리로 돌아왔을 땐 주차장에 있던 메르세데스가 이미 사라진 뒤였다.

발레리 파블로비치 포크로프스키, 47세

하늘에서 날씨를 관장하는 누군가가 바람만으로는 부족하다고 판단한 모양이었다. 예보에도 없던 진눈깨비가 시작됐다. 나는 날씨가 얼른 풀리기만 바라며 잠시 호텔 로비에 앉았다. 다른 사람들 시선으로는 의욕 넘치는 저널리스트처럼 보였을 것이다. 사진을 컴퓨터에 옮겨 간단히 손보고 클라우드에 업로드한 다음 남은 시간만큼 녹취를 푸는…… 사실 그런 것들은 완전히 습관적으로 튀어나오는 행동이라 기자로서 내 자의식과는 별 상관이 없다. 머릿속에는 그저 배고프다는 생각뿐이었으니까. 보르시는 생각 외로 묽은 데다 단백질이 부재해서 그런지 허기를 채워주진 못했다. 그간 외면해 온 식욕이 뒤늦게 폭발한 건가 싶었다.

시계를 확인하니 다음 약속까지 정확히 한 시간이 남아 있었다.

한 시간. 도자기에 담긴 요리를 여유롭게 즐기기에는 부족하지만, 입석 테이블에서 종이 포장지를 벗겨 먹는 정도라면 해볼 만했다. 호텔 직원에 의하면 바로 옆 블록에 간단한 끼니를 파는 식당이 있었다. 나는 가방을 둘러매고 코트 깃을 단단히 여몄다. 눈발이 눈에 띄게 굵어진 채였다.

기온은 여전히 화씨 30도를 오르내리고 있었다. 다만 피부에 와 닿기에는 전날보다 한참 추웠다. 아마 바람 때문이겠지. 재작년에 큰맘 먹고 산 양모 코트는 디스커버리 공원 산책 용도로는 충분한 성능이었겠지만 이곳에선 한계가 명확했다. 눈송이가 자꾸만 코트와 스웨터 틈새를 비집고 들어오는 바람에 온몸에 소름이 돋았다. 나는 직원이 소개해 준 가게가 가판대만 덩그러니 있는 노점, 간이 의자 하나 없어 오직 포장만 가능한 곳이 아니기를 간절히 빌었다.

간판의 요란한 형광 상호. 페인트 덧칠 시기를 놓쳐 표면이 지저분하게 일어난 나무문. 세월이 느껴지는 리놀륨 바닥. 그러면서도 벽에 붙은 메뉴판은 현대적인 평판 모니터였다. 온기와 함께 고기 냄새가 진하게 났다. 불편한 스툴에 좁은 테이블이었지만 일단 자리가 있어 다행이었다.

나는 과장되게 치즈 샤우르마를 권하는 직원을 향해 고개를 끄덕였다. 내친김에 토핑으로 페퍼로니와 감자튀김, 말린 토마토도 추가했다. 샤우르마라는 이름이 이상하게 귀에 익었는데, 한입 베어 문 다음에야 일사와 함께 갔던 레바논 음식점 생각이 났다. 감탄과 함께 서로를 바삐 먹여주던 그때와 비교한다면 뭐, 달리 치켜세울 말이 없었다. 북극권에서 우연히 마주친 칼로리 폭탄 중동 요리는 그저 평범했다. 모난 것도 잘난 것도 없는. 아마 내일쯤 되면 그 맛이 잘 떠오르지 않을. 최소한 토핑이 넉넉하고 채소가 신선하기는 했다. 그리고 허기도 잘 채워줬다.

욕구가 해결되었으니 다시 움직일 차례였다. 포르토비 프로예즈드 25, 무르만스크항 세관. 지도상으로 2마일은 족히 떨어진 듯했다. 확실히 걷기에는 좀 멀었다. 뭐 사실, 두어 블록 거리라도 그냥 차에 타고 싶기는 했다. 눈발이 흩날리기 시작한 뒤의 무르만스크는 도보 여행자에게 그리 호락호락한 도시가 아니었기에.

전날의 충고가 떠올라 택시는 얀덱스로 불렀다. 날씨 때문에 한참 기다릴 각오를 하고 있었는데 얼마 안 가 샛노란 기아 해치백이 진흙을 튀기며 달려왔다. 나는 마냥 앳되게 보이는 여자가 운전대를 잡고 있는 모습에 내심 놀랐다. 학교를 졸업한 지 일 년이나 겨우 됐을까. 내가 타자마자 작은 목소리로 목적지를 되묻기에 맞다고 답했다. 그녀는 그 후로 내게 말을 걸지 않았다.

출발한 지 삼십 초 만에 나는 운전자가 마음에 들기 시작했다. 차 안이 기분 좋게 안온한 데다 히터에서는 연한 수레국화 향이 났다. 카 오디오조차 꺼두어서 신경 거슬릴 부분이 없었다. 나는 길옆으로 우뚝 솟은 굴뚝을 보다 말고 휴대전화 속 상대와 가상화폐에 관해 떠들던 전날의 택시 기사를 떠올렸다. 그녀는 완전히 반대였다. 오직 앞차가 무리하게 끼어들 때만 나직하게 혼잣말을 중얼거렸다.

"슈또 띄 딜레쉬, 예바나트? Что ты делаешь, ебанат?"

굳이 해석을 적어두기에는 부적절하지만, 러시아 기준으로는 나름 평범한 비속어였다. 차를 세운 다음 다채로운 욕설을 주고받다 못해 주먹다짐으로 발전하는 경우까지 봤으니 이 정도라면 애교였다. 나는 편안한 마음으로 가죽 시트에 몸을 묻었다. 바닷가에 접어들기 전까지는 계속 그러고 있을 수 있었다.

〈접니다, 기자님. 도착하셨나요? 지금 어디쯤이신가요?〉

"지금 택시 타고 가는 중이에요, 잠시만요. 저기, 기사님. 혹시 여기가 어디쯤이죠?"

"노르니켈 근처라고 하면 알 겁니다."

"노르니켈 근처래요."

〈그러면 원래 뵙기로 한 곳까지 오지 마시고, 음…… 도중에 보

면 육교 앞에 있는 큰 건물이 있어요. 옥상에 조선소 간판이 매달린 곳이요. 그냥 거기서 내리세요.〉

"알겠습니다."

〈저는 ㄱ 앞 주차장에 있을게요.〉

나는 전화를 끊은 다음 건널목을 지나 차를 멈춰달라고 부탁했다. 500루블 지폐 한 장을 센터 콘솔에 올려둔 채 서둘러 택시에서 내렸다. 바닷가 근처라 그런지 바람이 한층 매서웠다. 1989년에서 시간이 멈춘 듯 느껴지던 레닌 로는 여기에 비하면 타임스스퀘어나 다름없었다. 항구 주변은 하늘이고 땅이고 건물이고 할 것 없이 죄다 잿빛이었으니까. 촌스러운 하늘색으로 칠해진 육교라도 있어 그나마 색맹 체험은 피할 수 있었다.

상대가 알려준 장소는 어림잡아 6층 정도 되는 건물이었다. 희뿌연 유리창에 더해 회반죽이 군데군데 떨어져 나간 모습이 녹슨 드럼통 굴러다니는 주변 분위기와 잘 어울렸다. 벽에는 새빨간 글씨가 적힌 작은 현수막이 비뚜름하게 걸려 있었다. 임대를 알리는 내용이었다. 대체 누가 이런 곳을 빌리려 할까. 마약 밀매용 창고라면 또 모르겠지만. 무료이니 제발 와달라며 사정해도 싫을 것 같은데. 주차장에는 건물과 엇비슷한 상태의 카마즈 트럭 한 대가 서 있었다. 범퍼에 기대어 있던 남자가 나를 향해 손을 흔들었다.

***

　발레리 파블로비치. 그는 굵은 목소리에 비해 체격이 왜소한 중
년 남자였다. 회색 비니에 군청색 작업복, 그리고 군용인지 민간
용인지 구분이 어려운 검정 부츠를 신고 있었다. 상대는 잠시 기
다려 달라는 말을 남기더니 근처 간이식당에서 하얀 봉투를 받아
들고 왔다. 오늘따라 일이 많아 아직 점심을 못 먹어 그렇다며 멋
쩍게 웃는 거였다.

　코왈스키의 자료에는 발레리 파블로비치가 한때 러시아연방 해
군에서 복무했다는 사실만이 짤막하게 적혀 있었다. 나는 가까운
공원을 향해 걸어가며 상대의 직업에 관해 먼저 물었다.

　"아이고, 저요? 저야 그냥 흔해 빠진 뱃사람입니다. 마땅히 내
세울 것도 없고요. 전역 후 이곳저곳 옮겨 다니다가 지금은 작은
고물 여객선 기관실에 5년째 눌러앉아 있죠. 이름이 '클라브디아
옐란스카야'인데, 아마 나이가 기자님보다 한참 많을 겁니다. 원체
낡기도 낡았고 승객도 없으니 자주 뜨지를 않아요. 오스트로브노
이*는 주 1회, 소스노프카**는 월 1회, 차방가***는 연 3회밖에 안 가

---

*　콜라반도 북동쪽에 위치한 폐쇄 도시.

**　콜라반도 동단에 있는 마을로, 동명의 강 어귀에 자리잡고 있다.

***　콜라반도 동남쪽에 자리한 마을로, 백해와 맞닿아 있다.

는데도 객실이 늘 휑합니다. 정부 보조금이 없었다면 진즉 때려치 웠을 노선이죠. 선원 중에서 가장 나이가 많을, 자유민주당 이야기를 지겹도록 해대서 나취포정치부장라고 불리는 사무장 노인네가 있습니다. 84년부터 배에 있었다는데. 하여튼 그 사람 말로는 선실에 관광객을 한가득 태워 무르만스크와 칼레를 오가던 시절도 있었다더군요. 뭐, 지금은 꿈도 못 꿀 일이지만요. 인구가 거의 반토막이 났으니…….

아, 죄송합니다. 이런 푸념이나 들으러 오신 게 아닐 텐데, 그렇죠? 어디서부터 말해야 좋으려나. 그나저나 제 이야기가 도움이 되긴 할까요? 전 훈장을 받은 사람도 아니고, 직접 물에 들어간 적도 없는걸요. 그리고 보니 인양 작전에 참여한 친구 놈들을 제가 몇 명 알아요. 혹시라도 그쪽 연락처가 필요하시면…….”

“아뇨, 괜찮습니다. 저는 발레리 파블로비치 씨 이야기를 듣고 싶어서 온 거니까요.”

“정말, 정말인가요? 그렇게까지 말씀하신다면…… 아, 저는 그냥 발레라라고 불러주세요.”

나는 알겠다고 답했다. 그는 어색한 미소를 지으며 공원 가장자리 벤치에 앉았다. 손바닥만 한 지붕과 둘레에 심어진 나무 몇 그루가 생각 외로 바람을 잘 막아줬다. 여전히 춥기는 해도 못 견딜 정도는 아니었으니까.

내가 자리에 앉자마자 상대는 봉투에서 무언가를 꺼내 내밀었다. 유산지에 쌓인 형태를 보건대 패스트푸드가 분명했다. 혼자만 우물거리기 미안해서 같이 사 왔다는 말을 듣고 나니 차마 거절할 수가 없었다. 나는 감사를 표한 다음 포장지를 열었다. 양배추와 토마토, 양고기가 토르티야에 돌돌 말려 있는 모습. 아, 또 샤우르마라니. 일사는 슈와마라고 불렀다는 게 뒤늦게 떠올랐다.

"그날 날씨가, 공기부터 유난히 맑았어요. 바람도 별로 안 불었고요. 기상대에서는 수온이 영상 4도라고 알려오더군요. 여름 치고는 꽤 낮은 편이었지만 그걸 빼면 괜찮았어요. 바다는 3만 톤짜리 순양함부터 통통배나 다름없는 소형 미사일정까지, 상상할 수 있는 모든 종류의 해군함정들로 가득했습니다. 과장이 아니라 다들 모여 있었어요. 사실 바렌츠해는 민간 선박들로 붐비는 항로가 아니거든요. 그 말인즉슨, 해상 사열 같은 목적이 아니라면 굳이 다닥다닥 붙어서 작전할 필요가 없다는 거죠. 그런 모습을 두 눈으로 보고 난 뒤에야 실감이 나더군요. 무슨 일이 나기는 났다는 게.

저희는 한발 늦게 도착했어요. 저야 2년 전부터 미하일 루드니츠키에 소속된 상태였거든요. 그땐 수석 중사 …… 아니, 함선 중사[*]였네요. 흔하디흔한 계급인 건 저도 알아요. 그래도 배의 플라포나미[**] 사이에서는 꽤 좋은 대접을 받았습니다. 제 아버지가 평생을 야로슬리블에 있는 기관차 수리 공장에서 일하셨거든요. 공장 바로 옆이 학교라 수업 끝나는 대로 놀러 가곤 했어요. 직류모터, 압축기, 유압댐퍼 같은 게 어려서부터 눈에 익은 거죠. 공부는 못했지만 덕분인지 기계 만지는 것만큼은 잘했어요. 아, 이야기가 또 옆으로 샜네요. 미안합니다."

"아니에요. 그런데 그 미하일 루드니츠키라는 건, 부대명인가요? 아니면 어떤 배 이름인가요?"

"그렇네요, 거기서부터 알려드려야겠군요. 미하일 루드니츠키, 사람들은 '카리타빨래통'라고 불렀는데. 그 배는 북방 함대 구조여단 소속인 잠수함 구조함입니다. 7천 톤쯤 되니 대형 대잠함이랑[***] 엇비슷한 크기죠. 하지만 꽤 오래됐습니다. 70년대에 건조된 이후 제대로 된 수리 한번 못 받았으니 당시 기준으로도 꽤 낡은 상태였죠. 물론 뭐 어때, 싶었어요.

왜냐하면 해군 선박이기는 해도 전투함은 아니었으니까요. 갑

---

[*] 러시아 해군의 수석 중사와 수석 함선 중사는 각각 서방 국가들의 상사와 원사에 대응되지만, 상대적으로 낮은 연차에 임명되었다.

[**] 전기공을 뜻하는 해군 내 속어.

[***] 러시아의 함정 분류상 대잠 작전을 주로 수행하는 군함. 서방식 범주로는 구축함에 속한다.

판 창고에서 아무렇게나 굴러다니는 칼라시니코프 몇 정이 무기의 전부였던 걸요. 날아오는 미사일을 요격하지 못하면 초 단위로 생사가 갈리는 그런 긴급 상황에는 놓일 일이 없다는 거예요. 그러니 배 어디에 고장이 나도 눈치나 보다 대충 고치면 된다, 다들 그런 생각이었어요. 무책임하죠? 그런데 그보다 더 큰 문제는, 그건, 이런 말을 해도 될는지……."

"괜찮아요. 계속 말씀해 주세요."

"솔직히 저는 잘 몰라요. 구조 본부에서 일해본 것도 아니고요. 하지만 그렇더라도, 제 눈에는…… 배부터가 너무 부족했어요. 당시 함대에 있는 잠수함만 해도 서른 척은 되었을 겁니다. 그게 정확한 숫자는 아닐 테지만 더 많으면 많았지 적지는 않았을 거예요. 그런데 구조함은 몇 척 있었는지 아세요? 고작 한 척이요. 제가 소속된 루드니츠키, 그 한 척이 전부였습니다. 1998년 이후로 2번 원치가 사용 불가한, 수중 TV 카메라는 고장 난 상태가 정상이고 작동하는 게 비정상인, 배전반 이상으로 좌현 통로 조명이 아프간 움막집처럼 오락가락하는 그런 볼트 양동이에 함대 잠수함 승조원 몇천 명의 목숨이 달린 셈이었어요."

"잠시만요. 그때 러시아에 경제 위기가 있었다는 것 정도야 저도 들어서 알고 있지만 그래도 군대라면, 심지어 다른 곳도 아니고 세계 군사력 순위에서 명실상부 2위인 군대잖아요. 상황이 그렇게 나빴나요?"

"이쩜 이럴 수가 있나 싶은 지경이었죠. 소비에트연방 해체 후 나라 전체가 그냥 수렁에 치박혔다고 보시면 돼요. 제 기능을 하는 정부 기관이 하나도 없을 정도였으니까요. 그런데 지적하셨다시피 여기는 군대잖아요, 무슨 오합지졸 자경단이 아니라. 대조국전쟁 시절의 교훈은 아마 전부 잊은 거겠죠? 나라를 지키는 게 우선이니 각자의 어려움 정도는 감수하자는…… 그런 인간은 한 명도 못 봤어요. 대신 자기 배만 채우려고 안달이 났죠. 아, 이건 비유적 표현이 아니라 물리적으로 그랬다는 뜻이에요. 가슴팍에 레닌 훈장 달랑거리는 장성들부터 앞장서서 쓱싹해 먹는데 저희라고 얌전히 있을 이유가 있나요. 위에서 주는 대로만 받는 게 등신 취급당하는 시절이었어요."

"그렇게 말씀하시니 제겐 보급품 같은 물자를 외부에 판매하셨다는 뜻으로 들리는데요. 그러니까, 몰래……."

"어떻게 보일지 모르겠지만, 맞아요. 하지만 잘 생각해 보세요. 저 같은 말단 군인이 빼돌릴 수 있는 게 있어 봐야 얼마나 있었겠어요. 끽해야 윤활유 두어 드럼이나 납축전지 정도가 다였지. 그리고 그게 그렇게까지 나쁘게 여겨지지도 않았어요. 월급조차 현찰이 아니었는걸요? 한번은요, 우릴 보급 창고에 불러다 놓고 상자 하나씩을 돈 대신 가져가라며 주는 거예요. 이건 또 무슨 지랄인가 싶어 열어보니 하하, 퓨즈가 잔뜩 들어있더군요. 개당 45코페이카씩 잡고 시장에 팔아봐야 몇 푼이나 되겠습니까? 아니, 그전에 그걸 대체 언제 다 팔아요? 두 살배기 아이랑 와이프가 저만 보고 있는데. 첼랴빈스크에서 혼자 감자 농사지으시는 장모님도 챙겨야 하고.

그런데 윗사람들은 다르잖아요. 아무리 나라에 돈이 없다고 해도 제독들 월급까지 계전기로 대신했을까요? 절대 아닐걸요. 99년쯤 됐나? 밀린 추가 수당을 주겠다고 해놓고는 연말까지 감감무소식이라 다들 머리끝까지 열이 올라 있었는데, 소함대 참모장이 온다는 말을 들었습니다. 우리는 엿이나 먹으라는 생각에 너절한 작업복 차림으로 대충 도열했어요. 새 벤츠 한 대가 굴러들어오더군요. 그런데 웃긴 게 뭔지 알아요? 두어 달 전만 해도 참모장 차는 반짝반짝한 BMW였어요. 그사이에 새로 뽑아먹은 거죠. 저는 아버지한테 물려받은 81년 산 카세트 플레이어를 달래가며 쓰고 있었는데. 그러면서 함대 사정으로 올해 부사관 진급은 전원 보류한다는 말을 눈 하나 깜짝 안 하고 꺼내더군요.

그치들은 '적당히'라는 단어를 몰랐나 봐요. 제가 있던 기지에서도 뒤가 구린 일들이 수시로 벌어졌어요. 터빈 수명이 십수 년도 더 남았고, 몇 년 전 현대화 개량까지 마친 구축함이 어느 날 함대 주 부두에서 사라져요. 나중에 보면 그레미하*나 폴랴르니** 구석에서 시뻘겋게 녹이 슬어가고 있죠.

자, 그럼 로시스카야 가제타에 사진이랑 기사가 납니다. 낡은 함선을 한국이나 인도에 고철로 판매한다는 내용의 기사요. 그 과정에서 돈다발이, 이 나라의 비공식 법정통화였던 '달러'가 얼마나 오갈지는…… 1선급 전투함들도 그 정도인데 고작 구조함 따위에 누가 신경을 써줄까요? 바다에 떠 있을 수 있는 것만으로도 다행으로 여겨야죠.

이름이 게오르기 티토브였나, 하여튼 루드니츠키랑 비슷한 설계로 건조된 구조함이 함대 구조 여단에 있었어요. 그건 조금 더 젊은 배라 AC-36이라고 부르는 신형 심해 구조선을 탑재할 수 있었는데, 사고가 났을 때는 출항할 수 있는 상태가 아니었어요. 그 이유가 혹시 짐작이나 가세요?"

나는 슈와마의 마지막 덩이를 삼켰다. 속이 확 더부룩했다. 싸구려 생크림케이크를 억지로 삼켰을 때와 엇비슷한 기분. 앞서 언

---

* 오스트로브노이의 과거 명칭이자 그곳에 있는 러시아의 해군기지. 사용 후 핵연료를 보관하는 장소이기도 하다.

** 콜라만에 있는 러시아의 해군기지.

급한 전투함들과 같은 이유냐고 묻자 상대가 희미하게 웃었다. 그리고는 한발 늦게 고개를 저었다.

"구조에 필수적인 장비들이 몇 종류 있어요. 각종 절단기, 용접기, 크레인이나 윈치 같은 물건들이요. 제가 아까 말씀드렸잖아요, 함대가 돈만 되면 물불 안 가리고 팔아먹기 바빴다고. 그럼 한 번 생각해 보세요. 생선도 손질된 게 더 비싸잖아요. 위에서는 항구에 쌓여가는 러시아 부동산*들을 분해해 부품별로 빼돌리려 했는데, 그런 상황에서 가장 쓸만한 게 뭐겠어요? 해체 도구가 전부 실려 있는 구조함이지. 티토브는 95년부터 그런 용도로 쓰였어요. 바다로 나가기는커녕 AC-36을 실은 모습조차 못 봤고요. 그게 루드니츠키 혼자 달랑 함대에 남게 된 이유예요."

"그런 판국에 훈련이 시작된 거군요."

"네, 일단은 전투 훈련이었으니까 기관포 한 문 안 달린 저희 배가 낄 자리는 없었어요. 사고라도 있지 않은 이상은 나갈 일이 안 생겨야 했죠. 다만 해군 공식 문서에 이런 규정이 있다는군요. '함대의 잠수함이 출항한 경우, 모든 구조선은 한 시간 내 출항 가능 태세를 유지해야 한다.' 그런데 우리는 훈련 계획서 사본을 받은 적도, 함대에서 별다른 명령을 받은 적도 없었어요. 잠수함 십수

---

* 관리가 중단되어 기동력을 상실한 함선을 뜻하는 러시아 해군의 속어. 증기터빈의 유지보수 문제로 90년대 말에 대거 퇴역한 구축함인 프로젝트 956를 의미하기도 한다.

척을 바다에 풀어놓고는 정작 우리에게 출항 준비를 지시하진 않았다는 거예요."

"하지만 그게 필요하다는 사실은 알고 계셨잖아요."

"뭐, 알기야 조리병 막내까지 다 알고 있었죠. 하지만 제 계급을 아시잖아요. 저는 지휘관이 아니에요."

"그럼 함장은 왜……."

"왜 준비 명령을 내리지 않았느냐고요? 솔직히 말할까요? 우리 모두 좆도 신경 안 썼어요. 아니, 차라리 잘됐다 싶었죠. 장기 수리라도 들어간 게 아닌 이상 지원함들은 대부분 네 시간 출항 준비 태세를 유지해요. 그 정도면 일부 당직자를 빼고 집과 부대를 오가기 충분한 시간이거든요. 그런데 한 시간 준비 태세 아래에서는 모두가 부대 안에서 대기해야 합니다. 승무원 중 8할은 밖에서 와이프랑 부업을 하는데, 내려진 적도 없는 명령을 핑계 삼아 배에 남으라고 한다면 누가 '그럽시다', 하겠어요. 그런다고 월급을 제때 챙겨줄 것도 아니잖아요.

그래서 저희는 그냥 평소처럼 있었어요. 토요일 오후가 되니 갑자기 게샤*에서 연락이 왔죠. 별 이유도 없이 배를 한 시간 준비 태세로 변경하라는 지시였어요. 뚱땡이 작전장교의 변덕 때문일 거

---

* 참모본부를 뜻하는 구어체 표현.

라며 다들 투덜거렸죠. 그도 그럴 게, 우리가 아는 거라고는 그날 뉴스에 나온 함대 사령관이 PTP*여기자한테 훈련 성공을 우쭐거렸다는 정도가 다였어요. 안 좋은 이야기는 어디에도 없었고요. 그러다가 자정쯤 되니까 뜬금없이 출항 지시가 내려지더군요.

루드니츠키의 속도가 빠른 편이 아니라서 전속력으로 밟아도 훈련 구역까지 아홉 시간은 족히 걸렸어요. 그런데 왜 하필 그 새벽에 급히 나왔는지, 앞으로 무슨 일을 하게 될지 아는 사람이 아무도 없었죠. 저 같은 부사관들은 함대가 주관하는 불시 검열 정도로만 짐작하고 있었고요. 결국 아침이 다 되어서야 함장이 승조원 전원을 식당에 불러 모으더군요. 표정을 보아하니 안 좋은 소식일 게 뻔했죠. 그가 한숨을 푹푹 내쉬던 끝에 말했습니다. 7 잠수 사단 소속 쿠르스크호가 전날 실종되었다고. 우리가 실종 잠수함을 찾아내고, 만약 침몰했다면 생존자를 구조해야 할 책임을 지게 되었다고."

그는 얇게 눈이 쌓인 땅바닥을 신발로 어지럽혔다. 슈와마에서 떨어진 채소 부스러기가 두꺼운 부츠 아래에서 흔적도 없이 짓이겨졌다.

"그때 식당에서 내 옆자리에 앉아 있던 상위가 있었어요. 지금

---

* '러시아 텔레비전과 라디오(Российское Телевидение и Радио)'의 약자로, 러시아의 국영 텔레비전 채널이다. 2010년에 '로시야 1'로 이름이 바뀌었다.

은 뭐 하고 있으려나 모르겠네요. 태평양 함대로 옮겨간 다음 소식이 끊겨서. 이름이…… 아, 일리야였는데, 루드니츠키에 실린 AC-34 심해 구조 잠수정의 지휘관이었죠. 배에 온 지는 얼마 안 됐지만 저랑 같은 노보쿠즈네츠크 출신이어서 금방 친해졌어요. 바부냐가 농담을 입에 달고 사는 데다 성격도 둥글둥글한 사람이기도 했고요. 그런데 함장 말을 듣자마자 안색이 파랗게 질리더군요.

그도 그럴 게, 일리야는 거기 있으면 안 되는 사람이었어요. 작년까지 배에 있던 AC-34 지휘관은 진정한 베테랑이었거든요. 근데 그 사람은 도무지 먹고살 구멍이 안 보이니 자진해서 옷을 벗어버렸고, 구조 여단에서는 갓 상위 계급장을 단 일리야를 대타랍시고 앉혀놨어요. 일리야는 흙바닥에 끼적인 이콘처럼 아무런 능력이 없었죠. 사람이 못나서가 아니라, 단지 기회가 부족한 탓이었어요. 돈 없다는 핑계로 제대로 된 실습 한 번 안 시켜주고서는 구출 성공을 바라나요? 변수가 우리 쪽에 유리하게 통제되는 훈련장에서도 절반 꼴로 수중 구조가 실패하는데 하물며 실제 상황이라면…… 일리야는 잠수정에 올라타면서도 표지가 누렇게 바랜 구조 작전 매뉴얼을 손에서 놓지 않더군요.

하여튼 저희는 배운 대로 행동했어요. 허둥지둥 닻을 내린 다음 배의 구닥다리 수중 음향 통신기를 가동했습니다. 쿠르스크에는 구조대가 보낸 신호를 감지하면 자동으로 반응하는 MTC-30 비상 송출기가 달려 있다고 들었거든요. 다행히도 응답이 오더군요. 정확한 방위는 장비 고장 때문에 알 수 없었지만, 반경 1.8킬로미터 안에 잠수함이 있다는 정도는 추측할 수 있었습니다. 우리는 시간을 추가로 허비해 가며 신호가 가장 강하게 잡히는 곳에 다시 닻을 내렸죠. 그때가 오전 10시 반쯤 되었을 겁니다. 이제는 직접 쿠르스크를 찾아 나설 때였어요.

하지만 AC-34가 잠수를 시작한 건 그로부터 여섯 시간이나 지난 뒤의 일이었어요. 잠수정의 머니퓰레이터와 압축 공기탱크에 경고등이 들어온 게 원인이었죠. 루드니츠키에는 교체용 부품이 거의 없었어요. 공기탱크는 기관실에서 가져온 잡동사니로 어떻게든 고칠 수 있었는데, 머니퓰레이터는 결국 포기해야 했어요. 이상하게 들릴지도 모르겠지만 기계라는 건 오히려 안 쓰면 망가지거든요. 창고에 겨우내 처박아 둔 트랙터에 시동이 잘 안 걸리는 것처럼요. 잠수정 전원 스위치라도 올려본 게 99년 가을쯤 됐으니 이런 일은 예고된 수순이나 다름없었죠."

"이런 질문이 좀 바보 같겠지만, 구조는 어떻게 이루어지나요? 그 과정에 관한 이야기도 해주시겠어요? 잠수정이 가라앉은 잠수함을 찾으면, 그다음에는?"

"그럼. 음. AC-34를 포함한 대부분의 구조 잠수정 하부에는 도 킹을 위한 에어록이 존재합니다. 잠수함 선체에도 탈출 해치가 있 고요. 에어록과 해치를 서로 맞댄 다음 그사이의 바닷물을 빼는 겁니다. 그렇게 배수에 성공하면 생존자가 옮겨탈 수 있죠. 잠수 정이 크기는 작아도 한 번에 스무 명은 들어가거든요. 지금 뭐, 별 로 어려운 일처럼 들리지는 않는데, 그렇게 생각하고 계시죠?"

나는 그의 눈치를 보다 슬쩍 고개를 끄덕였다. 발레라가 잊고 있었다는 듯 슈와마가 들어 있던 봉지를 다시 부스럭거렸다. 오래 지 않아 속에서 캔 커피가 튀어나왔다. 상대는 뚜껑까지 손수 연 캔을 내게 건넸다. 여전한 온기가 느껴졌다.

"뭐 하나 알려드릴까요? 그게 그렇게 틀린 생각은 아닙니다. 전 제 조건만 맞는다면요. 경험 있는 운용자가 멀쩡한 잠수정에 타고 있으며, 신이 일부러 우리를 엿먹이지만 않는다면 그럭저럭 가능 한 거죠. 잠수함이 침몰한 곳은 바렌츠해예요. 물이 수정처럼 맑 은 데다 지중해나 흑해처럼 깊지도 않아요. 한번 상상해 보세요. 쿠르스크 선체 길이가 150미터인데 가라앉은 곳 수심이 고작 108 미터였다니까. 고로 운이 좋다면 첫 번째 시도에서, 만약 저 조건 중 하나가 어그러지더라도 서너 번 만에 구조가 성공해야 마땅하죠. 하지만 결과는 뭐, 잘 아시잖아요.

하늘이 우리를 잠시나마 동정하긴 한 모양이더군요. AC-34는 입수한 지 딱 한 시간 만에 잠수함을 찾아낼 수 있었습니다. 물론 좋은 건 딱 거기까지였어요. 어차피 쿠르스크를 정상적으로 '발견한' 것도 아니었으니까. 실은, 물속에서 미확인 물체와 충돌했거든요. 뭐랑 부딪쳤는지도 모른 채 흔들림에 놀라 헐레벌떡 부상하다가 현창 밖으로 쿠르스크의 거대한 방향타를 본 거죠. 다만 그 대가로 AC-34의 추진 시스템이 망가졌습니다. 우리는 잠수정을 다시 배 위로 끌어 올려야 했어요.

루드니츠키에는 AC-32라는 이름의 잠수정이 한 대 더 존재했습니다. 얼핏 보기에는 엇비슷하게 생겼어요. 하지만 거기에는 AC-34와 달리 에어록이 없죠. 크기도 좀 더 작고요. 수색 본부에서는 AC-34를 수리하는 동안 AC-32의 투입을 준비하라는 명령을 내렸습니다."

"에어록이 없으면 어떻게 잠수함과 연결하죠? 그러니까, 생존자가 옮겨 타는 방법요."

"못 합니다. 구조를 위한 물건이 아니니까요. 그건 오로지 침몰한 선박을 찾아내고 AC-34를 보조하는 용도로만 쓸 수 있어요.

원래 같았으면 ROV*가 할 일이죠. 영화 타이타닉에서 나온, 우리 미르 잠수정에 탄 수염투성이 뚱땡이가 조작하던 무인 로봇 기억 나세요? 그게 ROV에요. 크기가 작고 가벼워서 기동성이 좋습니다. 그런데 루드니츠키에는 없었어요. 그 대신이랍시고 낡아빠진 AC-32를 싣고 있었던 거죠. 뭐, 거기까지는 괜찮습니다. 문제가 있긴 했어도 일단 쿠르스크를 찾았잖아요! 승조원들을 구할 일만 남은 겁니다."

"하지만 함대에서는 AC-32를 준비하라고 했다면서요."

"준비만 시킨 게 아니라 실제로도 물속에 집어넣었어요. 그 고물은 심지어 쿠르스크 근처까지 가보지도 못했죠. AC-34의 상태도 개판이었지만 AC-32는 한술 더 떴습니다. 애먼 곳만 헤집고 다니다 배터리가 다해 떠오른 게 14년 묵은 장난감이 해낸 일의 전부예요."

"그럼 왜······."

"그러게요. 이번에는 제가 좀 물어보게요. 왜, 대체 왜 그랬을까요? 처음에 말씀드렸잖아요, 함대 전체가 좁은 해역에 모여 있었다고. 그중에서 승조원을 건지는 데 필요한, 그러니까 구조 작전에 도움을 줄 수 있는 배가 얼마나 있었을 것 같나요? 염병, 제로

---

* 원격조종 수중 로봇(Remotely Operated underwater Vehicle).

예요. 한 척도 없다고요. 대잠로켓이며 초음속 대함미사일이 덕지 덕지 달린 전투함이 대체 잠수함 구조 작전에서 무슨 역할을 해줄 수 있겠어요? 다들 갑판에 나와 기도라도 하란 건가요? 그 많은 군함이 내는 엔진 소리가 얼마나 큰 수중 잡음을 만드는지, 잠수 정의 부실한 음향 유도시스템을 어떤 방식으로 교란하는지에 대해서는 아무도 신경 쓰지 않았어요.

그러니까 제 말은, 군이 시늉만 하는 데 너무 익숙해져 있었다는 거예요. 며칠이 지나도록 함대에서 사고를 숨겼다는 걸 아세요? 그러기 위해 우리는 아무런 문제가 없는 척, 폭발로 인한 침몰이 아니라 사소한 기술적 해프닝이 발생한 척을 차례로 해야 했어요. 그다음에는 최선을 다해 구조하는 흉내를 냈고요. 웃기는 일이죠. 폭탄 구덩이 위를 누더기 양탄자로 대충 덮으려는 것처럼…… 아무것도 모르는 가족들 입장에서는 마음이 동했을지도 모르겠지만요.

그래서 AC-32를 보낸 거예요. 그래서 굳이 쓸모도 없는 군함들을 침몰 해역에 조문하듯 모아둔 거고요. 그래서 모선*이 기동 불능이라 세베로모르스크에 남아 있던 AC-36을 사고 현장까지 질질 끌고 온 거예요. AC-36은 그 허술한 예인 과정에서 음향 유도

---

* 장비나 잠수정을 발진시키거나 회수할 수 있는 함선. 여기에서는 게오르기 티토브호를 가리킨다.

시스템 안테나, 수중 거리 측정기, 스러스터 유압 장치랑 밸러스트 탱크 환기 밸브가 모조리 부서졌어요. 그걸 고치는 데 또 한나절이 걸렸죠. 하지만 덕분에 군은 당당하게 이야기할 수 있었습니다. 할 만큼 해봤시만 생존자를 구할 수 없었다고요. 한참 전부터 기다리던 외국 잠수부들을 써먹을 핑계는 그제야 생긴 거고."

"그 노르웨이 잠수부들 말씀이죠? 쿠르스크의 탈출 해치가 있는 9번 구역에 처음 진입한……."

"네. 원래는 훨씬…… 일찍 투입됐을 수도 있는 일이었어요. 심지어 우리 대통령보다 미국 대통령이 침몰을 먼저 알아차렸을 정도였으니까요. 생존자 구조를 돕겠다는 제안도 앞장서서 해왔고요. 그런데 해군은 알량한 자존심 때문에 그걸 나흘 가까이 거절해 왔죠. 그냥 처음부터 도움을 받아들였더라면! 고작 하루였어요. 노르웨이 잠수부들이 탈출 해치를 열고 9번 구획 안에서 질식사한 시신 무더기를 찾아내기까지는 딱 하루면 충분하더군요.

반면 우리 군인들은 이룬 게 없었습니다. 일주일 사이 열 번도 넘게 쿠르스크의 탈출 해치 위를 그저 맴돈 걸 제외하면요. 뭐, 책임자인 신참 상위 혼자만의 잘못으로 돌릴 일은 아니죠. 상상할 수 있는 모든 부분이 문제였으니까요. 이참에 한번 세어볼까요? 오래된 배터리는 추진기에 충분한 전력을 보내줄 수 없었고, 에어록의 고무 실링이 딱딱하게 굳어서 자꾸 바닷물이 새어 들어왔어요. 루드니츠키에는 쓸 만한 공압 펜더*조차 없어 잠수정을 끌어올릴 때마다 선체와 부딪히곤 했습니다. 우리는 그렇게 생긴 바보 같은 손상을 억지로 수리하면서, 잠수정 배터리 충전에 필요한 여덟 시간 내내 손가락만 빨며 되뇌었어요. 할 수 있는 한 최선을 다하고 있다고요."

말을 멈춘 그는 고개를 들어 하늘을 올려다봤다. 마지막 목소리가 조금 떨리는 것 같았다. 나는 혹시라도 우는 게 아닐까 싶어 상대의 얼굴에 시선을 고정했다. 하지만 발레라는 불어온 바람 앞에 코를 훌쩍거릴 뿐이었다.

"잠수정용 예비 배터리를 외부에 팔아먹지 않았다면 상황이 좀 달랐을까, 하고 생각해 본 적도 있었어요. 하지만 이내 그만뒀죠. 정말…… 힘든 시절이었어요. 시장에 머리카락을 잘라 팔고 돌아온 와이프가 며칠 뒤에는 서랍장을 보며 멍하니 서 있더군요. 나를 보자마자 막 울어요. 우유 살 돈을 도저히 구할 수가 없으니 외조모에게 물려받은 반지를 팔아야겠다고 훌쩍이는 판인데 어쩔 도리가 있나요.

조국이니 동료니, 그런 건 일단 내 가족 일이 해결된 다음에야

---

* 선박 측면에 장착되어 손상을 방지하는 고무 범퍼의 일종. 요코하마 펜더라고도 하며 속이 빈 원통 모양이다.

신경 쓸 수 있는 거예요. 애국심 어쩌고 하면서 우릴 비난하려면 저기 세묘노프스코예*에 있는 추모비에도 침을 뱉던지요. 핵잠수함은 원래부터 운용 우선순위가 높아서 지원함보다 좋은 상태를 유지했어요. 그 말인즉, 팔아먹을 게 더 많았을 거라는 이야기예요. 다들 같은 처지인데 죽은 승무원들이라고 다를 거라, 깨끗할 거라 믿을 이유가 있나요? 그쪽은 나라 물건에 손 안 댔겠어요?

하여튼, 그렇게 바다 위에서 열하루를 보냈어요. 우린 노르웨이 잠수부들이 시신을 건져 올리는 모습을 지켜봤죠. 그다음에는 함대의 명령에 따라 조기를 걸고, 구닥다리 잠수정을 다시 바닷속에 밀어 넣었어요. 사고 보고서에 넣을 쿠르스크의 사진 몇 방을 남기기 위해서요. 구조 작전은 그렇게 어물쩍 막을 내렸습니다. 지금까지 말씀드린 일을 감히 구조 작전이라고 부를 수 있다면요.

우리는 AC-34를 루드니츠키 위로 끌어 올린 다음 갑판을 정리하고 있었어요. 한창 바쁘게 일하던 와중에 세베로모르스크에서 왔다는 예인선이 우리에게 접근했습니다. 묵직한 나무 상자 몇 개를 넘겨주더군요. 함대 게샤에서 내려보낸 거라는 말과 함께요. 인제 와서 주면 뭐 어쩌라는 건가 싶었어요. 에어룩에 필요한 교체용 고무 패킹을 구조 작전 내내 요청했었거든요."

---

* 무르만스크시 북부에 있는 호수. 근처에 쿠르스크 추모비가 있다.

"함대에서 그제야 부품을 보내줬다는 건가요? 일 다 끝나고 철수하는 판국에?"

"하하, 차라리 그런 거면 말이 됐게요. 상자 안에 들어 있던 건 백해산 대구 간 통조림이었어요. 게샤에서는 루드니츠키 승조원이 98명이라는 사실을 모르는 모양이더군요. 한 캔으로 두 명은 배불리 먹을 수 있을 크기였는데, 그런 게 백 개도 넘게 들어 있지 뭐예요. 다른 상자는 먼지 쌓인 안드로포프카*로 가득 채워져 있고요. 함장이 우리를 다시 식당으로 집합시켰습니다. 설명에 의하면 함대에서 주는 포상이었어요. 처음 겪는 일 앞에서 다들 웅성거렸죠.

그게, 최소한 제가 군 생활 하는 중에는 그런 일이 없었거든요. 바랍스코가 학교** 출신들이 다 털어가니 짬밥이라고 해봐야 차라리 안 주니만 못한 수준이었어요. 개도 안 먹을 상태의 카샤가 매 끼니의 스테디셀러였고, 살로나 훈제 청어 반 마리라도 나오는 날은 명절이었죠. 조국 수호의 날조차 그딴 저질 음식으로 끝인데 특식이라는 개념이 대체 어디 있었겠어요.

---

* 1983년 9월 1일에는 기존에 유통되던 '모스콥스카야'나 '루스카야'와는 달리 오직 '보드카'라는 라벨만 붙은 저렴한 보드카가 등장했는데, 사람들은 이를 당시 서기장의 이름을 딴 안드로포프카로 불렀다.

** 1999년까지 존재했던 니즈니노브고로드 고등군수학교와 절도를 뜻하는 은어인 바랍스코이가 합쳐진 표현으로, 국가 재산을 몰래 빼돌리는 보급 부서 장교들을 조롱하기 위해 사용된다.

하여튼 우리는 모두 자리를 잡고 앉았습니다. 마침 부서 막내인 사샤가 녹화해 둔 카멘스카야 시리즈*를 배에 가져왔더군요. 손바닥만 한 브라운관으로 드라마를 보며 다들 통조림을 땄습니다. 함장님은 당직만 제대로 선다면 술을 전부 마셔버려도 된다고 선언했어요. 대구 간 한입에 보드카 한 모금, 정말 기가 막혔는데……."

그가 말꼬리를 흐렸다. 이어지는 정적을 참지 못한 내가 뒷이야기를 물었다.

"그러고서야 뭐, 이젠 정말 더 할 말이 없네요. 루드니츠키는 원래 있던 부두로 돌아왔습니다. 함대 작전장교에 의해 구조함은 다시 네 시간 출항 준비 태세가 되었죠. 핵잠수함 한 척이 해군 등록 명부에서 영구히 지워졌고 죽은 118명은 에나멜 훈장 쪼가리를 받았다는 정도를 빼면 모든 게 예전과 같았습니다. 몇천 페이지가 넘는 함대 규범은 한 글자도 바뀌지 않았으며 우리는 여전히 물건들을 티 안 나게 팔아넘겼어요. 저는 그 상태로 몇 년 더 버티다 결국 전역했고요. 돌아가신 장인어른 연줄로 들어간 해운사에선 꼬박꼬박 월급을 주더군요. 액수야 대단치 않지만 군에서는 느낄 수 없던 안정성이 있었죠.

---

* 경찰 출신 작가인 알렉산드라 마리니나의 소설을 바탕으로 한 러시아 TV 드라마 시리즈. 1999년부터 2011년까지 방영되었다.

그러고 보니 재작년 초였나, 우연히 아는 얼굴을 봤어요. 루드니츠키에서 같이 근무한 동기 녀석이었죠. 전엔 평생 군에 남을 것처럼 굴더니 아니나 다를까, 아르한겔스크에서 하이얼 냉장고나 팔고 있더군요. 그때나 지금이나 입만 살아서는. 오랜만이기도 하고 해서 같이 술을 마셨죠.

적당히 취기가 오른 참이었는데, 그치가 대뜸 이런 말을 하더라고요. 그때 군에 있던 사람들은 너나 할 것 없이 죄인이라고. 뜬금없이 무슨 개소리냐고 되물으니까 쿠르스크의 승조원들이 순교자일지도 모른다는 거예요. 우리가 저지른 죄를 죄다 짊어지고 바닷속으로 가라앉았을 거라고. 118명한테 함대 전체가 빚을 졌다나 뭐라나. 뭐, 그 친구가 전부터 좀 독실하긴 했어요. 배에 팔뚝만한 성모상을 가져다 놓고 틈날 때마다 성호 긋고 그랬으니까.

그래도 저딴 식으로 지랄하는 건 억지지. 안 그래요? 주둥이에서만 나오면 다 말인가? 기자님은 어떻게 생각하세요? 우리가 정말 그치들에게 빚을 진 것 같아요? 죽은 사람들은 전부 애국심으로 똘똘 뭉친 참군인이고 산 사람들은 제 뱃속 채울 생각밖에 안 하던 도둑놈입니까?"

발레라가 다 해진 가죽 줄의 손목시계를 흘끔 쳐다봤다. 그러더니 가야 할 시간이 다 되었다는 제스처를 취했다. 우리는 같이 자리에서 몸을 일으켰다.

"그래서 내가 물었죠. 대체 네가 말하는 잘못이 뭐냐고. 손가락만 빨고 있다가 처자식이랑 같이 굶어 뒤져야 하는 건데, 한번 살아보려고 이 짓 저 짓 하고 다닌 게 잘못이냐고. 위대하신 께드* 나으리가 두 팔 걷어붙이고 꼬불치는 건 괜찮은데, 나 같은 광부 집안 무지렁이나 조부가 제5열 출신인 네가 그걸 따라 하려 한 게 잘못이냐고. 한참 욕을 쏟아냈는데도 아무 대답이 없는 거예요. 알고 보니 화물 400* 신세가 되어서는 테이블 아래 뻗어 있더군요."

---

* 러시아 군에서의 화물은 숫자와 함께 지정되는 공식 코드다. 예를 들어, 화물 200은 시체, 화물 300은 부상자를 뜻한다. 하지만 화물 400이라는 단어는 일종의 블랙 유머로 종종 사용되는데, 알코올과의 '싸움'에서 패배해 스스로 걸을 수 없게 된 군인을 의미한다.

한결같은 것들

눈이 어느새 가랑비로 변해 있었다. 날이 풀리기만 기다리며 커피를 또 마셨더니 벌써 네 시였다. 한창 정신이 또렷해야 할 시간인데도 머릿속이 흐릿했다. 카페인 과용이라? 온종일 뜨는 둥 마는 둥 하던 해가 완전히 모습을 감춰서? 일사가 곁에 있었더라면 대신 코왈스키를 씹어주던 끝에 당부했을 것이다. 억지로 등 떠밀려 온 주제에 네가 일만 하는 꼴은 못 보겠다고. 잠시라도 좋으니 관광객인 척 돌아다녀 보라고. 나 또한 그런 고민을 안 한 건 아니었다. 이런 상태로 지내다가는 정말 맥없이 시애틀로 돌아갈 것만 같아서였다.

적어도 남은 하루 동안은 일정이 없었다. 자리에서 일어나니 슈와마 2인분을 담은 배가 부글거렸다. 좀 걷고 싶다는 생각이 들었다. 비가 웬만큼 잦아든 데다 바람도 가라앉아 괜찮을 성싶었다. 항구 주변은 벌써 조명이 켜져 있었다. 나는 물가를 향해 움직였다. 땅거미 진 하늘 위로 짙은 뭉게구름이 한가롭게 흘러갔다.

다만 몇 분 걸었더니 더는 갈 곳이 없었다. 100미터 남짓한 부두를 기점으로 왼쪽은 다 허물어져 가는 창고, 오른쪽은 공사장이었다. 나는 우뚝 솟은 오벨리스크를 지나 눈 뒤덮인 잔교로 다가갔다. 잔물결 이는 바다 위로 공산주의 상징이 그려진 배가 외로이 정박해 있었다. 근처의 큼직한 안내판이 시선을 끌었다.

[세계 최초의 원자력 수상 선박이자 첫 민간 핵 추진 함선, 그리고 세계 최초의 원자력 쇄빙선, '레닌']

이날로써 두 번째로 마주하는 이 나라의 국부國父 이름이었다. 그리고 다른 내용도.

[로사톰* 산하 '아톰플로트'는 전 세계에서 유일하게 원자력 쇄빙 함대를 운영하고 있습니다. 그중 '승리의 50년'호는 배수량 2만 5,168톤으로 2015년 기준 세계에서 가장 크고 강력한 원자력 쇄

---

* 원자력 발전소 건설, 핵연료 공장 운영, 핵무기 생산과 설계, 신재생 에너지 개발 등의 사업을 담당하는 러시아의 국영기업.

빙선입니다.]

확신에 차 있던 투르게네프의 목소리가 떠올랐다. 최초, 혹은 최대. 이 구석진 동네까지 그 군인의 말을 뒷받침할 수 있는 박물관함이 있다면 상트페테르부르크나 모스크바에는 얼마나 더 많을까. 현직 제독에 의하면 러시아는 잠시 흔들렸을지언정 여전히 대단한 나라였다.

그래서일까? 내게는 그의 모든 추측이 오직 한 방향을 향하는 것처럼 느껴졌다. 재난의 원인을 안에서 찾으려 하지 말라는 것. 쿠르스크 침몰은 국가의 기술력이나 군의 체계와는 하등 관련이 없다는 것. 사고 조사를 핑계로 허튼 상상을 한다는 건 오히려 유족과 국가를 모욕하는 짓이라는 것.

정말 그런 거라면 많은 게 단순해진다. 불운은 개인에게도, 가족이나 나라 단위로도 종종 일어나곤 한다. 삶에는 이따금 손을 놓고 바라만 봐야 하는 순간이 있다. 내 하찮은 노력 따위로는 그 결과를 절대 바꿔놓을 수 없을 것이다. 쿠르스크는 침몰하는 게 이미 정해진 운명이었다. 그 곁에 있다 말려든 이들에게 아무 책임을 물을 수 없다는 사실도 어쩌면 당연할지 모른다. 어쩌면…….

바닷바람이 다시 거세졌다. 슬슬 돌아갈 때가 되었구나 싶었다.

호텔까지는 고작 1마일 거리였기에 다시금 걸어보기로 했다. 얼마 못 가 전날 지도에서 봤던 철로가 눈앞에 나타났다. 무르만스크 항구와 도심을 갈라놓는 드넓은 조차장이었다. 나는 미리 기억해 둔 육교를 찾아 걸어 올라갔다. 땟국물 질질 흐르는 기관차가 돌연 발아래서 굉음을 냈다. 걸려 온 전화를 하마터면 놓칠 뻔했다.

〈그건 또 무슨 농담이야? 웃어줘야 할 타이밍이 어딘데?〉

"나도 내가 그런 실없는 캐릭터면 좋겠다. 저쪽에 키릴 문자 적힌 간판도 있고…… 러시아 철도 로고도 보이거든? 사진 찍어 보내주면 믿을래?"

〈안 그래도 믿어보려고 애쓰는 중이니까 좀만 참아 봐. 자는데 깨웠으면 어쩌나 했더니…… 러시아? 아니, 그 하고많은 도시 중에 심지어 무르만스크? 그딴 촌구석까지 뭐 하러 갔는데?〉

크리스티의 괄괄한 목소리가 반갑게만 느껴졌다. 노퍽에서 2년을 함께한 사회부 룸메이트이자 내 남동생의 전 연인. 그녀는 방금 밴쿠버에 도착했다며 내 행방을 물었다. 질문을 질문으로 받았더니 친언니 결혼식 때문이라는 답이 돌아왔다. 점심 전까진 시간이 빈다기에 마침 잘 되었다 싶었다. 나는 대충 상황을 설명한 다음 상대에게 염치없는 부탁을 건넸다. 호텔의 느려터진 와이파이로는 구글 접속조차 쉽지 않은 탓이었다.

크리스티의 손이 빠르다는 건 진즉 알고 있었다. 그녀의 능력은 사내 아카이브와 의회 도서관, 인터넷 검색엔진을 가리지 않았다. 어떤 곳에 던져져도 가장 먼저 쓸만한 정보를 끄집어내는 사람이었으니까. 그리고 그 기술은 몇 달 못 본 사이 한층 진화한 게 분명했다. 레닌그라드스카야에 있는 약국에 들러 소화제를 사던 차에 다시 전화가 왔기에. 부탁한 지 한 시간도 채 지나지 않은 시점이었다.

〈몰랐는데, 우리나라에도 잠수함 사고가 있긴 있었네. 벌써 반백 년 전이긴 하지만. 1963년에 스레셔. 1968년에 스콜피온. 둘다 대서양에서 침몰했고 생존자도 없었대. 보고서 찾은 게 몇 개있는데 메일로 보내줄까? 스캔한 문서라 크기가 좀 돼. 받아볼 수있겠어?〉

나는 일단 전송을 부탁했다. 노트북에 다운받는 동안 와이파이가 버텨줄 거란 보장이 없긴 했지만. 저장에 성공한다고 하더라도 오늘 안에 전부 읽을 시간은 있을까. 나는 가장 궁금한 것 두 가지만 먼저 물었다. 우리나라가 침몰 잠수함의 승조원 구조를 위해 어떤 노력을 했는지. 무엇보다도, 사고 후 무언가 바뀌었는지.

〈잠깐만. 음. 두 척 다 실종된 지 몇 달 지나서야 선체를 찾았네. 생존자를 구하기는 너무 늦었겠다. 스레셔가 2,600미터, 스콜피

온이 3,000미터에 가라앉았다니까 애초에 구조 자체도 힘들었을 테고…….〉

"그 뒤로는 어떻게 됐어?"

나는 통화를 이어가며 소화제를 계산대에 올려놓았다. 담아줄 요량인 듯 비닐봉지를 주섬거리기에 괜찮다고 말했다. 영어와 러시아어를 번갈아 써서일까? 바코드를 찍던 직원이 흘끔, 내 눈치를 봤다.

〈그게, 스레셔가 침몰한 지 두 달 만에 해군에 새 프로그램이 생겼대. 서브세이프SUBSAFE라는. 대충 보니까…… 잠수함 선체가 침수될 가능성을 완전히 없애기 위한 거네. 행여나 운용 도중 수밀 상태에 문제가 생겨도 금방 복구할 수 있도록, 설계 단계부터 항해 테스트까지 꼼꼼하게 확인하겠다는 컨셉인 것 같아. 지금도 해군 체계 사령부에서 여전히 하고 있더라고.〉

"그럼 스콜피온은? 그런 프로그램이 있었는데도 침몰한 거야?"

〈음…… 그렇기도 하고 아니기도 해. 아직 서브세이프 인증을 못 받은 상태에서 사고가 났다니까. 기존 잠수함에 프로그램을 적용하려면 배를 반쯤 분해한 다음 한참 살펴봐야 한다나 봐. 그런데 1968년이면 냉전 도중이잖아. 느긋하게 안전 점검을 벌일 여유가 없지 않았을까? 그 이후로 잠수함 침몰 사고가 아예 없는 걸 보니 프로그램 자체의 효과는 확실한 것 같고. 그나저나 너, 너무 열심인데? 아까는 억지로 넘겨받은 일이라고 안 했어?⟩

나는 알약을 물과 함께 삼키며 대충 얼버무렸다. 슬슬 전화를 끊을 타이밍이었다. 크리스티는 결혼식 와달라는 부탁은 안 할 테니까 주말 전까지 시애틀로 돌아오게 되면 꼭 알려달라고 했다. 이럴 때라도 얼굴 보고 가야 할 거 아냐. 넌 몇 년째 동부로 안 오니까. 알았어, 늘 고마워. 만나면 벨타운에 있는 근사한 레스토랑에서 저녁이라도 사야지 싶었다.

방으로 돌아와 머리만 대충 올려 묶은 뒤 테이블 앞에 앉았다. 슬슬 지루해질 차례였다. 평소 같은 인터뷰였다면 녹취를 풀 때 음성 인식 프로그램의 도움을 받을 수 있었을 텐데, 지원 언어 목록에서 러시아어만 쏙 빠져 있었다.

타자가 제법 빠르다고 자부하며 살아왔건만 역시 두어 시간 정도로는 어림도 없었다. 일이 얼추 마무리될 즈음에는 다시 배가 고플 지경이었으니까. 크리스티가 보낸 파일이 무사히 받아졌다는 게 그나마 다행이었다. 나는 미니바에 들어 있던 맥주 몇 캔을 같이 곁들이며 읽기로 마음을 굳혔다.

다운로드 폴더에는 세 종류의 문서가 추가되어 있었다. 아메리칸 헤리티지 매거진에 실린 스레셔 사고 심층 취재 기사, 월터 스콧이라는 퇴역 대령이 쓴 미 해군 사고 모음집, 그리고 1970년에 나온 해군 병기 연구소NOL의 분석 보고서.

솔직히, 내게는 좀 버거운 자료였다. 인터뷰 내내 조금씩 차오르던 생각들이 복잡한 축약어 앞에서 더욱 분명해졌다. 나는 이 방면에서 완전한 백치였으니까. 일사가 아니었다면 갈 일도 없었을 사격장에서 글록 한 탄창을 쏴본 게 전부이며 자동차 에어컨 필터도 혼자 못 가는 내가 핵잠수함에 대해 대뜸 이해한다면 거짓말이겠지 싶었다.

하지만 크리스티의 노력이 무용했냐고 묻는다면 그렇지는 않았다. 나는 두문자어의 홍수 사이에서 스레셔의 사고 원인으로 지목된 가설을 어렵사리 이해할 수 있었다. 나와 같은 처지의 문외한들을 위해 슬쩍 풀어보자면 다음과 같다.

핵잠수함의 추진 방식이란 생각만큼 어렵지 않다. 원자로 속 우라늄이 핵분열을 일으키면 열이 난다. 그 열을 이용해 증기를 만들고, 증기가 터빈을 움직이며, 터빈과 연결된 감속 기어가 프로펠러를 돌리는 게 전부다. 물론 기본적인 구조가 그렇다는 말이다. 실제로는 수만 미터의 배관과 기계장치가 복잡하게 연결되어 추진력과 전기를 함께 생산하니까.

당연하지만 원자로가 필요 이상으로 뜨거워지면 바닷속의 체르노빌 꼴이 난다. 그런 사태를 막기 위해서는 냉각장치가 필수적이다. 냉각장치의 구동과 더불어 밸러스트 탱크 조절을 위해 복잡한 배관 시스템이 함선 전체에 설치되어 있었는데, 스레셔의 경우는 그 연결 부위가 은 브레이징*을 통해 접합되었다. 문제라면 수압에 노출되는 접합부가 약 3,000곳에 달했다는 것과, 과거의 기술적 한계로 인해 은 브레이징의 불량률이 상당히 높았다는 점이다. 수중 통신 기록에 의하면 스레셔는 사고 당시 항해 시험을 위해 최대 잠항 심도에 있었다. 그 깊이의 높은 수압은 배관 시스템 일부를 파열시켰을 확률이 높다. 유입된 바닷물은 기관실에 있는 각종 배전반과 원자로 제어패널을 순식간에 단락 시켰을 것이다. 위와 같은 상황에서, 원자로는 안전장치에 의해 SCRAM**된다.

원자로가 정지하면 핵분열 또한 멈춘다. 지상의 원자력발전소에서는 전기 생산이 중단될 뿐이겠지만, 물속을 항해하던 잠수함에는 꽤 심각한 문제이다. 핵분열이 중단되면 증기 압력이 부족해지며 터빈을 위시한 추진체계가 멈추는, 쉽게 말해 날아가던 비행기에서 엔진이 꺼지는 것과 비슷한 일이 발생하니까.

---

* 금속을 서로 접합할 때, 모재를 녹이지 않고 그보다 낮은 온도에서 녹는 용가재를 사용해 접합하는 방법. 하드 솔더링 혹은 경납땜이라고 부르기도 한다.

** 원자로의 긴급 정지. 'Safety Control Rod Axe Man'의 두문자어이기도 한데, 이는 과거 실험용 원자로에서 비상 상황에 대비해 천장에 매달린 제어봉을 도끼로 자를 사람을 배치한 데서 따왔다.

원자로 자체의 문제가 아니니 재가동하면 되지 않냐고? 그랬으면 좋았겠지만, 일단 SCRAM 된 원자로를 다시 살리려면 복잡한 절차가 필요한 데다 함선의 선임 원자로 통제관이 배에 없었기에 사실상 불가능했다. 승조원들이 침수를 막고 동력을 복구하기 위해 분투하는 중에도 바닷물은 계속 새어 들어왔다. 얼마 안 가 선체는 확실한 음성부력*을 얻었다. 가라앉기 시작한 것이다.

동력을 잃은 채 침몰 중인 잠수함에서 사령관이 취할 수 있는 행동은 하나뿐이다. 긴급 부상 명령을 내리는 것이다. 명령을 받은 당직자가 군에서 흔히 '치킨 스위치'라고 부르는 제어 패널의 붉은 버튼을 누르면 끝이다. 전기신호가 전해지는 즉시 4,500psi로 저장된 압축공기가 감압밸브를 거쳐 주 밸러스트 탱크로 공급된다. 그러면 공기가 밸러스트 탱크 안에 있던 해수를 선체 밖으로 밀어내게 되고, 잠수함은 다시 양성부력 상태가 되어 떠오를 수 있다.

하지만 스레셔의 공기 배관은 불필요하게 복잡했으며, 항구에서 충전된 압축공기 또한 제대로 탈수脫水되지 않은 상태였다. 고압으로 저장된 공기가 감압밸브를 거치면 부피가 순식간에 증가

---

* 잠항 중인 잠수함은 기본적으로 떠오르지도, 가라앉지도 않는 중성부력 상태를 유지한다. 그 상태에서 선체가 떠오르기 위해서는 양성부력 상태가 되어야 하고, 더 깊이 잠수하기 위해서는 음성부력 상태가 되어야 한다.

하는데, 단열팽창 법칙에 의해 온도는 떨어지기 마련이다. 그 과정에서 응결된 공기 속 수분이 얼어붙어 구불구불한 배관을 막은 것이다.

어렵게 들리셨지만 부탄가스 캔이 사용 중 차가워지는 것과 같은 원리다. 스레셔의 밸러스트 탱크가 비워지지 못한 건 그런 단순한 이유 때문이었다. 잠수함은 그대로 압궤 심도*까지 내려갔고, 아무도 살아 돌아오지 못했다.

스콜피온의 경우는 한층 더 혼란스러웠다. 한 종류의 구체적인 가정만이 있는 스레셔와는 다르게 스콜피온은 불확실한 여러 이론이 난립하고 있었다. 해군 연구소조차 몇 가지의 가정만을 저울질할 뿐이었으니까. 그들은 선내 배터리에 축적된 수소가 발화했거나, 결함이 있는 어뢰(여기서도!)가 내부에서 폭발, 혹은 발사 직후 스콜피온으로 되돌아와 터졌을 가능성을 열거했다. 스레셔와 마찬가지로 해수 배관에 의한 침수 또한 거론되었다. 사고 당시 서브세이프 프로그램이 해군 잠수함 전체를 대상으로 진행 중이었지만, 스콜피온에는 적용이 연기되었다는 게 그 이유였다. 통상 연 단위가 걸리는 정기 수리가 5개월이라는 날림으로 끝나기도 했고.

---

* 수압에 의해 잠수함의 압력선체가 파괴되는 심도.

나는 오차코보 맥주 캔을 세 번째로 열며 깨달았다. 스레셔의 사고에는 외력이니 우연이니 하는 게 끼어들 자리가 없었다는 것을. 잠수함의 설계가 잘못되었고, 그에 못지않게 생산공정도 잘못되었다. 승조원들은 침수와 원자로의 긴급정지 상황을 동시에 대처하는 법을 몰랐다. 답답한 이유로 129명이 한순간에 세상을 떠났지만, 윗사람들은 서브세이프 프로그램을 만들면서도 속으로는 대수롭지 않게 여겼을 게 뻔했다. 그런 식의 안일함이 왜 문제인지 깨닫기 위해서는 스콜피온에 탄 99명의 영혼과 수백만 달러가 더 필요했다.

생각해 보면 당시 우리의 적들은 무고했다. 흐루쇼프가 우리 핵잠수함의 해수 배관 설계를 허술하게 만들라고 미사일을 들이밀며 협박하거나 울브리히트가 서브세이프 프로그램의 적용을 늦추도록 손을 썼을 리가 없으니까. 누굴 탓하겠는가? 모든 문제는 안에서부터 시작됐는데. 국민을 지켜야 하는 국가가, 그리고 이를 위해 존재하는 해군이 미필적 고의로 228명을 죽인 것이었다.

당시 책임자들이 어떻게 생각했을지는 문서에 나와 있지 않다. 옷을 벗게 될까, 법정에 서게 될까 겁이야 먹었겠지만 진심으로 슬퍼했을 리는 없겠지. 알링턴에서 감동적인 문장을 써가며 추도사를 읊더라도 본질적으로는 정치적 쇼에 불과할 거고. 하지만 그들이 사고를 모조리 우연의 탓으로 돌린 다음 신성불가침 영역이라도 되는 듯 묻어두지 않은 건 좋은 일이었다. 우리 군은 문제를 인정했다. 같은 실수를 세 번 반복하지는 않는 방향으로 나아갔다. 적어도 내급까지는 그게 무였다

그러니 크리스티의 자료를 읽어갈수록 러시아 제독과 나눈 대화는 빛을 잃는 듯 느껴졌다. 그래, 그의 말이 하나부터 열까지 틀리진 않겠지. 충돌 혹은 테러와 같은 외부요인이 쿠르스크 침몰의 원인일 가능성도 있다. 하지만 그렇다고 스스로에 대한 의문을 아예 배제하는 건 생각할수록 이상했다.

기억을 되짚어 보니 투르게네프는 쿠르스크의 설계자와 생산자, 그리고 함대의 인원과 승조원에 대한 가능성을 의도적으로 무시하는 모양새였다. 순전히 우연 때문일 거라니, 그런 식으로도 정말 괜찮은 걸까. 내가 겪어본 세상은 그렇게 단순하지 않은데. 토스트의 잼 바른 면이 바닥을 향하는 것마저도 분명한 이유가 있는 게 세상인데. 드넓은 바다에서 잠수함끼리 부딪치는, 혹은 아군 함정에서 튕겨 나온 어뢰와 격돌했다는 속 편한 해석은 아무리 애를 써도 납득하기 어려웠다.

하물며 발레라의 진술에서 본 군은 또 어떤가? 구조정은 고작 몇백 달러면 구할 수 있을 고무 패킹조차 끝내 제공받지 못했다.

군인들은 로마노프 왕조 시대 농노와 비슷한 음식을 지급받으며 살았다. 핵연료로 추진되며 무제한의 잠수가 가능하고, 은밀히 적을 공격할 수 있는 잠수함이라면 얼마나 많은 장비로 이루어졌을까. 또 얼마나 많은 소모품이 교체 주기를 놓치거나 배를 곯던 승무원 손에 팔려나갔을까. 그게 사고의 한 축을 담당하지 않았다고 어떻게 단언할 수 있는 걸까.

나는 마지막 장까지 훑어본 다음 그대로 몸을 눕혔다. 시계를 보니 자정을 한참 넘긴 시각이었다. 전날처럼 머릿속이 복잡하지는 않아서 다행이었다. 인터뷰 두 개를 마쳤더니 나름의 방향성이 잡힌 덕분이지 싶었다. 커튼을 닫으러 움직이기조차 귀찮아 조명 스위치만 겨우 내렸다.

호텔 쪽에서 바꿔준 두툼한 이불 덕에 몸이 금방 데워졌고, 룸클리닝을 마친 베개에서는 상쾌한 냄새가 났다. 아까만 해도 그저 희뿌옇던 창가는 항구 조명이 꺼진 뒤 한층 생기를 띠었다. 얼핏 보기에도 별이 한가득이었기에. 별, 헤아리는 게 불가능할 정도로 많은 별. 가만히 누워 밤하늘만 바라본 게 대체 얼마 만인지. 아마 그래서였을까? 나도 모르게 어느 사람을, 어느 순간을 불현듯 떠올려 버렸다.

예전에는 이런 일이 자주 있었다. 공원에서 지인을 기다리다,

식료품점에서 점심으로 만들 쌀국수 재료를 사다, 소파에 누워 졸고 있다 갑자기 과거로 빠져드는 경우가. 그럴 때마다 스스로에게 화가 났다. 내가 상대와의 추억을 떠올릴 자격조차 없는 인간이라는 사실을 누구보다 잘 알았기에. 삭년 이후로는 잘 참아왔는데 왜 다시 이럴까 싶기도 했다. 이토록 낯선 곳에서, 고작 밤하늘 따위에? 어쩌면 하루 종일 사건의 책임 소재를 따져댔기 때문일지도. 머릿속의 흐름을 틀어막으려 했을 때는 이미 늦어 있었다.

언젠가 피닉스에 기록적인 더위가 찾아온 날이었다. 에어컨이 고장 나 도무지 잠을 잘 수가 없었다. 연락을 받고 한밤중에 찾아온 일사가 나를 차에 태웠다. 한 시간가량 컨트리음악을 흥얼거리다 다다른 곳이 캐니언호였다. 그녀는 근처의 야트막한 언덕에 차를 세우고는 뒷좌석에서 얇은 토퍼를 꺼냈다. 차 후드 위에 펼친 뒤 사이좋게 누웠다.

호숫가에서 선득한 바람이 불어왔다. 더위를 물리치기에는 충분하지만 셔츠 한 장을 걸치고도 춥게 느껴지지는 않을 만큼이었다. 구름 한 점 없는 데다 광해와 먼 곳이라 하늘이 투명하다는 말로도 부족할 정도였다. 스마트폰 앱의 도움을 받아 별자리를 헤아렸다. 줄곧 맞닿아 있던 서로의 몸으로 시선을 옮기기 전까지는 그랬다.

나는 끝내 바라보았다. 그곳에서도, 이곳에서도 한결같은 거문고자리 베가를. 그리고 드디어 상상했다. 평소보다 곱절은 더 뜨겁게 느껴지던 손길을. 점점 규칙을 잃어버리는 숨소리, 가슴 위에서 간지럽게 흔들리는 금빛 머리카락을. 땀으로 축축하게 젖어들던 목덜미와 몸 구석구석을 쉴 틈 없이 파고들던 입술을. 내가, 그리고 일사가 연달아 부르던 서로의 이름까지. 기억에 익사하지 않기 위해서는 결국 피가 나도록 입술을 깨물어야 했다. 왈칵, 눈물샘이 넘치려는 것을 겨우 참았다.

아나스타샤 알렉산드로브나 보그다노바, 44세

오전은 대체로 맑을 전망이었다. 약간의 구름, 전날과 엇비슷한 정도의 바람. 다만 오후 한 시를 기점으로 비가 예고되어 있었다. 우산 쓰는 것만큼 귀찮은 일이 또 없을 테지만 기온에 별 영향을 미치지 않는다는 점은 다행이었다. 최고 기온은 화씨 35도, 최저 기온은 화씨 32도. 위도에 비해 상냥하게 느껴지는 날씨였다. 원래 이렇게 포근한가 싶었는데 재미 삼아 본 월간 예보 덕에 정신이 확 들었다. 시애틀 기준의 맹추위와는 자릿수부터 달랐다.

나는 몸서리를 치며 날씨 앱을 종료했다. 호텔 근처에서 버스를 기다리던 참이었다. 원래는 택시를 부르려고 했는데 왜인지 호출에 답하는 운전사가 아무도 없었다. 약속까지 40분도 안 남았다고 생각하니 마음이 달았다. 마침 정류장 근처를 서성이던 커플이 있어 버스 노선에 관해 물었다. 자기들끼리 무어라 속닥거리던 끝에 남자 쪽에서 3번 혹은 1번을 타라고 알려왔다. 20분이면 목적지인 레닌스키 지구까지 갈 수 있다고 하니 그나마 다행이었다.

3분 뒤에 도착한 3번 버스는 의외로 깨끗한 트롤리버스였다. 전날 생긴 잔돈 덕분에 무리 없이 33루블을 치렀다. 자리는 반쯤 차 있었다. 한 손에는 지팡이, 다른 손에는 짐 꾸러미를 든 노파. 교복 차림 학생 한 무리, 그리고 이런저런 복장의 중장년 남자들. 대부분 눈가에 진한 다크 서클이 드리운 걸 보니 야간 근무를 마치고 돌아가는 게 분명했다.

나는 승객 밀도가 가장 낮은 뒤쪽에 자리를 잡았다. 그런데 버스가 움직이자마자 앞에 앉은 남자아이가 대뜸 라이터를 꺼냈다. 머리를 짧게 친 데다 무리에서 체구가 가장 큰 학생이었다. 차 안에서 담배라도 피울 생각인가 싶었는데 교복 소매에 튀어나온 실밥을 그슬리고는 옆 친구에게 넘겨주었다. 규율이 엄격한 학교일까. 일회용 라이터가 아이들 손을 돌아다니며 복장 정리에 쓰이는 모습을 보고 있자니 괜히 미소가 지어졌다.

엇갈린 신호 탓에 자꾸 멈추던 버스가 언덕 초입의 청록빛 건물을 기점으로 속도를 내기 시작했다. 작은 놀이터와 테니스장이 딸려 있던 그곳은 프로김나지야*로, 레닌스키 지구의 최외곽에 속했

---

* 러시아의 교육기관. 유아교육과 초등교육 과정이 통합되어 있으며, 약 3~10세에 이르는 아이들이 다닌다.

다. 지도에 의하면 무르만스크는 세 구역으로 나뉘었다. 레닌스키, 옥탸브르스키, 그리고 페르보마이스키. 내 호텔이 있는 곳은 옥탸브르스키 지구로, 일종의 원도심에 해당했다. 중앙역과 주요 관공서, 종합병원, 심지어 박물관까지 전부 모여 있었다.

반면 레닌스키 지구는 일종의 주거 구역이었다. 두 지역을 잇는 간선 도로에 접어들자 꽁꽁 얼어붙은 호수가 먼저 나타났다. 유원지가 있는지 조그만 대관람차도 함께였다. 물론 그 너머로는 역시나, 끝없는 아파트의 향연이었다. 소련 시절을 운운하는 영상 자료라면 꼭 한 번쯤 등장할 광경. 벽면이 싸구려 부직포처럼 일어난 건물들이 나타났다 사라지기만을 반복했다.

한 가지 재미있는 사실은, 같은 도시인데도 옥탸브르스키 지구와는 느낌이 꽤 다르다는 점이었다. 아지무트호텔 근처의 아파트들은 유행에는 뒤처졌을지언정 블록에 따라 확연히 구분되는 색상과 장식이 있었다. 하지만 레닌스키 지구에서는 그 촌스러움마저 사치로 여기는 모양이었다. 90퍼센트 이상의 건물이 회색도 갈색도 아닌 기묘한 빛깔을 띠고 있었다. 장식적 요소를 전혀 찾아볼 수 없는 건 물론이었다. 도로 상태조차 묘하게 불량해 금방이라도 토할 것만 같았다.

나는 10여 분 더 멀미에 시달리던 끝에 마그닛* 앞 정류장에서

---

* 러시아의 편의점 브랜드.

내렸다. 허름한 흐루쇼프카* 사이로 5분은 더 걸어야 했다. 우샤
코바 거리를 지나다 사포노바 거리 방면으로 우회전. 생긴 건 평
범한 주택가였지만 이상하리만치 인기척이 없었다. 길가에는 조
수석 유리창에 금이 간 모스크비치와 범퍼가 박살 난 오펠이 나지
막한 쓰레기 산 사이에 서 있었다. 주차했다기보다는 아무렇게나
던져뒀다는 표현이 더 어울릴 듯했다.

　구름 사이로 햇살이 비친 것과 내가 목적지에 도착한 건 거의
동시였다. 나는 주소를 다시 한번 확인했다. 7층, 사포노바 거리
12번지. 들어가는 곳이 당최 보이질 않아 건물 전체를 빙 돌았는
데, 창고 입구라고 생각했던 곳이 다름 아닌 공동 현관이었다. 녹
슨 강철 문이 총알이라도 막을 목적인 듯 두꺼웠다. 엘리베이터에
서 엄청난 지린내가 나고 심히 덜컹거린다는 사실은 이제 놀랍지
도 않았다.

＊＊＊

　아나스타샤 알렉산드로브나. 손잡이 근처에 움푹 팬 자국이 있
는 그녀의 집 문짝에는 초인종이 없었다. 나는 침침한 복도에 서

＊　흐루쇼프 통치 기간에 소련 전역에 지어진 아파트. 스탈린카에 비하면 가구당 크기가 더 작고
　　장식적 요소가 없다는 특징이 있다.

서 여러 차례 문을 두드렸다. 복도의 형광등이 멋대로 깜빡거리는 탓에 눈이 아팠다. 미국에서 온 기자라고 꽤 큰 소리로 외치자 드디어 열렸다. 아니, 정확하게는 열리다 말고 덜컥 멈췄다. 도어체인 사이로 눈만 빼꼼 보였다. 그녀는 나를 위아래로 훑어보더니 혼자 온 거냐고 물었다. 고개를 열심히 끄덕이며 악의 없음을 증명하듯 웃자 겨우 걸쇠가 풀렸다.

살풍경한 외부와는 다르게 꽤나 아늑한 내부였다. 손이 닿는 곳마다 담요며 쿠션이 놓여 있었다. 스토브에서는 주전자가 은은한 향기와 휘파람 소리를 동시에 냈다. 아나스타샤 알렉산드로브나는 키가 나보다 머리 하나는 더 크다는 것을 제외하면 평범한 외모의 중년 여성이었다. 그녀는 식탁을 가리키며 앉아 있으라는 몸짓을 했다. 미리 준비한 초콜릿을 선물로 건네고 기다렸더니 이내 단출한 다과상이 차려졌다. 진하게 우러난 홍차, 꿀, 크림, 그리고 과자 몇 종류가 메뉴였다.

"두 달쯤 전인가, 집에 도둑이 들었어. 나는 화장실에 있었는데 빈집이라고 생각했나 봐. 손잡이가 덜렁거리는 건 또 어떻게 알았는지 망치 같은 걸 써서 한 방에 걸쇠를 박살 내더라고. 얼른 불을 끄고 변기 위에서 찍소리 안 하고 있었지. 나중에 나가보니까 여기 위에 둔 핸드백만 없는 거야. 누군진 몰라도 하하, 수지 타산 안 맞는 장사를 했지. 나는 카드도 안 쓰고 현금이라고 해 봐야 2,000루블 이상은 안 들고 다니거든. 신고도 안 했어. 나중에 옆집에 이야기하니까 자기라도 무사르*한텐 안 갔을 거래. 범인을 잡아서 감옥에 보내봐야 나중에 해코지밖에 더 당하겠냐면서.

뭐, 동네 상태야 이래도 이웃들은 그럭저럭 괜찮아. 망가진 손잡이도 아랫집 니콜라이네 아들이 다시 달아줬고. 나 같은 외지인을 살갑게 대해줘서 고마울 뿐이지. 실은, 작년 이맘때까지만 해도 여기가 내 집이 아니었거든. 저 멀리 아르한겔스크**에 살았으니까. 다른 건 몰라도 여기보단 볕이 따뜻한 곳이었어. 무르만스크로 돌아간다고 하니 다들 미쳤다고 그랬는데, 조금은 이해가 가. 고향도 아니고 왜 인제 와서 거길 다시 기어들어 가냐고."

"원래 고향은 어디세요?"

"핏캬란타. 알아? 라도가호 근처에 있는 쥐똥만 한 동네야. 근데 이젠 고향이라고 하기에도 뭐하지. 찾아가 봐야 아무것도 안 남았으니까. 가족도, 누구네 무덤도. 머무를 이유가 딱히 없기는 여기나 거기나 매한가지기는 해."

나는 먼저 꿀 한 스푼을 넣고 차를 슬쩍 맛봤다. 쓰고 떫은맛이

---

* 본래는 쓰레기라는 뜻이나, 경찰관을 향한 멸칭으로도 쓰인다.

** 북드비나(北Dvina)강의 하류에 위치한 도시로, 백해와는 약 30킬로미터 떨어져 있다. 러시아 북서 연방 지구에서 다섯 번째로 인구가 많은 도시이다.

엄청났다. 본능적으로 찌푸려지려는 얼굴을 가까스로 바로잡았다. 그런데도 상대는 잔에 아무것도 더하질 않았다. 두어 모금을 무던한 표정으로 삼키더니 찬장에 계속 시선을 보냈다.

"하여튼 나도, 어디 안 그런 사람 있겠냐만은, 나름대로 사정이 있어. 아르한겔스크에는 나보다 두 살 어린 여동생도 살거든. 어려서부터 사이도 좋았고. 문제는 매제야. 뭐랄까, 좋게 말하자면 순진하고 나쁘게 말하자면 귀가 얇아. 직장 사람들 말만 듣고 대출로 마련한 작은 제재소가 있었거든? 그걸 좀 키워보겠다고 사채까지 써 가면서 설친 거지. 반년 만에 집을 홀라당 날려 먹었더라고. 둘만 사는 거라면 또 모르겠는데 딸린 조카가 셋이나 돼.

어쩌겠어. 애들이 거리에 나앉는 꼴을 볼 수는 없잖아. 덜컥 내 아파트를 내줬지 뭐. 이럴 때라도 언니 노릇 안 하면 언제 할까, 싶기도 했고.

그러던 참에 시아버지가 나를 무르만스크로 불렀어. 시어머니 돌아가신 뒤로는 처음 있는 일이었지. 보자마자 대뜸 그러더라, 너만 괜찮다면 이 집에서 살아도 된다고. 당신은 여길 떠날 생각이라고. 숀구이* 근처에 다차가 하나 있다는 거야. 당신 말로는 다시 토끼나 잡으러 다니고 싶어 그렇다는데 진심으로 그걸 바랐던 건지, 아니면 어디서 내가 하나뿐인 집을 동생한테 넘겼다는 소식

---

* 무르만스크에서 남쪽으로 35킬로미터 떨어진 곳에 있는 마을.

을 들었는지는 아직도 모르겠어. 이젠 영원히 모르겠지만.

나는 뭐라고 대꾸해야 할지 몰라서 입을 꾹 다물고 있었어. 알잖아, 상황만 보면 땡잡았다 싶을지라도 무슨 염치로 승낙을 해? 내가, 나 따위가 뭔데? 내내 며느리 노릇 한 번을 못 했어. 처음에는 그럴 정신이 없었지. 그다음에는 먹고살기 바쁘다는 핑계가 있었고, 나중에는 괜히 남편 생각나는 게 싫어서. 그런데 시아버지가 열쇠 꾸러미를 가만히 탁자 위에 올려놓는 거야. 알고 보니 진즉 짐을 다 꾸려서 차에 실어놓은 거였어. 다른 가구는 전부 그대로 둔 채, 오로지 본인 옷만. 그러고는 말 한마디 없이 집을 나갔지. 살든지 말든지 알아서 하라는 듯이. 석 달 뒤에 부고가 왔어…….”

아나스타샤 알렉산드로브나가 자리에서 일어섰다. 그녀는 줄곧 시선이 달라붙어 있던 찬장을 열었다. 병을 하나 꺼내더니 뚜껑을 열고 연갈색 내용물을 자기 찻잔에 부었다. 아무 라벨도 붙어 있지 않았지만, 매서운 알코올 냄새로 종류를 짐작할 수 있었다.

“그리고…… 그래, 음. 남편 이야기를 해야지. 결국 당신도 그래서 왔을 테니까. 내 남편은 이 동네 토박이야. 무르만스크의. 키가 184센티미터에다가 얼굴은 멘시코프*를 쏙 닮았어. 군인이면서

---

* 러시아의 배우이자 가수.

손은 또 어찌나 가늘고 곱던지. 술을 마실 때마다 어릴 때 피아니스트가 되고 싶었다고 말하던 게 기억나. 가끔 기분이 좋으면 발라키레프 소나타를 치주기도 했고.

그렇네, 부탁이 하나 있어. 기사를 쓸 거라고 했지? 그럼, 꼭 이름을 제대로 적어줘. 바실리 레오니도비치 보그다노프. 바샤 보그다노프로 줄이거나 하면 안 돼. 바실리, 레오니도비치, 보그다노프야."

"혹시 이유를 여쭤봐도 괜찮을까요?"

"그건…… 미안해, 나도 그냥, 잘 모르겠어. 어쩐지 그래야만 할 것 같은 기분이 들 때가 있잖아? 지금이 딱 그래. 나에 대해서야 대충 넘어가도 돼. 하지만 남편만큼은…… 이렇게라도 잊히지 않았으면 좋겠어."

"알겠습니다. 꼭 그럴게요."

"고마워. 그나저나, 아까 이름이 뭐라고 했지?"

"그냥 카슨이라고 불러 주세요."

"혹시나 해서 물어보는 건데. 결혼했어?"

잔을 기울이던 상대가 내 손에 끼워진 반지를 턱짓했다. 나는 가만히 고개를 저었다. 어쩌다 생긴 거예요. 아나스타샤 알렉산드로브나는 고개를 갸웃거렸지만, 더 캐묻지는 않았다. 나는 어색하게 웃으며 차에 꿀을 두 스푼 더 넣었다. 꼼꼼히 휘저었는데도 쓴 맛은 여전했다.

"우리는 페테르*에서 처음 만났어. 97년 9월 22일에. 그러고 보니 신기한 게 뭔 줄 알아? 젊어 보인다는 이야기를 종종 듣기는 해도 지금 내 나이가 벌써 마흔다섯 살이야. 기억력이 예전 같지 않다는 말이지. 계란이 다 떨어져서 시장에 왔으면서 내가 뭘 사야 하더라, 하는 거고. 우유병 대신 리모컨을 냉장고에 넣은 적도 있어.

그런데도 그때를 생각하면 몇 가지는 아직 선명해. 이를테면, 날씨 같은 거. 아침에만 해도 하늘이 끄물거리던 게 점심 이후로는 거짓말처럼 풀렸어. 수은주가 순식간에 오르는 모습을 보니 인디언서머**라도 온 건가 싶어서 다들 좋아했지. 사무실로 쓰는 건물이 낡을 대로 낡아서 여름 내내 퀴퀴한 냄새가 났거든. 환기한답시고 창문을 여느라 바빴어.

남편을 본 건 그날 오후 일이었어. 복사용지가 똑 떨어지는 바람에 몇 블록 떨어진 잡화점에서 사 오는 길이었지. 지금이야 페테르가 나라 전체에서 손꼽히는 부자 도시지만 그땐 여기보다 엉망이었거든? 잊을만 하면 총소리가 들리지, 거리에는 행인보다 구

---

* 상트페테르부르크의 약칭.

** 북미와 유럽에서 9월 말에서 10월 초에 약 2주간 관측되는 따뜻하고 건조한 날씨.

걸하는 사람이 더 많았고 도로는 어딜 가나 포트홀투성이었어. 내가 날씨 이야기를 했잖아? 비라도 온 뒤에 차가 지나가면 거기 고여 있던 물이 온 사방에 튀는 거야. 당연히 차도에서 최대한 떨어져 걷는 게 상식이었지. 그런데 그날따라 잡생각을 하다가 그만······."

그녀는 어깨를 맥없이 들썩거리며 힘겹게 웃었다.

"속옷까지 전부 젖었다니까. 떠돌이 개도 아니고 그 꼴이 얼마나 우스웠을까. 그런데 흙탕물을 질질 흘리면서 잠시 생각해 보니 이렇게까지 만신창이가 될 이유가 없는 거야. 전날 폭우가 내린 것도 아니고, 물이 튀어봐야 신발 정도만 좀 축축해지는 게 정상인데. 내 옆을 지나면서 고의로 액셀을 밟은 느낌이 들기에 쫓아가 따지려고 했어. 문제는 신호에 멈춘 차를 보니까 차체도, 유리창도 전부 새카만 리무진인 거야. 누가 타고 있을지 뻔하더라고. 마피아 놈들 아니면 인터걸* 포주겠지. 혹은 둘 다던가.

여자인 내가 총잡이들 상대로 뭘 어쩌겠어. 속으로 욕이나 몇 마디 하고 마는 거지. 그리고 그땐 내가 거지꼴이 되었다는 사실보다는 꼬장꼬장한 경리 직원의 잔소리가 더 걱정이었어. 기껏 산 종이가 다 젖었으니 말이야. 한숨 푹푹 쉬면서 다시 상점 방향으

---

* 표트르 토도로프스키 감독의 영화 제목이자 신종 매춘부의 한 종류. 1990년대 러시아에서 자주 볼 수 있었는데, 외국인을 대상으로 성매매를 하며 외화(주로 달러)로만 화대를 받기 때문에 그런 이름이 붙었다.

로 털레털레 걸었지. 그런데 누가 내 팔을 붙들더니 손수건이랑 봉지를 불쑥 내미는 거야. 그땐 키 큰 남자라는 것만 보였어. 아, 군복 차림이라는 거랑. 나는 얼굴도 제대로 못 봤는데 순식간에 저 멀리 뛰어가더라고. 뭐지 싶어서 받은 걸 열어보니 새 복사 용지가 들어있는 거야! 손수건 안에는 쪽지까지 숨겨두고는."

"쪽지요?"

나는 접시에 담긴 것 중 가장 작은 사이즈의 과자를 집었다. 버터 쿠키 모양이었는데 속에는 진한 초콜릿 크림이 들어 있었다. 반만 씹었는데도 단맛이 어마어마해서 나도 모르게 차를 삼켰다. 아, 드디어 균형이 맞았다.

"쪽지…… 라기보단 구겨진 냅킨이었지. 주소랑 시간만 휘갈겨 쓴. 웬걸, 그게 내용의 전부였어. 자기가 누군지, 왜 나한테 이런 걸 주는지, 정보가 하나도 없더라고. 사무실로 돌아와서 이야기를 털어놓으니 하나같이 귀엽다느니, 일단 쓰여 있는 장소로 나가보라느니 하면서 성화였지.

그래, 나도 사람이고 여자인데 그 정도 눈치는 있어. 하지만 뭐…… 알잖아. 부담스럽기도 하고, 겁도 좀 나고. 그때 내 나이가 스물둘이었는데 아직 남자랑 가깝게 지내본 적이 없었거든. 결국 만나러 가기는 했지만.

키롭스키구區 골목에 있던 한 식당이었어. 가게 이름이 모르스, 모로스코였나. 하여튼 손님이라고는 우리 바샤랑 코가 시뻘건 남정네가 전부였지. 내가 안 올 줄 알았는지 시무룩한 얼굴로 냅킨만 만지작거리고 있더라고. 앞에 가 앉으니 표정이 얼마나 밝아지는지 몰라. 그루지아식 닭 요리를 먹으며 이야기를 나눴지. 시크메룰리. 지금 생각하면 남편한테는 참 부담스러운 액수였을 텐데. 아무 내색도 안 하더라고.

처음부터 짐작은 하고 있었지만, 남편은 해군이었어. 크론시타트*에서 휴가차 나온 거라고 먼저 털어놓더라고. 이런저런 대화를 좀 나눴지. 일 이야기, 가족 이야기. 알고 보니 그때 남편은 근처 식당에서 늦은 점심을 먹고 있었대. 창밖으로 날 발견하고는 말을 걸고 싶었지만 타이밍을 못 잡았더라나 봐. 그런데 내가 그렇게 되는 꼴을 보고는 같이 있던 동기가 등을 떠민 거지. 어떻게 그토록 빨리 잡화점을 다녀왔냐고 물으니까 그냥 배시시 웃더라고.

지금 생각하면 그렇게 낭만적일 수가 없는데 당시에는 몰랐어. 당연히 첫눈에 홀딱 반하거나 하지도 않았고. 남편은 목소리가 큰 편도, 달변가도 아니었어. 내 말에 얼굴이 빨개질 때도 자주 있었지. 매너야 좋았지만 몸짓에는 확신이 없었다 할까. 어휴, 이렇게

---

* 코틀린섬에 자리한 도시. 상트페테르부르크 서쪽 32킬로미터 지점에 자리하며, 러시아 발트함대의 기지가 있다.

털어놓고 있으려니 몰래 흉을 보는 것 같아서 마음이 좀 그렇네. 그래도 뭐, 사실이긴 해. 그 뒤로도 몇 번 더 만났지만, 확실한 건 남편이 그다지 숫기가 없는 남자라는 거였어."

"하지만 결혼, 하셨죠?"

"응. 다섯 번째로 만났을 때였나, 바샤가 먼저 결혼 이야기를 꺼냈어. 나야 좋다고 했지. 왜냐고? 다른 사람이라면 갸우뚱했을지 몰라도, 나한텐 그런 모습들이 썩 단점처럼 느껴지지 않더라고. 어차피 해야 할 결혼이라면 내 부친이랑 정반대인 사람을 바랐거든. 그쪽은 말이야, 자동차 앞 유리를 안 닦아놨다고 엄마 뒤통수에 마시던 술병을 내리꽂은 인간 말종이야. 큰 도시로 가서 일할 거라는 나한테는 자기가 창녀 새끼를 키웠다며 악악댔고. 남편은 한결같이 내 편을 들어준 데다 보드카는커녕 크바스도 입에 안 댔어. 그 정도면 충분한 거 아니야? 연애는 마음으로 하지만 결혼은 조건으로 한다는 말도 있잖아.

조촐하게 식을 올렸지. 그러고는 두어 달쯤 지났나. 남편한테 발령이 났어. 북방 함대로. 대규모 인사이동이 있었다나 봐. 나는 끽해야 아르한겔스크나 무르만스크로 가겠구나 싶었는데 웬걸, 잠수함 기지는 다른 곳에 있다는 거야. 비디야예보라고, 여기서 차로 한 시간 반은 더 들어가야 하는 시골이었어. 시골도 그냥 시골이 아니라 핏캬란타를 대도시로 보이게 할 정도의 깡촌이었다니까. 남편도 그럴 줄은 몰랐나 봐. 관사에 짐을 옮기면서도 내 눈을 안 마주치려 하더라고. 미안했던 거지.

그런데 살아보니 의외로 괜찮았어. 관사 건물이 좀 많이 낡았고, 엄마랑 동생을 보러 가는 건 년에 한 번도 벅차긴 했지만. 그야, 페테르에서 살던 기숙사는 잘 쳐줘야 돼지 농장 수준이었거든. 내가 드디어 완전한 어른이 된 것 같아 좋기도 했지. 방 두 개짜리 집으로도 모자라서 든든한 군인 남편까지 있잖아. 남들한테 꿀릴 게 뭐야? 그런데 저녁상에서 바샤한테 이런 말을 하니까 또 얼굴이 새빨갛게 변하더라고."

"귀여우시네요. 정말로요."

나는 홍차의 마지막 모금을 삼키며 미소를 지었다. 상대가 주전자를 기울여 다시 잔을 가득 채워줬다.

"고마워, 그렇게 말해줘서. 하지만 우리한테도 웃을 일만 있었던 건 아니야. 음…… 사는 거. 삶 자체가 불안했어. 갑자기 이러니까 뭔가 싶지?

비디야예보는 다른 도시처럼 사람들이 모이면서 자연스럽게 형성된 곳이 아니야. 국가 주도로 만든 비밀 군사 정착지지. 그럼 그게 뭘 의미하겠어? 나 같은 민간인이 할 일을 찾기 어렵다는 거야.

거긴 회사도 없고 공장이나 시장도 없어. 마지못해 세워둔 복지시설 한 줌이 다야. 심지어 비디야예보라는 이름조차 대조국 전쟁 시절 잠수함 선장한테서 따온 거라니까. 부대 안에 사무 보조원이나 통신 교환원 자리가 있었지만 많이 뽑진 않았어. 결국 남편 수입에만 의지해야 했지.

그렇게 새해가 찾아왔어. 조국이 모라토리엄 선언을 한 바로 그해가. 물론 나는 1976년생이야. 내 가장 오래된 기억 중 하나가 옐친을 대통령으로 앉힌 선거고. 그 말인즉슨…… 거지꼴로 사는데 익숙하다는 소리지. 그런데도 너무 힘들었어. 남편 월급이 석 달에 한 번꼴로 나왔다면 믿겠어? 그마저도 규정 수당의 절반 정도뿐이 안 되는걸? 한 번은 당직에서 돌아온 바샤가 어렵사리 끓여놓은 카샤 세 그릇을 허겁지겁 삼키는 거야. 알고 보니 전날 내내 한 끼도 못 먹었다고 하더라고. 보급은 끊긴지 오래라 시민들이 보내주는 감자가 부대 내 유일한 식재료였는데, 그마저도 다 떨어졌다는 거지.

그런데 말이야, 우리 남편은 부끄러운 짓 하나 안 했어. 남들이랑은 다르게. 처음엔 나도 좀 따졌지. 이러다가 정말 굶어 죽을 판이라고. 옆집처럼 부대에서 가져온 것들로 보로실로프카*라도 만

---

* 주로 군 내부에서 훔친 알코올과 물을 희석해 만든 음료를 일컫는 러시아 해군의 속어.

들어다가 팔든가, 아니면 시위를 해서라도 밀린 월급을 받아야 하지 않냐고. 그러니까 차를 한 잔 끓여주고는 앉아서 가만히 나를 설득하는 거야. 자기가 회사에 다니는 거라면 망설임 없이 그랬을 거래. 하지만 여기는 군대고, 애국심과 의무가 먼저라는 거야. 몇 마디 더 주고받다가 내가 먼저 물러섰어. 그이가 그토록 뭔가를 주장하는 모습은 처음 봤거든.

남편은 그 대신이랍시고 집 근처에 있는 땅을 조금 빌려왔어. 볕이 좋은 여름 한철에 거기서 농사를 지었지. 비트랑 감자를 심었던 것 같아. 아, 당근도. 일이야 내가 주로 했지만 그이도 시간 비는 대로 거들어 줬지. 그렇게 다른 집에 파니까 글쎄, 그달 남편 월급보다 조금 더 되더라고. 여전히 쪼들렸지만 최소한 굶진 않을 수 있었어. 팔고 남은 건 먹기도 했지. 아직 아이가 없어 그나마 다행이라고 생각하면서⋯⋯.

뭐, 그렇다고 밭일만 한 건 아녔지. 어느 날은 바샤가 나를 부대로 데려갔어. 같은 부서 사람들도 소개해 줬고, 부두 구경도 시켜 줬지. 배, 그러니까 잠수함 말이야. 사실 별 기대 없이 가긴 했어. 그야, 나도 페테르에 살아봤으니까 그런 게 낯설진 않을 거라 생각했거든. 군함도 먼발치에서나마 본 적이 있고.

하지만 처음 본 잠수함은⋯⋯ 지금도 뭐라고 표현하기가 어렵네. 우리 관사를 애들 장난감으로 느껴지게 할 만큼 거대한 형체가 물 위에 대뜸 떠 있더라고. 아마 고래를 처음 본 원시인이 이런 기분이었을까? 어안이 벙벙한 채로 그이가 일하는 곳, 자는 곳도 전부 들어가 봤어. 버스만 한 미사일 수십 발과 핀란드식 사우나가 공존하는 장소였지. 생각보단 넓었지만, 공기가 탁해서인지 금세 숨이 막히더라고.

그리고 그걸 직접 보고 나니까 생각이 좀 달라졌어. 남편을 어렴풋이 이해할 수 있게 되었다고 해야 하나? 나는 그때나 지금이나 기계에 대해서라면 하나도 몰라. 그런데도 쿠르스크가 단순한 강철 살육 무기처럼 느껴지지는 않았어. 우리 사람들이 그런 걸 만들었다는 게, 남편이 그 안에서 애써 나라를 지킨다는 게, 가슴이 먹먹하더라고. 어쩌면 어머니 러시아의 존재를 다시 떠올리게 된 거겠지. 종종 하는 말처럼, 나한테는 남편이라도 있지만 조국은 늘 혼자잖아. 결국 그 속에서 무언가를 빼돌리려 했다는 게 불경스럽게 느껴질 지경이었어. 그이도 그런 마음에서 나를 부대로 데려갔을 거야. 어려워도 좀 더 버텨보자 싶었지. 정말로. 그땐······."

아나스타샤 알렉산드로브나는 돌연 입술의 움직임을 멈췄다. 그녀는 눈조차 깜빡이지 않은 채 빈 잔만 바라봤다. 침묵이 길었다. 나는 집 안이 말도 안 되게 고요하다는 사실을 뒤늦게 깨달았다. 시계 소리조차 사라진 듯했다. 나도, 녹음기도 가만히 기다렸다.

"지금 생각하면 미련하기 짝이 없이. 안 그래? 남편 밥도 못 챙겨주는 국가가 그런 걸 수십 척씩 굴린다는 게 이상하지 않아? 우린 난로에 쓸 기름이 없어서 숲에 들어가 잔가지를 줍고 다니는데, 함대 전체를 이끌고 바다로 나갈 연료는 있고? 나한테 이상한 피가 흐르는 게 분명해. 차르가, 당이, 독재자와 전쟁이 모든 걸 빼앗아 가도 당연하게 여기던 프롤레타리아의 피가……

비디야예보에서 우리 아랫집에 밀라라는 여자가 살았어. 그쪽 남편도 쿠르스크에 타고 있어서 금방 친해졌지. 잠수함에서 두 번 폭발이 일어났다는 사실을 알아? 사람들 말로는 내 남편이 첫 번째 폭발에서 이미 정신을 잃고, 두 번째 폭발이 일어났을 땐 죽었을 거래. 바샤는 통제실이 있는 뱃머리에서 근무했거든.

하지만 밀라 남편은 선미에 있는 기관부에서 일했어. 원자로실 격벽이 두꺼워서 충격파를 막아줄 수 있었다나 봐. 결국 그쪽에 있던 스무 명 남짓한 승조원들은 살았대. 아니, 살아 있었대.

우리 남자들이 거기서 구조를 기다리며 어떤 행동을 했는지는 몰라. 살려달라는 뜻으로 선체를 막 두드리더라는 이야기는 들었지. 밀라 남편은 남은 시간 동안 편지를 썼어. 내 기억이 맞다면 찢어낸 노트에 볼펜으로 끼적인 거야. 밀라 이름과 함께 사랑한다고, 자기 걱정은 말라는 내용을 담아서. 운이 좋게도 인양 과정에서 글이 발견됐어. 부인들은 그게 물에 녹아 사라지지 않은 것만 해도 기적이나 다름없다고 생각했지. 그래서 그땐 밀라가 미치도록 부러웠어. 남편의 마지막 흔적이니까. 우리 바샤는 유품은커녕 뼛조각 하나 못 건졌는데……

그런데 나라에서 밀라한테 어떻게 했는지 알아? 편지 사본만 달랑 던져줬어. 원본은 사고 조사에 필요하니 못 내준다는 핑계를 대면서. 그래, 그럴 수 있지. 원인을 찾는 것도 중요하니까. 그런데 정부 위원회인지 뭔지에서 어뢰 어쩌고 하면서 결론을 내린 뒤에도 밀라는 편지를 받지 못했어. 국방부까지 찾아가서 애원했는데 들은 척도 안 하더래. 밀라는 폐인처럼 살다 결국 몇 주 전에 목을 매달았고. 대체 왜? 우리가 뭐 대단한 걸 바랬어? 그 종이 쪼가리가 무슨 국가 기밀이라도 되는 거야?"

언제부턴가 상대의 표정이 좋지 않았다. 그녀는 유리병을 들어 내용물을 자기 찻잔 안에 아무렇게나 부었다. 술이 튀며 테이블 위를 한결 지저분하게 바꿔놓았다.

"우린 일요일 아침에 소식을 들었어. 사고가 난 지 이미 하루가 지난 시점이었지. 그런데 그마저도 군의 연락 덕분이 아니었어. 나는…… 아침 일찍 일어나 이불을 빨고 있었거든? 욕조에 비누가 녹을 때까지 잠깐 기다리고 있었는데 나디아가 우리 집 문을 막 두드리는 거야. 아, 나디아는 같은 동에 살던 친구야. 밖으로 나가보니까 내 팔을 잡고 대뜸 그러더라고. 놀라지 말고 들으라고. 부대에서 교환원 근무를 마치고 오는 길인데, 무슨 일이 있는 것 같다고. 부대 통신망으로 실종 경보랑 쿠르스크라는 이름이 밤새 오갔다는 거야.

놀이터에 가보니 벌써 쿠르스크 아내 위원회 사람들이 모여 있었어. 나이 어린 여자들은 소식을 듣자마자 훌쩍이기 시작하더라고. 나를 포함한 몇 명은 답답한 마음에 부대 사령부로 찾아갔지. 뭐라도 좋으니 알고 싶었거든. 그런데 분위기가 좀 이상한 거야. 묘하게 바빠 보인다고 해야 하나? 장교들이 분주하게 오가는 데다 전화가 사방에서 울렸어. 평소 일요일이라면 절대 그렇지 않거든. 대위고 2등 함장*이고 붙잡고 물어봐도 훈련 중이라 말할 수 없다는 대답만 돌아올 뿐이고. 위병 때문에 결국 쫓기다시피 집으로 돌아왔지.

그래도 크게 걱정하지는 않았어. 아마 나이가 좀 있는 사람들

---

* 러시아 해군의 영관장교 계급은 각각 3등/2등/1등 함장으로 나뉜다. 2등 함장의 경우에는 서방국가의 중령에 대응한다.

이라면 다 나 같았을 거야. 가벼운 사고라더라, 통신 장비 고장일 걸, 여러 이야기가 나왔지. 그도 그럴 게 어떻게 그 커다란 잠수함이, 국가 기술의 총합이 고작 훈련 도중 가라앉겠어? 믿고 싶지도 않았지만 논리적으로도 그럴 수가 없었지. 나는 그저 다친 사람이 있다면 그게 바샤가 아니기만을 빌었어. 남편이 원래부터 썩 튼튼한 사람이 아니었거든. 감기도 자주 걸리고, 부대에서는 어디 부러져 돌아오기도 하고……

어쨌든, 거기서 뭘 더 할 수 있었겠어? 남편이 말해준 훈련 종료 날짜까지 아직 이틀은 더 남았는데. 나는 루머에 발만 동동 구르느니 뭐라도 하기로 마음먹었어. 일이야 늘 많았거든. 밭에 가 심어놓은 비트에 물도 줬고, 배수로도 다시 파뒀지. 남편이 홀로데츠*를 먹고 싶다고 한 게 떠올라서 저녁 내내 그걸 만들었어. 뼈 요리라는 게 별거 아닌 것 같지만 인내심을 가질수록 맛이 잘 우러나니까. 뒷정리까지 마치고 나니 자정이 다 됐더라고. 다음 날 점심때가 되도록 죽은 듯이 잤어."

"다음 날이라면 월요일인가요?"

"그렇지. 사고 이틀 뒤였으니까."

"그럼, 그때까지 아무것도……"

---

* 돼지나 소의 귀, 꼬리 등의 부위를 푹 끓인 다음 젤리 형태로 굳힌 요리. 우리나라의 편육과 유사하다.

"몰랐어. 느지막이 일어나서는 집 청소를 하고 있었지. 그게, 나는…… 오, 신이시여. 그냥 솔직하게 말할게. 몰랐다는 건 거짓말이나 다름없어. 아무리 좋은 소식은 걷고 나쁜 소식은 뛴다고 하더라도 마찬가지야. 사람한테는 감이라는 게 있잖아. 기분이 정말, 이상하게…… 나는 그저 모르는 척하고 싶었던 거야. 심장이 튀어나올 것만 같은 상태로 마루를 얼마나 문질렀는지, 왁스가 하얗게 올라오더라고."

아나스타샤 알렉산드로브나는 자리에서 몸을 일으켰다. 그러더니 정말 누군가를 기다리는 사람처럼 주방을 이리저리 맴돌았다. 하지만 표정만 봐서는 초조한 기색을 읽어낼 수 없었다. 경련하듯 파르르 떠는 왼쪽 뺨을 제외하면 그러했다. 아, 초점이 반쯤 나간 두 눈도.

"소식을 들으려는 시도조차 안 했어. TV는 아예 꺼뒀고, 라디오는 클래식 채널로 돌려놨지. 하차투리안의 교향곡이 흘러나왔어. 몇 악장이 끝나도록 걸레질만 계속했는데…… 전화가 울리더라고. 나디아였어. 그녀가 나스탸, 하더니 침몰 어쩌고 하는 말을 전하는데 내 목소리가 나오지를 않는 거야. 현실감이 없었지. 다른 여자들과 모여 TV를 보면서도 줄곧 그 상태였어.

그래도 아직 최악의 상황은 아닌 듯했어. 뉴스에서는 잠수함이

가라앉은 원인이 경미한 기계 고장 때문이라고 했거든. 선체에는 아무런 이상이 없다는 거야. 거기에 더해, 승조원 전원이 살아 있다는 것과 구조 작전이 순조롭게 진행 중이라는 사실을 아나운서가 나팔수처럼 떠들어댔지. 뒤늦게 나타난 밀라는 BBC에서도 같은 내용이 보도되고 있다고 말해줬고. 우리는 가만히 기다렸어. 좋은 소식은 느리게 도착하는 법이라고 애써 서로를 위로하며. 그런데, 그런데……."

그녀가 별안간 큰 소리로 울음을 터트렸다. 나는 놀랐다. 당황했다. 탁자에서 티슈를 뽑았지만, 상대에게 건넬 타이밍을 잡지는 못했다. 아나스타샤 알렉산드로브나는 마치 그런 자기 모습이 마음에 들지 않는다는 듯 이를 악물었다. 그러더니 조리대 위를 몇 번이고 내리쳤다. 둔탁한 소리. 장식이 화려한 컵 받침이 날카로운 파열음을 내며 산산이 깨져 나갔다. 내 쪽에서는 손날의 핏자국이 선명하게 비쳤는데, 그녀는 전혀 모르는 눈치였다.

"바보가 되어가는 것 같았어. 정부 말이 하루가 멀다하고 뒤집힐 때마다. 마치 내가 잘못 들은 건가, 내 기억력에 문제가 생겼나 싶을 정도로. 처음에는 모두 무사하다고 했지. 그다음에는 사상자가 좀 있다고 했어. 얼마 못 가서는 큰 폭발이 있어서 생존자보다 사망자가 많을 거라더니, 결국 전부 죽었다잖아. 바샤는 이미 토요일 오전에 세상을 떠났어. 나는 그 짐승들 말만 믿고 며칠을 아무렇지도 않게 보냈고. 대체 어떤 가족이, 어떤 부인이 그럴 수 있어? 죽은 남편을 두고 한가롭게 빨래며 요리를 해? 그이 몸이 한창 바닷속을 떠다니고 있었을 텐데. 그 차가운 바닷속을…….

어느 부분에서 화를 내야 하는지도 잊어버렸어. 희망이 손으로 떠낸 바닷물처럼 스르륵 빠져나가는, 그런 기분을 혹시 알아? 위대하신 제독 나리들은 남자들이 수중고혼 신세가 되었다는 걸 처음부터 알고 있었어. 하지만 가족들 사정 따위는 알 바 아니었겠지. 마지못해 진실 하나를 꺼내놓을 땐 거짓도 두 개씩 덧붙였어. 현실을 그렇게 희석해서 우리한테 주입한 거야. 단번에 모든 걸 공개하면 어떤 반응이 나올지 아니까. 분노한 유족 수백 명이 함대 본부 앞에서 농성하는 꼴을 보고 싶지 않았을 테니까."

나는 마침내 다가가 아나스타샤 알렉산드로브나의 손을 티슈로 감쌌다. 하지만 그녀는 내 도움을 매몰차게 뿌리쳤다. 대신 고개를 홱 쳐들더니 날 바라봤다. 아니, 쏘아봤다.

"그러고 보니 당신, 여긴 뭐 하러 왔어? 고작 나 하나 만나려고 비행기를 타진 않았을 거 아냐."

얼떨결에 변명처럼 들리는 설명을 했다. 만났거나 만날 사람에 대해. 나는 먼저 군인과 선원의 이야기를 전하고, 아나스타샤 알렉산드로브나 다음으로 인터뷰 약속이 잡힌 퇴역 군인의 이름 또한 털어놓았다. 그런데 상대가 대뜸 내 말을 잘랐다.

"염병, 당신도 똑같네. 눈에 보이는 것만 신경 쓰겠다는 거잖아. 그딴 작자들 핑계나 받아 적고 다니니까 자기가 뭐라도 되는 것 같지? 그치들은 우리 남편을, 그리고 우리를 밟아가며 승진했어. 당신이 만나러 간다는 그 전직 함대 사령관, 지금은 뭐 하고 사는지 알아? 지역 두마* 의원이야. 손에 100명도 넘는 사람 피를 묻힌 주제에 무슨무슨 위원장이라며 거드럭거리는 모습을 보고 싶은 거라면, 가 봐. 그리고 다시 여기, 나를 보라고. 그 자식들이 망쳐 놓은 이 과부를 기억해 내라고.

아직도 남편이 곁에 있는 것 같아. 밥을 만들다가, 자려고 눈을 감다가도 귓가에 말소리가 들려. 문제는 분명 바샤 목소리가 맞는데 내용은 도무지 알아들을 수가 없다는 거야. 물속에서 말하는 사람처럼 먹먹하게 울리지. 차마 무시할 수가 없으니 어떻게든 대꾸를 해. 그동안 못다 한 이야기를 주절거리면서. 그런데 일단 그러기 시작하면 다른 소리는 전혀 들리질 않아. 언젠가는 길거리에서도 그렇게 중얼거리다가 버스에 치일 뻔했어. 그런가 하면 매트리스에서 찾아낸 바샤의 머리카락을 스크랩북에, 그이가 마지막

---

* 러시아의 의회.

으로 손을 닦았던 수건은 옷장에 모셔둬. 미친 여자 같지? 그래, 이런 이야기를 그치들이랑 같은 선상에 세우는 게 당신들이 말하는 공정한 저널리즘이야?"

나는 그러려는 게 아니라고 더듬거리며 이야기했다. 하지만 그녀는 이미 내 말을 듣고 있지 않았다.

"잡지 나부랭이를 보는 그쪽 인텔리들은 생각하겠지. 결국 사고 원인은 우리에게 있었던 거라고. 그러면서 러시아 경제가 어떻고, 정치체계에 무슨 문제가 있었고, 그런 것들만 주절주절 읊어대. 그럼 내가 한번 물어볼게. 그토록 쪼들리는 상황에서 군이 왜 훈련을 했을까? 왜 내 남편은 끼니조차 걸러가면서 1,000만 루블짜리 어뢰를 쏴야 했지? 우리 조국이 갈기갈기 찢어진 정도로는 당신들이 만족 못 해서 그런 거 아냐? 말로만 평화니, 세계화니 하면서 우릴 여전히 못 잡아먹어 안달이잖아!

당신네 정부를 봐. 사고가 나자마자 이때다 싶어 구조선을 보냈지. 왜 그랬을 것 같아? 동정심 어쩌고 할 생각이면 집어치워. 나를 멍청한 촌년이라고 생각할는지 모르겠지만 공짜 치즈가 쥐덫에만 있다는 정도는 알아. 켕기는 게 있었겠지. 그쪽 잠수함이 쿠르스크에 어뢰를 쏜 것 같이. 그게 아니라면 우릴 돕는 척하면서 기밀 자료 같은 걸 훔칠 생각이었을 테고. 솔직히 말해봐. 당신들

이 뭐가 아쉬워서 우리 남편들 죽음을 안타까워하고, 구조를 도와
줘? 왜? 100년 가까이 그렇게 서로 으르렁댔으면서?"

아나스타샤 알렉산드로브나는 외마디 비명처럼 들리는 물음을
남긴 다음 주방에서 사라졌다. 한참을 기다렸지만 그녀가 다시 돌
아올 낌새는 없었다. 나는 조심스럽게 거실로 향했다. 한쪽 벽을
완전히 차지한 갈색 업라이트 피아노가 보였다. 상대는 피아노와
제 짝이 아닐 게 분명한 스툴 위에 앉아 있었다. 시선은 아래를 향
해 떨군 채였다. 주저하던 끝에 그녀의 어깨 위에 살짝 손을 올렸
다.

"내가…… 밭에서 일을 하고 있었어. 바샤가 아는 사람한테서
씨감자를 좀 얻어온다고 했거든. 이랑을 절반쯤 파고 있는데 남편
이 돌아온 거야. 당근 종자도 같이 받았다고 잔뜩 신이 나서는. 문
제라면 바닥에 있던 괭이를 못 본 거지. 그이가 걸려 넘어지면서
깡통에 대충 담겨있던 씨앗이 온통 쏟아져 버렸어. 당근 씨를 본
적 있어? 정말 작아. 겨자씨랑 비슷한 크기거든.

둘이서 바보같이 그걸 하나하나 주우려 했어. 그런데 하필이면
소나기가 내리는 거야. 나는 그 상황에 갑자기 짜증이 치밀어서
막 소리를 질렀지. 사람이 왜 이렇게 덤벙대냐고. 일을 돕지는 못
할망정 늘리진 말아야지 않겠냐고. 결국 어찌어찌 다 줍긴 했지만

미안하다는 말을 잊어버렸어. 요즘 들어 그때 바샤 표정이 부쩍 떠올라. 일부러 그런 것도 아닐 텐데 왜 그렇게 화를 냈을까. 왜 그렇게 바가지를 긁었을까. 생각해 보면 나도 악처였을지 몰라. 소피아 안드레예브나*처럼…….”

그녀가 피아노 뚜껑을 열었다. 보면대 아래 '크라스니 옥탸브르**'라는 글씨가 선명했다. 금이 간 건반 위로 아나스타샤 알렉산드로브나의 손이 올라갔다. 뭔가를 연주하려는 듯 그 위를 한참 맴돌았지만 끝내 누르지 못했다. 뒤이어 축 처진 상대의 어깨가 조금씩 들썩였다. 그녀가 다시 울고 있었다. 다만 이번에는 그저 흐느꼈다.

“데면데면하게 지내던 친척이 대뜸 전화를 걸어와서는 그래. 슬픈 건 이해하지만 돈 걱정 안 해도 되니 나름 괜찮지 않냐고. 사고 후 대통령이 선심 쓰듯 말했거든. 유가족들에게는 전기 요금도, 전화 요금도 받지 말라면서. 시내버스도 무료로 타라…… 내가 막 소리쳤지. 당신이 뭔데 그딴 말을 하냐고. 그렇게 부러우면 가서 남편 등이나 떠밀라고. 사랑하는 사람보다 공짜 토큰이 더 좋으면 그렇게 하라고.

나는 뒤늦게, 일이 완전히 어그러진 뒤에야 깨달았어. 결혼 이

---

*   흔히 세계 3대 악처 중 한 명으로 꼽히는 톨스토이의 아내.

** 붉은 10월. 일반적으로는 볼셰비키혁명을 가리키지만 소련의 피아노 브랜드명이기도 하다.

후 내 삶이 얼마나 바뀌었는지…… 그리고 이 남자를 얼마나 사랑했는지에 대해서. 지금 와서 후회되는 건 아이를 가지지 않았다는 거야. 어려운 시절이긴 했지만 그걸 왜 그렇게 미뤘는지. 남편과 똑 닮은 아들을 낳았더라면 조금 괜찮았을까? 나한테는 이제 사랑했던 사람도, 사랑할 사람도 없어. 아이 이름을 바실리 바실리예비치 보그다노프로 붙여준 다음, 바샤가 얼마나 좋은 아빠였을지 들려줬어야 하는데…….

뭔갈 바란 적이 한 번도 없었어. 군에도, 정부에도. 남편 이름으로 나온 용기훈장은 저 구석에 처박아 뒀지. 제막식에 참석해 달라는 요청이 사방에서 왔는데, 갈 마음이 안 들었어. 솔직히 말하자면 모스크바나 세바스토폴에 세워진 추모비가 우리랑 무슨 관련이 있는지 당최 이해가 안 가더라고. 118명을 고의로 죽인 작자들이 잔뜩 모인 곳에 생색내기용 동상 올리는 게 무슨 의미야…….

내 남편이 어떤 이유로 그렇게 되었나, 이젠 관심도 없고. 조사 결과가 어떻게 나오든 달라지는 거 하나 없을 텐데 무슨 상관이겠어. 그리고, 그것도 생각해 보면 그래. 이제 와 잘잘못을 따지는 게 무슨 의미가 있겠어? 그러니까, 진짜 책임자가 법정에 설 확률이 얼마나 되겠냔 말이야. 나는 그냥…… 그냥…… 아직도 그이가 집에 돌아오는 상상을 해. 내 사랑하는 남편, 바실리 레오니도비치 보그다노프가 저 문을 열고 들어와서 나스챠, 하고는 나를 꼭 안아주는 모습을 꿈꿔.

　미안하다는 말이라도 할 수 있다면 정말 좋겠어. 남편이 잠든 바다에 던질 카네이션을 사야 하는데 돈이 없었거든. 집구석을 다 뒤져봤는데도 코페이카 동전 한 푼이 안 나와. 배 시간은 다가오지, 마음은 급하지, 어쩔 수 없이 서랍에 있던 장신구를 아무거나 집어다가 꽃다발이랑 바꿨지. 나중에 보니까 그이가 아끼던 몰니아 손목시계가 없더라고. 그래, 멍청하게 그걸 팔아버린 거였어. 남편이 이런 나를 용서해 준다면, 그간 저지른 바보 같은 잘못까지 전부 받아들여 준다면. 홀로데츠를 양껏 나눠 먹은 다음, 그이가 연주하는 피아노 소나타도 다시 들을 수 있을 텐데……."

　돌연 벨 소리가 울렸다. 소파 옆에 놓인 베이클라이트색 집 전화였다. 하지만 움직이는 사람은 아무도 없었다. 나는 여전히 아나스타샤 알렉산드로브나를 바라봤고, 아나스타샤 알렉산드로브나는 여전히 건반을 바라봤다. 마치 아무 일도 일어나지 않은 듯했다. 집 전체가 다시 침묵 속으로 빠져들기까지 변한 거라고는 시곗바늘이 가리키는 숫자뿐이었다.

올레크 이바노비치 포포브, 74세

얼마 만에 흘리는 땀일까? 그것도 북위 66도에서. 계획에도 없던 전력 질주 덕분에 숨이 가빴다. 자리에 앉은 지 몇 분이나 지났지만 귀에서 여전히 쿵쿵거리는 소리가 울렸다. 사무원인 듯 보이는 누군가 다가와 찻잔과 다과가 담긴 트레이를 내려놓았다. 회의가 예정보다 길어져서요. 5분만 더 기다려 달라 하십니다. 냉랭하기 짝이 없는 말투였다. 일찍 와달래서 왔더니, 빌어먹을. 이럴 줄 알았으면 그냥 걸어올 걸 그랬다.

그녀가 떠나자 나는 홀로 남겨졌다. 기나긴 복도 끄트머리의 209호실. 내 호텔에서 동남쪽으로 두 블록 떨어진 곳에 자리한 무르만스크 오블라스트* 두마 건물 내부였다. 500제곱피트를 넘지

---

* 소련과 러시아를 포함한 동구권 국가들이 사용하는 행정구역 명칭. 주(州)와 유사한 개념이며, 러시아에는 총 46개의 오블라스트가 있다.

않을 공간은 일견 정치인의 사무실 분위기를 풍겼다. 자세히 들여다보기 전에는 그랬다는 얘기다. 중역 책상에는 서류철은커녕 연필꽂이조차 없었고, 프린터 위에는 먼지가 부옇게 일어 있었다. 심한 물때로 건너편 실루엣만 겨우 보이는 여닫이 창문은 덤이었다.

소파 뒤에 놓인 책장은 절반 정도가 사용 중이었다. 꽂힌 책의 면면을 보니 실소가 나왔다. 북유럽식 정원 조경법, 모던 산업디자인 선집, 2015년 예르미타시 가이드. 커피 테이블 북 따위의 책 투성이였다. 그나마 진중해 보이는 물건이라면 제3판 소비에트 대백과사전이 있었는데 역시 실무에서는 사용 불가였다. 푸틴이 아직 국가보안위원회 인턴이던 시절 편집된 자료 서적이 인제 와서 무슨 도움이 될까? 철 지난 백과사전만큼 정보적 가치가 없는 물건도 없을 터였다.

나는 다시 소파로 돌아와 눈을 감았다. 잠깐이라도 생각을 멈추고 싶었지만 잘되지 않았다. 실수가 떠올랐다. 다른 인터뷰이에 대해 말하지 말았어야 하는 건데. 상대가 십수 년 동안 벼려온 생각을 온전히 드러내도록 됐어야 하는데. 아나스타샤 알렉산드로브나의 탁한 목소리가, 그리고 끓어오르는 감정을 애써 막으려 들던 얼굴이 머릿속을 헤집었다. 아니, 아니다. 어차피 내 변명은 중요치 않았을 것이다. 그녀는 처음부터 그런 모습을 내보이고 싶었을지도 모른다.

비극이 일어나면 우리는 신실을 찾는다. 마치 머리가 아플 때 약국에 찾아가 타이레놀을 사는 것과 같다. 진실은 정부나 시민단체 같은 거시적인 입장에서는 그 효과가 대단하다. 진실은 독재정권을 붕괴시킬 수 있다. 진실은 악덕 기업을 조각내고 담당자들을 감옥에 보내 연쇄 살인마 전용 애널 섹스 기계로 만들어줄 수 있다. 진실은 내 직업 정신과 내 글을 읽는 독자들을 동시에 만족시켜 줄 수도 있다. 하지만 딱 거기까지다. 진실이 만능일 수는 없다.

사건에 휘말린 직접적인 당사자라면 어떨까. IRA의 테러로 아내를 잃은 남편이라면. 혹은 챌린저호에 타고 있던 교사의 부모라면. 그땐 진실이 더는 본래의 역할을 해주지 못한다. 아무리 중립적이고 투명한 답을 가져오더라도 마찬가지다. 비극과 직접적으로 얽힌 이들의 감정에는 이해니, 납득이니 하는 것들이 파고들 여유가 없기에. 이미 잃어버린 것들은 검증을 끝낸 보고서 따위로 절대 돌아오지 않기에 그렇다. 칼이 아무리 날카로워도 스스로 손잡이를 자를 수 없는 것처럼, 우리는 자신이 포획된 사건에 논리를 씌울 수 없다. 아나스타샤 알렉산드로브나가 그랬듯, 내가 그렇듯.

생각을 이어가던 와중에 209호실의 문이 열렸다. 경첩에서 나는 소리가 비명처럼 들려서 나도 모르게 화들짝 놀랐다.

**

올레크 이바노비치. 올해 일흔네 살이라는 그는 사진으로 봤을 때와 분위기가 제법 달랐다. 아마 군복 차림이 아니라서 그런 듯했다. 머리카락, 눈썹, 수염은 하나같이 숱이 많았다. 후덕한 살집 덕인지 나이에 비하면 주름도 적었다. 가죽 서류 가방을 내려놓은 상대는 낯선 만남에서 평범한 사람들이 그러하듯 테이블 맞은편에 앉지 않았다. 대신 내 옆자리로 왔다. 동시에 소파에서 뿌드득 소리가 났다.

"이놈의 회의는 얌전히 끝나는 법이 없다니까요. 소위원회 한 곳이 오늘따라 바라는 게 많아서. 그나저나, 만나게 돼서 반갑습니다. 이렇게 멋진 여성분이 오실 줄 알았으면 좀 더 괜찮은 곳으로 모셨을 텐데. 어디였더라, 시애틀에서 오는 거라고 하셨나요? 나도 몇 년 전에 여행하면서 들른 적이 있지요. 살기 좋은 곳처럼 보이던데. 스페이스 니들, 스타벅스!"

그의 러시아어는 내가 여태껏 만난 사람 중 가장 이해가 어려웠다. 뭉개는 듯한 발음에 속도도 빨랐다. 서로의 거리가 너무 가까워서 나는 올레크 이바노비치의 점심 메뉴까지 반강제로 알게 됐다. 숨을 참으려 애쓰며 그저 그렇다, 괜찮다는 말만 연발할 수밖에.

"숙소는 좀 지낼 만한가요? 여기가 관광지는 못 되다 보니 묵을 곳이 많지 않을 텐데. 메르디앙? 아니면 파크인?"

"아지무트요. 그런데……"

"아, 거기도 그럭저럭 괜찮지. 시간이 빈다면 레스토랑에 한번 가봐요. 거기 사슴 고기 카르파초가 기가 막히니까. 와인 리스트도 썩 괜찮고. 혹시 같이 온 사람 있나요? 없으면 이따가 함께 가 줄 수도 있는데. 뭐, 별 뜻으로 한 말은 아니니 오해는 마세요. 내가 누군지도 잘 아실 테니……"

상대는 무슨 반응을 보여야 할지 모르겠는 문장을 계속 주절거렸다. 친한 척 내 어깨를 두드리는 손길에 어딘지 끈적한 데가 있었다. 나는 몸을 슬쩍 뺀 다음, 선을 넘기 직전의 스몰토크를 애써 본궤도로 돌려놓았다. 그러자 올레크 이바노비치는 테두리에 금박이 둘러진 접시에서 조그마한 도넛을 양껏 집어 들었다. 한 번에 두 개를 연날아 삼킨 그가 헛기침을 했다.

"그래요, 음…… 뭐가 어찌 됐든 아이들만은 항상 날 좋아했어요. 어릴 땐 다 그렇잖아요. 제복만 보면 신기해하고, 훈장이라도 한번 만져보고 싶어서 졸졸 따라오고. 강연할 일이 있어서 학교에 갈 때면 아직도 정복을 꺼내 입는데, 여전히 인기가 좋아요. 곱셈 나눗셈이 뭔지도 모르는 꼬맹이들이 '어드미럴'이라는 단어랑 경례하는 법은 안다니까, 대견하게.

어렸을 땐 나도 그런 아이 중 하나였어요. 전에는 기회가 지금보다 많기도 했고. 우리 부모 세대에서는 군인이었던 사람 찾는 것보다 군인 아니었던 사람 찾기가 더 힘들었어요. 내 아버지부터가 애국 전쟁에서 탱크 대대 지휘관으로 베를린까지 진격했고, 종전 후에도 계속 레닌그라드 군관구에서 근무했거든요. 어머니는 제빵병 노릇을 했고. 아버지는 자부심이 대단했어요. 매일 아침 눈 뜨자마자 하는 게 본인이 받은 훈장들을 반짝거리도록 닦는 일일 정도였으니까. 그 아래서 자란 나와 남동생 두 명이 전부 군인이 된 건 우연이 아니라는 이야깁니다.

다만 어머니는 생각이 좀 달랐어요. 40년에 오빠를, 42년에는 양친을 잃었으니. 남편이야 어쩔 수 없다손 치더라도 자식들까지 군인이 되는 건 필사적으로 막으려 했죠. 나는 괜한 불화를 만들고 싶지 않아서 페름에 있는 폴리테크닉 대학에 들어갔습니다. 뻔한 일이지만 뭐, 팔자에도 없던 전자공학 수업이 토가 나오도록 지루하더군요. 두세 학기쯤 억지로 버티다가 도무지 참을 수 없는 시기가 왔어요. 결국 못 참고 동생과 함께 프룬제*에 입학했습니다. 어머니는 내기 성모를 쓰고 집에 돌아온 뒤에야 사실을 알았고요."

올레크 이바노비치가 소파에 몸을 기댔다. 반쯤 누운 자세에서 그가 당과를 집어 들자 슈가 파우더가 우수수 떨어졌다. 어두운 색 양복 위에 비듬처럼 흔적이 남았지만, 상대는 먹고 말하는 일에만 집중했다.

"잘못했다는 생각은 들지 않았어요. 능력이 있으면서도 국가를 위해 쓰지 않으면 그게 진짜 죄송할 일이지. 나는 회로기판이나 조물락거리면서 살기에는 아까운 사람이었어요. 거들먹거리려는 게 아니라, 남들 눈에도 그랬을 거라는 겁니다. 한번 들어보세요. 프룬제를 기수 차석으로 졸업했죠. 1번 베체** 사령관에서 시작해 함장이 되기까지 몇 년이나 걸렸는지 아세요?"

그는 내 추리를 기다리려는 듯 겨우 말을 멈췄다. 나는 비해군 종사자의 상식적인 선에서 답을 내봤다. 15년? 20년? 차를 후루룩 소리와 함께 들이키던 퇴역 군인이 피식 웃었다.

---

* 러시아 내전 당시 붉은 군대의 총사령관. 그의 이름은 소련의 여러 군사 교육기관에 붙여졌는데, 여기에서는 'M.V.프룬제의 이름을 딴 해군 학교'를 의미한다.

** 러시아 해군 함선의 운영 조직은 '베체'라고 불리는 부서로 나뉜다. 1번 베체는 항해를 담당한다.

"동생이었다면 그럭저럭 맞는 이야기였겠네요. 하지만 나는 달랐어요. 10년. 정확히 10년 만에 잠수함 안에서 가장 높은 사람이 되었죠. K-245가 내 첫 배가 되었고요. 심지어 그건 흔해 빠진 디젤류하* 따위가 아닌 전략적 미사일 잠수 순양함이었어요. 뭐, 생각해 보면 그 후로 내가 거쳐 간 배도 모두 같은 종류였네요. 우리가 바냐 워싱턴이라고 부르던 나바가**. 소비에트 연방의 2세대 핵잠수함.

자, 그러면 그게 뭘 의미할까요? 직접적으로는 113명의 목숨이 내 손에 달려 있겠죠. 단순한 사실 그대로. 그래도 잘 생각해 보세요. 그건 핵미사일 수십 발을 싣고 바닷속에서 전략 초계를 뛰는 핵추진잠수함입니다. 인류 역사에 등장한 그 어떤 무기와도 급이 다르게 느껴지는 건 나뿐인가요? 내 배는 당신네와의 전쟁을 시작할 수도, 끝낼 수도 있는 유일한 물건이라고 할 수 있어요. 간접적이지만 3억 인민의 미래가 한 줌뿐인 함장들에게 달려 있다는 거지. 당에서 아무나 그 자리에 앉히지 않으리라는 사실은 당신도 이해하겠죠.

나는 거기서 멈추지 않았어요. 쿠즈네초프 아카데미를 다녀온

---

* 디젤-전기 잠수함을 의미하는 소련 해군의 속어이다.

** 프로젝트 667A '나바가'는 미국의 조지 워싱턴급 탄도미사일잠수함을 참고해 건조되었다. 외형의 유사성 때문에 당시 소련 수병들은 흔한 러시아 이름인 '이반'의 애칭을 섞어 바냐 워싱턴으로 불렀다.

다음에는 후방 제독이 되었고, 잠수함 사단 몇 곳에서 지휘관 노릇을 했지요. 그사이 위에서는 장기 집권하던 고르시코프*가 떠나고 새 사람이 총사령관 자리에 앉더군요. 서기장은 어느 틈에 직함을 대통령으로 바꿔 달았죠. 그래도 내 승진 속도는 변함없었어요. 주변에서는 다들 조금만 기다리면 참모총장도 꿈이 아닐 거라고 말했고요. 세상이 꼬이지만 않았더라면 뭐, 정말로 그렇게 됐을지도 모르겠네요."

"소련이 해체된, 그때 이야기를 하시려는 거죠?"

나는 접시에 담긴 과자를 전부 거덜 낸 그가 어떻게 할지 내심 궁금했다. 직원을 부르지 않을까 싶었는데, 그 예상이 딱 들어맞았다. 이번에는 다른 디저트가 상에 올랐다. 초콜릿 빛깔의 정방형 쿠키. 한 입 먹어보니 의외로 진한 사과 맛이 났다.

"레닌그라드가 다시 상트페테르부르크가 되던 시기에는 정말 많은 게 변했어요. 뭐, 좋게 말해 변한 거지 그냥 엉망으로 곤죽이 되었다는 게 더 옳은 표현이겠지만. 내가 서방에서 온 기자를 만난 게 이번이 처음은 아니에요. 그래서 당신이 지금 무슨 생각을 하고 있을지 대강 알지. 밖에서 온 사람들은 이 주제 앞에서 하나같이 사회상을 떠올리더군요. 가이다르의 충격 요법, 인터걸, 마

* 고르시코프는 1956년부터 1985년까지 소련 해군 총사령관이었다.

피아, 거지…… 뭐 뻔하잖아요. 하지만 가장 큰 혼란을 겪은 건 따로 있어요.

20세기의 마지막 10년 동안, 국가는 스스로가 세계에서 가장 거대한 군사력을 유지하고 있다는 사실을 잊어버렸습니다. 군축, 필요하다면 할 수 있죠. 앙골라처럼 작은 군대였다면 급진적인 변화도 괜찮고요. 하지만 붉은 군대의 규모는…… 비유적으로 말하자면 4만 톤짜리 항공 중순양함이에요. 초거대 군산복합체와 거기에 수반되는 수천만 인민이 한가득 실린, 멈추고 싶다고 바로 멈출 수 있는 게 아니라는 거지. 군축 계획을 입안하기도 전에 예산부터 잘라내는 건 충돌 1분 전에 암초를 알려주고는 피해 보라고 하는 격이에요.

그리고 더 큰 문제는 이거예요. 정치인들 사이에서 해군이 돈만 축내는 돼지로 인식되기 시작했다는 거. 처먹는 금액 대비 쓸모가 부족하다는 이야기죠. 뭐, 어느 정도는 맞기도 해요. 우리는 나토와의 전면전만 신경 썼기 때문에, 소규모 국지전 상황에서는 딱히 할 수 있는 게 없었으니까요. 동굴 속에 틀어박힌 무자헤딘을 소탕하는데 원자력잠수함이 무슨 쓸모가 있나요? 아니면 대형 대잠함을 가져다가 그로즈니를 점령하나? 결국 안 그래도 줄어든 국방예산에서 해군 몫을 뭉텅이로 삭감하자는 게 윗사람들 결론이었죠. 내가 북방 함대 사령관이 된 게 바로 그즈음이고요."

궁금한 게 있어요. 내가 질문을 던졌다. 예산이 줄어들었다는 건 이해했지만, 그에 맞춰서 적질히 군 규모를 줄이면 되는 게 아닌가 싶어서였다. 가능한 한 최소한의 훈련만 하며 버틸 수도 있었을 텐데. 병사들이 쫄쫄 굶을 만큼 엉망이 된 이유가 뭘까. 그런데 내 말이 끝나기가 무섭게 올레크 이바노비치가 손뼉까지 치며 웃었다.

"하하, 말이야 쉽지. 육군이라면 그럴 수 있겠네요. 사령부 금고가 비면 병사들을 그냥 집에 돌려보내면 되잖아요. 쓰던 총이야 기름칠해서 창고에 던져두면 10년도 거든하고. 하지만 해군은 달라요. 우리에게 가장 많은 부분을 차지하는 것 중 하나는 바로 장비 유지비예요. 배의 존재 자체만으로도 재정에 부담이 간다는 건 아시죠? 꼭 항해를 나가지 않더라도 선체는 녹슬고, 부품은 수명이 끝나요.

어디 그뿐인가요? 1950년산 칼라시니코프 한 자루를 쥔 병사는 언제든 1인분을 할 수 있어요. 예나 지금이나 총에 맞은 사람은 죽으니까. 그런데 비슷한 시기에 등장한 스밀니* 같은 건 1960년대 후반만 가면 기름만 퍼먹는 표적 신세가 돼요. 수동 조작식 대공

---

* 2차 세계대전 직후 등장한 프로젝트 30-бис 구축함의 초도함. 프로젝트 30-бис는 1949년부터 1953년까지 총 70척이 취역했다.

포 몇 개 가지고 대함 미사일을 어떻게 막죠? 결국 주기적인 개량 사업이 필수라는 거예요. 아, 새 함정을 설계하고 건조하는 데 필요한 비용이나 신형 장비를 다룰 인원들 교육 이야기는 아직 꺼내지도 않았는데.

방금 뭐, 엉망이라고 했나요? 이런 말까진 안 하려 했는데 기분이 참 그렇네. 당신이 어디서 무슨 이야기를 듣고 왔는지는 모르겠지만, 나보다 잘할 수 있는 사람 있으면 한번 나와 보라고 하세요."

상대가 고깝다는 듯이 탁자를 신경질적으로 두드렸다. 나는 발레리 파블로비치와의 대담을 애써 머릿속에서 지웠다. 같은 실수를 두 번 할 수는 없다. 올레크 이바노비치가 어디까지 진실을 이야기하는지는 나중에 판단하면 될 일이었다. 잘못을 아는 학생처럼 잠자코 기다렸더니 상대가 다시 입을 열었다.

"북방 함대 사령관으로 있었던 3년 동안 할 수 있는 모든 걸 했어요. 대통령이 보는 앞에서 자파드-99*를 역대 최대 규모로 치렀고, 시민들에게 알랑거리며 받아낸 기부금으로 함선 몇 척의 현대화도 시작했어요. 내가 부임한 지 얼마 안 돼서 코소보 전쟁이 일어났죠. 당신들 항모 타격군이 아드리아해까지 밀고 들어와서 우

* 1999년 초여름에 이루어진 러시아의 대규모 군사훈련.

리 우방국을 들쑤시고 다녔지. 나는 쿠르스크를 지중해로 파견해 나토 해군 감시를 명령했어요. 자, 지도를 보세요. 원래라면 흑해 함대 애들이 할 일까지 우리가 도맡은 기십니다."

"쿠르스크라면, 혹시 그 쿠르스크인가요?"

"그럼 그거 말고 또 뭐가 있겠어요? 그 어려운 와중에 쥐어짜고 또 쥐어짜 성과를 냈는데, 결과를 봐요. 지휘부를, 그중에서도 특히 함대 사령관인 나를 탓하기에 바빴지. 유족들은 나도 같이 바다에 던지고 싶어 하는 눈치더라고요. 배가 실종됐는데 TV에서 훈련이 성공적이었다는 인터뷰나 하고 있었다고. 아니, 나라고 어디 침몰했을 줄 알았겠어요? 위에서 바라는 이미지에 맞추려고 한 것뿐인데 그럼 어떡합니까?

그래서 내가 사령관직을 스스로 내려놓은 거예요. 국가부터가 더는 내 편을 들어주지 않았잖아요. 앞에서는 시민들에게 설명인지 변명인지를 하느라 바빴고, 뒤에서는 권력층 꽁무니를 쫓아다니면서 한 푼이라도 더 받으려고 재롱을 부려야 했어요. 갈수록 군인이 아니라 정치인 따까리처럼 되어가는 게 기분 좋을 리 있나요? 진짜 정치인만큼의 이득도 없는데. 이대로 해군에 뼈를 묻느니 그냥 두마 의원이나 되어보자 싶었던 거죠."

아무도 부른 사람이 없었는데 대뜸 문이 열렸다. 직원이 다시 들어와 새 주전자를 내려놓았다. 향기도, 맛도 무척 좋은 아메리카노였다. 나는 공관병이 타준 커피에 불만이 가득하던 이고르 야코블레비치를 떠올렸다. 올레크 이바노비치가 말한 진짜 정치인의 이득에 이런 것도 포함된 게 아닐까 싶었다.

"이왕 말 나온 김에 하는 소리지만, 왜 내가 이런 걸 주절거리고 있어야 하는지도 모르겠어. 정말 욕먹어야 하는 건 오히려 다른 사람들 아니에요?"

"네?"

나도 모르게 어리둥절한 목소리가 튀어나왔다. 상대의 태도 변화가 갑작스러웠다.

"뭐, 표면적인 최종 책임자는 나죠. 그러니까, 미리 계획된 함대 진형을 멋대로 바꾸도록 명령했다가 사고가 났다면 당연히 내 잘못이겠지. 하지만 함선 하나하나의 문제까지도 내가 책임져야 하나요? 내 아래 있는 군함만 몇십, 몇백 척인데? 배에서는 함장이 차르나 다름없어요. 내가 훈련 구역과 목표를 정해주면, 나머지 판단은 그 친구가 하는 거야. 수중에서 교신이 어려운 잠수함이라면 더욱 그렇고.

쿠르스크가 정확하게 어떤 상황에 처해 있었는지 알 방법은 없어요. 그때나 지금이나 내가 할 수 있는 거라고는 보고된 사실과

가정을 조합해 내리는 판단뿐이니까. 나를 만나러 온 게 그걸 알고 싶어서인가요? 그럼, 지금 확실히 이야기해 주죠. 사고에는 쿠르스크 함장노 한몫 단단히 했어요. 실미나 해인갑이 부족했으면 카세트테이프 녹음기조차 꺼져 있던데. 살아 돌아왔더라도 내가 직접 군사재판을 열었을 겁니다."

"카세트테이프라면요?"

"크든 작든 사고가 나면 함선 안에 있는 지휘소에서 상황 기록일지를 회수하는 게 조사의 첫걸음이에요. 하지만 긴급한 순간에 누가 차분하게 글을 쓰고 있겠어요? 손이 움직이는 속도보다 일이 벌어지는 게 더 빠를 텐데? 그래서 내가 직접 각 함선 지휘소에 카세트테이프 녹음기를 두라고 지시했어요. 일종의 블랙박스 같은 역할을 해주기를 바라면서요. 그 곤두라스*가 내 명령만 잘 들었어도 위원회 일이 몇 배는 편해지는 건데."

"그래도 그렇게 말할 것까진……."

나는 말을 흐렸다. 올레크 이바노비치가 두 손을 휘휘 저어댄 덕분이었다.

"왜요? 죽은 사람 앞에서는 입바른 소리 하면 안 되나? 잠수함에는 비상 상황을 위한 절차와 시스템이 있어요. 만약 정말 어뢰에 문제가 있었다면 눈치껏 발사를 앞당겼으면 되는 거 아닌가요?

---

* 어리석은 군인을 의미하는 소련 해군의 속어.

나를 봐요. 20년씩 배를 타면서 비슷한 위기가 없었겠냐고요. 무사히 임무를 완료하는 전국의 수많은 함장들은 또 어떻고? 죽은 사람에게는 아무 책임도 지우지 말아야 한다는 법이라도 있나요? 왜 죽은 사람 잘못에 산 사람이 비난받아야 하죠?"

올레크 이바노비치는 장전된 기관총처럼 내게 쉴 새 없이 쏘아붙였다. 그러더니 목이 타는 듯 커피를 한 모금 가득 삼켰다. 잠깐의 침묵이 찾아왔지만 굳이 끼어들고 싶지는 않았다. 나는 가만히 기다렸다.

"아니, 아니, 그래요. 하긴, 그 인간만 뭐라 할 건 아니지. 어차피 직접적인 원인은 다른 곳에 있을 테니까. 사건 당시 바렌츠해에 미국 잠수함 두 척이 있었다는 이야기를 들어봤나요? 오해할까 봐 덧붙이자면, 이건 나 혼자만의 망상이 아니에요. 뉴욕타임스에도 비슷한 내용이 실려 있었던 걸 내가 두 눈 똑똑히 봤거든.

뭐, 충분히 일어날 수 있는 일이에요. 바렌츠해가 우리 앞마당이기는 하지만 다 러시아 영해인 건 아니잖아요. 우리도 버뮤다 근해에서 나토 훈련 전대 뒤를 밟곤 하니까. 문제는 사고가 난 후 당신들 잠수함의 행동이에요. 우리 정보총국이 찾아냈지. 한 척은 스코틀랜드*로 가더군요. 다른 한 척은—이름이 아마 멤피스였나

---

* 스코틀랜드 서부의 파슬레인에는 영국의 해군기지 '클라이드'가 있다.

그랬는데—무슨 문제가 있었는지 평소보다 한참 느린 속도로 베르겐*에 도착했고.

그게 왜 의심스러운지 눈치챘나요? 두 곳 다 당신들 잠수함이 통상 수리를 위해 방문하는 곳이 아니에요. 스코틀랜드에는 원래 홀리 로크라는 미 해군기지가 있었지만 냉전 종식 후 폐쇄되었고, 그 후로는 손볼 게 생기면 본토로 복귀하는 게 보통이니까. 더군다나 베르겐은 바렌츠해에서 가장 가까운 나토 해군기지예요. 미국 잠수함이 마치 절름발이나 다름없는 속력으로 사고 지점에서 가장 가까운 동맹국 기지에 갑작스레 나타난다! 타이밍 참 기막히다는 생각 들지 않아요?

훈련을 염탐하던 당신들 잠수함 한 척과 어뢰 훈련을 준비 중이던 쿠르스크가 서로 충돌해요. 우리 잠수함의 원자로는 허용치 이상의 외부 충격을 감지하면 자동으로 멈추게 되어 있어요. 당신들 배에도 아마 비슷한 기능이 있겠죠. 추진력을 잃은 두 잠수함이 서서히 가라앉습니다. 미국 쪽 함장은 아마 신속한 명령을 내렸을 거예요. 원자로를 긴급 재시동한 뒤, 서둘러 현장을 빠져나가자고. 하지만 쿠르스크에서는 어떤 이유로 그 작업이 늦어졌어요. 결국 선체가 해저와 부딪힌 거예요. 발사관에 있던 어뢰도 그

---

* 노르웨이 남서부에 있는 항구도시로, 노르웨이 최대 규모의 군함이다.

때 폭발했겠죠. 안전거리를 무시한 당신들 군대와 무능한 우리 선장의 컬래보. 충분히 현실적이라고 생각하는데."

그는 의기양양한 표정으로 나를 바라봤다. 나는 의아한 마음에 결국 되물었다. 북방 함대 사령관이라고 하지 않았냐고. 보고서에는 그런 이야기가 전혀 없었다고.

"왜 사령관씩이나 되는 내 의견이 반영되지 않았냐, 그걸 묻고 싶은 거겠죠? 이유야 차고 넘치지. 물질적인 증거부터가 너무 부족했어요. 신이 일부러 우리를 엿 먹이는 것 같았다니까. 함대 예인선은 미국 잠수함의 비상 구조 부이로 추정되는 물체를 발견했지만, 파도 때문에 사라졌다고 알려왔어요. 함대 기함인 표트르 벨리키의 음탐사는 쿠르스크와 멀지 않은 곳에 있던 미확인 표적을 놓쳤고요. 메이드 인 USA가 찍힌 볼트 하나 못 건져낸 상황에서 어떻게 당신들 책임을 주장할 수 있겠어요? 그 시절 우리나라가 정황 증거만으로 외교적 압박을 가할 처지가 아니었다는 거, 당신도 잘 알잖아요."

나는 일단 고개를 끄덕였다. 하지만 의문은 여전히 많았다.

"사고 후에 관한 건데요."

내 물음에 상대는 좋을 대로 하라는 듯 어깨를 으쓱했다.

"구조 작전이 그토록 지체된 이유에 대해 좀 듣고 싶어서요."

"그리 말할 줄 알았지. 참느라 아주 고생 많으셨겠어. 사령관인 내가 어벙해서, 118명 모두를 죽게 뒀으니 살인 방조죄라도 씌워야 한다고 주장하고 싶겠지요?

그럼 역으로 물어보죠. 지금까지 사고로 침몰한 잠수함 승조원을 구조한 사례가 과연 있는지. 스콜피온, 스레셔 승무원들은 지금 다 어디 있는데요? 몇 년 전에 가라앉은 그 아르헨티나 잠수함은? 일이 벌어진 이상 우리가 할 수 있는 건 어차피 없어요. 법의학자들 말로는 사고 당일 저녁 무렵이면 이미 생존자들이 죽었을 거라던데. 다음 날 도착한 구조대가 아무리 서둘렀다고 한들 이미 늦은 시간이잖아요.

그리고, 좀 전에 이야기했죠. 나는 보고에 의지해 판단할 뿐이라고. 그걸 이상하게 생각하진 않을 거라 믿어요. 사령관이 직접 들쑤시면서 모든 걸 관리할 수 없는 게 당연하잖아요. 예를 들어 보자면 결국 이런 거죠.

사고 현장에는 나도 있었어요. 참모장들이랑 같이 표트르 벨리키에 올라탄 상태였지. 함교에서 전술 회의 도중이었는데 갑자기 선체가 부르르 떨리는 겁니다. 파도가 친 것도 아니고, 함포나 미사일을 발사한 것도 아니었어요. 함장을 불러다가 무슨 일이냐고 물어봤지. 그 사람은 레이더 안테나 복합체가 작동을 시작했을 거라고 설명하더군요. 쿠르스크가 폭발하면서 생긴 진동이라는 건 한참 뒤에 알았죠."

"레이더 안테나라고 하신다면, 마스트 꼭대기에서 빙글빙글 돌아가는 장비죠? 물론 저는 잘 모르지만, 그게 좀 움직인다고 해서 배가 흔들린다는 게 좀……."

"이봐요. 내가 수상 전투함에서 근무해 본 적은 없지만, 그래도 당신보단 낫지 않겠어요? 벨리키에 장착된 MP-800 레이더는 우리 해군에서 가장 크고 강력했어요. 탐색 범위가 500킬로미터가 넘는 데다 복합체 무게만 해도 40톤이나 된다고. 버스 두 대가 지붕에서 돌아가기 시작했다고 상상해 보세요. 진동이 느껴지는 게 당연하잖아요. 더군다나 함장이 레이더라고 확신에 차 이야기하는데 내가 거기다 대고 쪽을 줘야겠어요? 어쨌든 자기 배에 대해서라면 나보다 더 잘 아는 사람일 텐데?

내가 뭐라도 된다고 생각하면 그건 정말 큰 실수예요. 나는 전지전능한 신이 아니에요. 사고에 휘말린 억울한 피해자일 뿐이지. 지금이야 많은 게 드러났으니 당신 눈에는 내 행동이 아니꼽겠죠. 방금 이야기처럼 잘못된 정보로 내린 판단도 있고요. 하지만, 그렇다고 하더라도, 과연 내 실수가 절대적일까요? 사고를 일으킨 것도, 승무원들이 산 채로 죽어간 것도 전부 내 책임으로 모는 건

너무하지 않아요? 눈치를 보다 보고서를 조작하고 뻔뻔하게 거짓말을 한 다른 군인들에 대해서는 어떻게 말할 건가요?

올레크 이바노비치는 답답한 사람이 응당 그렇듯 한숨을 쉬었다.

"잘못된 판단을 내린 베체 부서장이 있을 거예요. 멍청한 쿠르스크 함장이 있겠고요. 제7 잠수함 사단 사단장, 제1 적기 잠수함 소함대 사령관도 있네요. 혼자 고고한 척 우리 잘못만 지적하던 블라디미르 이바노비치*. 말 같지도 않은 개혁으로 군을 수렁에 밀어 넣은 이고르 드미트리예비치**도. 하지만 다들 내 탓만 하죠. 내가 희생양이라는 걸 모르겠어요? 머리가 있으면 잘 좀 굴려보세요. 가장 분통 터질 사람이 과연 누구일지. 이런 식으로 애먼 사람 물어뜯으면 뭐라도 좀 달라지는지."

비서가 다시 등장했다. 김이 흘러나오는 찻주전자가 또 한 번 눈앞에 놓였다. 새콤한 냄새와 붉은 빛깔로 미루어 짐작건대 히비스커스가 분명했다. 서로의 몫을 가득 채운 그가 마치 건배를 청하듯 잔을 높이 들어 올렸다. 커피가 그러했듯 음료 맛은 이번에도 견고했다. 올레크 이바노비치의 손이 다시 내 팔을 만지작대지 않았더라면 단숨에 바닥까지 비울 뻔했다.

---

* 1997년부터 2005년까지 러시아 해군 총사령관을 역임.

** 러시아의 국방장관이자 러시아연방의 원수. 러시아연방 영웅, 대한민국 보국훈장 등을 수여받은 이력이 있다.

이리나 일리니치나 스미르노바, 72세
블라디미르 아나톨리예비치 스미르노프, 71세

무르만스크 오블라스트의 두마는 신고전주의 양식으로 지어진 약 4층 높이 건물에 자리 잡고 있었다. 코린트식 기둥이 있는 전면부가 고풍스럽기 그지없었으며, 박공벽 한가운데 커다랗게 부조된 엠블럼이 시선을 끌었다. 자세히 보니 그건 현 러시아의 심벌인 쌍두독수리도, 전날 대로변에서 본 시의 휘장이나 두마의 상징도 아니었다. 방패 위의 낫과 망치, 그리고 주위를 빙 둘러싼 밀이삭. 러시아가 아직 소비에트사회주의공화국연방의 일원이던 시절의 국장이었다.

하지만 뒤로 물러서서 그 모습을 두 눈 가득 담아보기란 쉽지 않았다. 사람들 시선을 피할 이유라도 있는 듯, 건물이 공원 깊숙

한 곳에 숨어 있는 탓이었다. 앙상하지만 **빽빽한** 나뭇가지들이 자꾸 시야를 가렸다. 나는 왔던 길로 돌아가는 대신 산책로로 방향을 잡았다. 하늘에서는 이곳에 도착했을 때와 마찬가지로 빗방울이 찔끔거렸다.

코왈스키가 잡아놓은 인터뷰 약속은 이게 마지막이었다. 나는 이틀 만에 서로 다른 네 명을 만났다. 사람들은 죄다 많이 말했다. 나는 사고 조사위원회에서 논의된 이론에 대해, 혼란과 실패로 점철된 구조 작전에 대해 들었다. 군과 정부가 유족들을 어떻게 대했는지와 사건의 책임자 혹은 원인을 쉽게 결정하기 어렵다는 사실도 함께였다. 그들의 진술은 교차검증이 가능하기도, 그렇지 않기도 했다.

나는 '믿되 확인하라доверяй, но проверяй'는, 레이건 덕분에 아마 서구에서 더 유명할 러시아 속담을 떠올렸다. 그리고 그 기원이 아마 레닌의 문구인 '말에 믿음을 두지 말라, 철저히 확인하라'에 있을 것이라는 사실도. 의도적이든 아니든 개중에는 진실을 말하지 않은 사람이 있었을 것이다. 다른 많은 것들과 마찬가지로 기억도 썩는다. 시간, 화자의 인간성이나 스스로가 처한 상황은 부패를 유발하는 주된 요소이다. 문제라고 한다면 변한 뒤의 형태였다. 물론, 그런 건⋯⋯.

나는 내 흥미를 가능한 한 기술적인 부분에 묶어두기 위해 애썼다. 아마 코왈스키가 이 사건을 고른 이유나 독자의 궁금증도 거기 있을 테니까. 굳이 엘 파로 기사를 들먹인 것도 그래서겠지. 문제라면 당시와는 상황이 좀 다르다는 거였다. 엘 파로호에는 독단적인 선장, 관리가 소홀한 구명보트, 허리케인, 온전히 회수된 VDR*과 같이 명백한 요소들이 있었다. 반면 쿠르스크에는 당시 군이 어떤 상태였다거나 나토 잠수함이 근처에 있었다더라는 식의 헐렁한 정황이 다였다. 결국 의문투성이인 건 이틀 전과 별반 다를 게 없었다.

나는 빗방울을 견디며 별 의미도 없이 분수대를 몇 바퀴 돌았다. 막 켜진 가로등이 살얼음인 수반에 흐릿한 빛을 비췄다. 코트 주머니에서 움직임이 느껴진 건 바로 그때였다. 메일이나 메신저가 아닐까 싶었는데 진동이 끊이질 않았다. 나는 번호조차 확인하지 않고 대충 통화 버튼을 눌렀다.

"네, 여보세요?"

이곳에서 내게 전화를 걸어올 사람은 없었다. 그러니 영어로 인사말을 건넨 건 지극히 상식적인 행동이었다. 하지만 상대는 당황한 듯 낯선 조사助詞를 웅얼거렸다. 나는 고개를 갸웃거리며 번호

---

* 항해 데이터 기록장치(Voyage Data Recorder)

를 확인했다. 평소 받아온 전화와는 앞자리 숫자부터 달랐다. 혹시나 해 러시아어로 인사를 번복하자 뒤늦은 대화가 성립되었다.

〈저기. 카슨 씨 휴대전화 맞나? 미국에서 왔다는.〉

"맞아요. 실례지만 혹시 누구시죠? 제 번호는 어떻게 아셨어요?"

〈그게, 나스탸한테 받았어. 인터뷰를 했다는 이야기를 들어서.〉

나스탸? 아나스타샤를 말하는 걸까?

"나스탸라면, 아나스타샤 알렉산드로브나씨 말인가요?"

〈그래, 잘 아네. 나스탸를 만난 게 쿠르스크 때문이지? 나도 해줄 말이 좀 있어. 당신 시간만 괜찮다면…….〉

아나스타샤 알렉산드로브나를 알고 있다니. 비슷한 처지에 놓인 사람일까? 혹은 결이 닮은? 그렇다면 안 괜찮을 이유가 없었다. 며칠 더 기다려야 하더라도 좋을 듯했다.

〈그런데 혹시 말이야, 이쪽으로 올 수 있어? 내가 사는 곳이 콜라 근처라 무르만스크랑은 좀 멀거든. 시내로 나가는 게 예의겠지만 남편 몸이 영 안 좋아서…….〉

"괜찮아요, 제가 가죠. 주소만 한번 불러주세요."

나는 전화를 끊자마자 가까운 상점으로 달려갔다. 고풍스러워 보이는 치난달리 와인을 한 병 산 다음 택시를 불렀다. 아침과는 달리 금방 배차가 잡혀서 그저 운이 좋구나 싶었는데, 굴러온 노란 자동차가 이상하게 낯이 익었다. 뒷자리에서 가방을 뒤적거리다 룸미러를 통해 운전자와 눈이 마주쳤다. 나도 모르게 어, 하는 감탄사가 튀어나왔다. 전날 항구로 가며 만난 그녀였다. 우연도 이런 우연이 있을까 싶었다.

조용한 사람이라는 건 이미 알고 있었다. 다시 보게 돼서 반갑다는 식의 호들갑스러운 인사말이 오가지 않았다는 뜻이다. 그녀는 출발한 지 10분 만에, 그러니까 자동차가 도심을 떠나 고속도로에 접어든 다음에야 처음으로 내게 말을 걸었다.

"어떻게 나오려고 그래요?"

많은 게 생략된 문장이었다. 바보처럼 되묻는 수밖에.

"네?"

"이따가요. 지금 가는 곳은 외진 곳이라 호출해도 오는 택시가 없을 텐데, 어떻게 다시 무르만스크로 돌아올 생각이냐고요. 거기가 당신 사는 집은 아닐 거 같은데."

"아……."

그것까진 생각 안 하고 있었는데. 내가 머뭇거리고 있자 그녀가 명함인지 쪽지인지 모를 종잇조각을 내밀었다. 마분지에 열 자리 숫자가 달랑 적혀 있었다.

"볼일 끝나면 전화해요. 아홉 시 전이라면 올 수 있으니까. 교대 시간 끝나면 나도 어떻게 못 해줘요."

연신 감사 인사를 했다. 상대는 고개를 한번 으쓱하더니 다시 입을 닫았다. 나는 어둑하기 그지없는 창밖으로 시선을 옮겼다. 맞은편 차선의 헤드라이트가 도로 옆으로 펼쳐진 관목숲을 이따금 비쳤다. 빗방울이 어느새 눈으로 변해 있었다.

***

이리나 일리니치나, 블라디미르 아나톨리예비치. 부부인 두 노인은 무르만스크에서 몇 마일 남쪽에 위치한 일종의 '다차 마을'에 살고 있었다. 주변이 온통 이즈바* 스타일의 단층 주택투성이였다. 마당에 장작이 산더미같이 쌓여 있는 그들의 집 또한 마찬가지였다. 다만 지붕이 슬레이트이고 문 옆에는 인터폰까지 달린 데서 현대적인 티가 났다.

반색을 하며 문을 연 건 이리나 일리니치나였다. 안에서 수증기를 타고 음식 냄새가 흘러나왔다. 생각보다 넉넉한 공간에 페치카** 와 벽에 걸린 거대한 양탄자, 그리고 안락의자가 제각기 시

---

* 러시아의 전통가옥. 주로 통나무를 사용해 만든다.

** 오븐과 벽난로를 겸하는 러시아의 난방 기구.

선을 끌었다. 의자에서 온기를 쬐던 남자가 몸을 일으켜 내게 인사를 건넸다. 블라디미르 아나톨리예비치였다. 그는 악수를 청하면서도 무언가를 계속 씹고 있었다. 냄새로 짐작해 보면 틀림없는 마늘이었다.

그는 몸살이 심해 운전대를 잡을 수 없었다며 미안해했다. 나는 노인의 소개로 작은 침실을 돌아본 다음 그대로 식탁까지 안내됐다. 통밀빵과 펠메니, 미트볼, 그리고 우하*가 아닐까 싶은 생선 수프가 이미 놓여 있었다. 나는 가벼운 다과가 아닌 완전한 식사 메뉴 앞에서 당황했다. 저녁 시간을 피해 왔어야 했는데 눈치가 없었다고 말하자 이리나 일리니치나가 손사래를 쳤다. 일부러 지금 부른 거야, 그녀의 말이었다.

이윽고 식사가 시작됐다. 우리는 음식 이야기로 시작해 날씨와 집 이야기를 차례대로 거쳤다. 나는 다 쓰러져가던 다차를 매입한 그들이 모든 걸 손수 고쳤다는 사실에 감탄했고 부부는 내가 사는 방 두 칸짜리 스튜디오의 바가지 월세에 놀랐다. 나는 그릇이 슬슬 바닥을 드러낼 무렵 앞장서서 질문을 던졌다. 통화로 들은 내용에 관해서였다.

"혹시 아나스타샤 알렉산드로브나와는 어떤 사이세요?"

---

* 러시아의 생선 수프. 연어, 잉어 등으로 만든다.

"아, 그러게. 도통 뭐라고 해야 할지. 친구? 나이 차도 있고, 그렇게 단순한 느낌은 또 아닌데. 어떻게 생각해, 볼로댜*?"

"왜? 친구라면 친구지. 우린 희생자 모임에서 우연히 만났어. 10년 전쯤에. 그게 정확하게 언제였지? 당신 기억나?"

"추도식 때 아냐? 시내 성당에서 쿠르스크 5주기 추도식이 열린 적이 있었어. 나스탸는 구석 자리에 홀로 앉아 있었고. 이이가 먼저 말을 걸었지. 우리 이야기를 먼저 해주니까 깜짝 놀라더니, 행사가 끝난 다음 우리를 자기 집으로 초대해 줬어. 그 뒤로도 몇 번 더 만나서 이런저런 이야기를 했지."

"그렇군요. 아, 방금 그분이 놀랐다고 하셨잖아요, 거기에 무슨 이유라도 있나요?"

"우리도 군인 아들을 잃었어. 하지만 쿠르스크에 타고 있던 건 아니었거든."

"다른 유가족이 난데없이 찾아왔다는 점에 놀란 거겠지. 피붙이가 차 사고로 죽었다고 해서 그렇게 죽은 다른 집 아들까지 관심을 가지지는 않잖아. 지금 생각하면 오지랖이라고 욕먹어도 할 말이 없어. 하지만 그때는 그렇게 사방을 들쑤시고 다녔지. 시위도 밥 먹듯 했고. 우리랑 처지 비슷한 사람들을 보면 어쩐지 참을 수

---

* 블라디미르의 애칭.

가 없어서…….”

“맞아. 아나스타샤 남편이 어떤 사람인지는 들었지? 그 사람은 우라만灣에 있는 비니야예보에서 살았잖아. 장교 신분으로 전투부대에서 현역 잠수함을 탔고. 하지만 우리 아들 예브게니는 계약직 중사였어. 근무한 장소나 하는 일이 완전히 달랐지. 여기서 해안선을 따라 동쪽으로 한참 가다 보면 그레미하라는 기지가 하나 나와. 배를 타야만 들어갈 수 있는데, 아들은 2000년부터 거기서 터빈 전문가 노릇을 했지.”

“그렇게 이야기하면 아시겠어? 차라리 마을 이름으로, 오스트로브노이라고 해야지.”

나는 길고 발음이 복잡한 지명에 고개를 모로 기울였다. 얼핏 들어본 기억이 있었다. 아, 그렇지. 발레라였다. 그가 자신이 일하는 여객선의 목적지 중 하나로 그곳을 뽑았던 듯했다. 부부에게 그 이야기를 털어놓자 이리나 일리니치나가 맞장구를 쳐 줬다.

“하여튼, 그게 뭐 중요한 건 아니고. 나는 내 아들이 그렇게 위험한 곳에서 일하고 있다는 걸 꿈에도 몰랐어. 집사람 고향도 그렇게 살기 좋은 곳은 못 되는데, 그레미하에 비하면 천국이었지.”

“우린 엔지니어였어. 이이도, 나도. 나는 니즈네바르톱스크에서

태어나 쭉 살았고, 이이는 스베르들롭스크*에 살다가 거기로 이사를 왔지. 니즈네바르톱스크는, 우리는 바르톱스크라고 대충 줄여 불렀는데, 원래 온통 늪지대인 쥐똥만 한 동네였어. 잠깐만, 사진을 좀 보여줄게. 저기가 어릴 때 살던 집이야. 방 한 칸에 여섯 명이 들어갔었는데……."

"기름이 안 나왔으면 지금도 여전했겠지. 내가 학과 졸업장 하나 달랑 들고 거기 도착했을 때가 1974년이었어. 거짓말이 아니라 비행기에서 내리자마자 석유 냄새가 나는 거야. 첫 유정을 세운 지 10년도 안 됐다는데 벌써 사방이 북적거리고 있었지. 그땐 하룻밤 사이에 호수가 생겨나고 도로가 깔리고 그랬다니까. 나는 제7 시추 여단에서 드릴링 엔지니어로 발탁됐어. 집사람은 체크밸브 책임자로 뒤늦게 합류했고."

블라디미르 아나톨리예비치는 기침을 몇 차례 하더니 줄곧 상 한쪽에 놓여 있던 밀폐 용기의 뚜껑을 열었다. 안에는 자주색 통마늘이 뿌리째 들어 있었다. 그는 성긴 손짓으로 껍질을 깐 다음 두 알을 생으로 씹어댔다. 이리나 일리니치나가 못 볼 꼴을 봤다는 듯 고개를 내저었다. 그녀는 투덜거리던 끝에 겨우 말을 이었다.

---

* 우랄 연방관구에 자리한 대도시. 1991년 이후로는 예카테린부르크이다.

"병원이나 가라니까 죽어도 말을 안 듣지. 뭐, 알려나 모르겠지만 세상에 깨끗한 광업이란 건 없어. 노천에서 석탄을 캐든, 돌산을 쪼개서 다이아를 찾든 전부 환경에는 최악이야. 석유라고 뭐 있겠어? 우리 여단만 해도 해산될 때까지 정확히 유정 946개를 세웠어. 다른 곳까지 다 합하면 얼마나 많이 지어졌을지 상상이 가? 바르톱스크에 '석유 수도'라는 별명이 붙은 데는 다 이유가 있어.

하지만 다른 건 전부 뒷전이었지. 슬러리 처리 방안을 신경 쓴 사람이 있나, 도시를 지나는 오비강 수질이라도 확인하는 위원회가 있길 하나. 버릴 게 있으면 호수에 던지고 아니면 늪지에 대충 파묻는 식이었어. 비라도 오면 물웅덩이 위로 기름막이 둥둥 떠오르곤 했다니까. 그런 식이었으니 수돗물에서 나는 석유 냄새 정도는 이야깃거리도 못 되었어. 시내 상점에는 늘 물건이 넉넉했고 이이가 노동영광훈장을 받은 덕에 지굴리도 뚝딱 나왔지만 생각만큼 삶이 좋지는 않았지."

"맞아, 그러다가 예브게니가 해군에 입대하고 싶어 하더라고. 나는 오히려 잘됐구나 싶었어. 깨끗한 바닷가에서 사는 게 기름 범벅인 이곳보다는 나아 보여서……."

"그리고 그쯤 되니까 이미 도시가 예전 같지 않았어. 지표 근처에 있는 유전은 거의 다 뽑아내서, 레모네이드 조* 시대부터는 전보다 깊게 파야 했거든? 숲속으로 들어가야 더 많은 장작이 나온다고들 하잖아. 그런데 중앙에서 예산을 뚝 끊어버리니 어떡해, 멈출 수밖에. 서류상 우리 자리야 그대로였지만 일도, 월급도 없었어. 나랑 이이는 이대로는 안 되겠다 싶어서 작은 공장을 하나 차렸지. 그게 95년 언저리던가, 볼로댜?"

"맞아. 공장이라니까 무슨 거창한 생각을 하는 것 같은데, 그러지 마. 그냥 처지 비슷한 사람들끼리 독토르스카야** 만드는 창고였어. 오죽하면 불량 드릴 날을 가져다가 고기 가는 그라인더를 만들었다니까. 그래도 덕분에 굶어 죽지 않을 만큼은 벌었지. 하다 보니까 나름 재미있더라고. 조금씩 판로 넓혀가는 것도 보람차고."

"그때까지만 해도 쿠르스크 소식에는 관심도 없었어. 아니, 뉴스에서 해군이 어쩌고 떠들기에 놀라서 전화를 걸기는 했지. 그런데 아들은 걱정 말라는 말만 반복하더라고. 자기는 배에 타는 일이 거의 없다면서. 그럼 그런가 싶었는데 이 녀석이 생전 안 하던 부탁을 하는 거야. 칼바사를 좀 보내줄 수 없냐고, 먹고 싶다고.

---

* 소련의 서기장 고르바초프에게 붙은 별명 중 하나. 고르바초프는 1985년부터 강력한 금주 캠페인을 벌였는데, 소련 사람들은 체코슬로바키아 영화인 '레모네이드 조'에 등장하는 동명의 주인공이 위스키 대신 콜라를 마시라고 조언하는 내용에 빗대어 같은 별명을 붙였다.

** 러시아에서 인기 있는 소시지. 볼로냐소시지와 비슷하지만 지방 함량이 훨씬 낮다.

소포를 영 못 믿을 시절이기도 했거니와 오랜만에 얼굴도 좀 보고 싶어서 내가 혼자 무르만스크까지 음식을 바리바리 싸 들고 갔어. 이이는 일을 해야 하니까 바르톱스그에 남았고."

이리나 일리니치나의 음식은 전반적으로 맛이 강했다. 미트볼은 짭조름했고, 수프는 흰살생선이 들어간 데다 국물이 맑았지만 혀에 와닿는 느낌은 기름졌다. 펠메니는 딤섬과 비슷한 생김새인데도 코가 뻥 뚫릴 만큼 소가 매콤했다. 물론 그렇다고 싫은 건 아니었다. 나는 마지막 한 입이 사라질 때까지 수저를 부지런히 놀렸다.

"그렇게 만나보니 아들내미나 며느리나 표정이 썩 밝질 않은 거야. 살도 좀 빠진 것 같았고. 내가 넌지시 물어봤어. 안에서 지낼 만은 한지, 생활은 좀 어떤지. 식사가 좀 부실하다는 거 빼면 버틸 만하다고 하더라고. 그런데 역에서 헤어질 때 보니까 정강이에 새로 생긴 게 분명한 흉터가 있는 거야. 칼자국처럼 깊고 길게. 이게 뭐냐고 따지니까 어쩌다 부딪힌 거라고 얼버무려. 며느리도 말이 없고. 얼른 돌아가야 한다고 되레 역정을 내서 별수 없이 보냈지만 마음이 편치는 않았지."

"그럼, 아드님 몸에 상처는 왜……."

"그 뒤로도 몇 번 더 물어봤는데 끝까지 입을 다물더라고. 그런데 뭐, 뻔하지."

"데도브시나. 아니, 해군에서는 고드콥시나고 한다던데. 칼침 맞을 일이 그거 말고 더 있겠어?"

데도브시나라면 토르플 시험공부를 하며 들어본 적이 있었다. 뜻은 영 떠오르지 않았지만. 나는 포크를 내려놓으며 생소한 단어에 대해 되물었다.

"군대 안에서 암암리에 일어나는 부조리 말이야. 뭐, 그런 건 항상 있었어. 내가 복무할 때도 불려 가서 몇 대 맞는 정도는 흔했고. 그러던 게 아들 세대에서는 도를 한참 넘었던 거야. 규율이나 상식 같은 게 아예 없는 것처럼. 새내기들을 죽일 기세로 두들겨 패서 척추가 부러지는 정도는 예사고, 손을 온종일 얼음이 든 주머니에 넣고 있게 해서 동상에 걸리는 일도 흔했대. 스칼리스띠[*] 에서는 그걸 견디다 못한 징집병이 핵잠수함 안에서 총을 난사하고는 연방보안국과 대치한 적도 있다더라고. 진짜 테러리스트처럼, 다가오면 어뢰를 터뜨리겠다고 협박한 거지. 솔제니친 소설에도 안 나올 그런 일들이 실제로는 하루가 멀다 하고 일어났었다니까."

"그래미하도 만만치 않았어. 수병들이 부대 안 경비초소를 공

---

* 러시아 북방함대의 기지가 자리한 가지예보의 옛 이름.

격한 거야, 심지어 기관총까지 들고서! 피튀기는 총격전에서 다섯 명이나 되는 군인이 죽었대. 물론 아직 아들이 발령받기 전 일이기는 했지만……. 낭신은 이런 게 납득이 가? 우리 자식들이 아무런 이유도 없이 서로 죽고 죽인다는 게? 세상에, 이이도 나도 참 멍청했지. 낌새 이상했을 때 진즉 데리고 나왔어야 하는 건데……."

나는 무심결에 입을 손바닥으로 가렸다. 이리나 일리니치나는 빈 그릇을 치웠다. 그러더니 어딘가에서 불쑥 나타난 새 접시를 다시 상에 올려놓았다. 처음 보는 빵 종류가 한가득이었다. 팬케이크를 닮았지만 지름이 훨씬 작은 데다 곱절은 두툼해 보였다. 곁들이는 용도인지 사워크림과 산딸기잼도 함께였다. 나는 혹시 아들을 잃은 게 고드콥시나 때문인지 조심스레 물었다.

"그건 아니야, 미안해. 우리가 너무 쓸데없는 이야기만 했지? 하지만 이런 거라도 일단 말해줘야겠다 싶었어. 당신은 여기 출신이 아니잖아. 왜 이토록 사고가 흔한지, '획기적인 일리치*'가 죽은 이후로 우리 세상이 얼마나 안 좋은 쪽으로 비뚤어졌는지 곧잘 이해하지는 못할 테니까……. 적어도 미국에서는 이러지 않으리라는 것 정도는 나도 다 알거든."

---

* 소련 서기장인 '레오니드 일리치 브레즈네프'의 별명으로, 부칭이 같지만 한층 겸손한 성격이던 '블라디미르 일리치 레닌'과 구분하기 위해 부른 말이다.

"아들이 그레미하에서 근무하고 있었다고 했잖아? 그리고 배도 안 탄다고. 나중에 보니 그건 절반만 진실이었어. 왜냐하면, 거기는 그냥 묘지였거든. 그것도 핵잠수함을 위한. 함대에서 손꼽는 규모의 잠수함 기지이던 시절도 있었는데 90년대 이후로 옛말이 되었지. 사용 끝난 핵연료를 이곳저곳 던져놓고, 퇴역한 잠수함을 청어 말리듯 줄줄이 묶어뒀더라고. 말이 좋아서 묘지지 그냥 해군 버전 방폐장이나 다름없었어.

당신도 잘 알 거야. 안 쓰는 물건을 무작정 쌓아둘 수만은 없다는 걸. 치워야 할 때가 언젠가는 오지. 예브게니는 승조원 아홉 명과 함께 잠수함 K-159*를 네르파**까지 옮기는 임무를 맡았어. 거기에 배를 해체할 수 있는 시설이 있었거든. K-159는 예인선에 질질 끌려 그레미하를 떠났어. 그리고 이틀 만에…… 침몰했지."

갑작스러운 침묵이 걷잡을 수 없이 부풀어 집 안을 채웠다. 블라디미르 아나톨리예비치는 묵묵히 자리에서 일어나 페치카로 향했다. 그는 옆에 쌓인 장작 몇 토막을 화구로 밀어 넣었다. 타닥거리는 소리가 마치 총소리처럼 요란했다.

"K-159는 이미 배도 뭣도 아니었어. 네르파는 그레미하에서

---

* 소련 해군의 프로젝트 627A '키트' 급 잠수함의 11번함. 프로젝트 627A는 소련 해군 최초의 핵잠수함 시리즈이기도 했다.

** 무르만스크 북서쪽의 올레냐 구바에 있는 조선소.

300킬로미터나 떨어져 있었고. 1989년 이후로 9번 부두에서 썩어가고 있던 걸 그런 식으로 옮긴다는 게 말이 돼? 물론 K-159가 해체를 위해 예인선에 끌려간 첫 번째 잠수함은 아니었어. 하지만 개중에서 독보적으로 상태가 나빴다는 건 분명하다고."

"법정 싸움 때 우리 편에 서준 군인들이 있었어. 그 사람들 말로는 선체 부식이 너무 심해서, 군화로 밟을 때마다 녹 조각이 버석버석 떨어져 나갈 정도였대. 내부 통로는 새어 들어온 바닷물로 찰박거렸고. 본부야 당연히 그런 꼬락서니라는 걸 알고 있었을 거야. 자기들도 영 불안했으니까 출항 전에 추가로 폰툰을 달라고 명령하지 않았겠어? 문제라면 폰툰 네 개를 선체에 고정해야 하는데, 산소 용접기를 썼더니 그냥 구멍이 날 뿐이었다는 거야."

"맞아, 너무 얇아서. 녹 위에는 용접을 할 수 없으니 저런 상황이면 표면을 갈아내야 해. 그런데 막상 그러고 나니까 남은 선체의 두께가 너무 얇았다는 뜻이야. 거기에 산소 용접기를 쓰면 뭘 붙여보기도 전에 녹아서 구멍이 나거든. 결국 강도가 훨씬 떨어지는 스폿 용접으로 억지로 고정했대*. 그러면 안 된다는 걸 알면서도."

"폰툰이라면, 물에 뜨는 커다란 드럼통 같은 거 말씀이죠? 부력

---

* 산소 용접은 아세틸렌과 같은 가스를 기반으로 한 화염을 통해 모재를 완전히 녹여 융합시키는 방식이지만, 스폿 용접은 전기 접점과 모재가 닿은 부위만 살짝 녹여 붙인다.

을 더해주기 위해 사용하는?"

이리나 일리니치나는 내가 선물한 와인 대신 서랍에서 보드카를 꺼내왔다. 뒤이어 식탁 구석에 있던 잔 세 개를 늘어놓더니 차마 거절할 새도 없이 가득 채웠다. 블라디미르 아나톨리예비치가 먼저 잔을 들어 올렸다. 나는 그저 뒤를 따랐다. 세 개의 잔이 건배사 없이 부딪혔다. 삼키자마자 목구멍이 화끈 달아올랐다.

"그렇지. 폰툰 상태는 또 얼마나 막장이었는데? 예인 용도조차 아닌 건 물론이고, 대조국 전쟁 시절부터 쓰던 고물이었다고 한다면 믿을 수 있겠어? 물이 질질 새는 잠수함에 별반 나을 것도 없는 깡통을 매달아 바다로 보낸 꼴이잖아."

노인은 각자 앞에 놓인 잔을 다시 처음 상태로 돌려놨다.

"가장 이해가 안 되는 부분은 열 명이, 그러니까 우리 제냐*가 왜 배 안에 타고 있었냐는 거야. 그 시점에서 K-159는 그냥 차갑게 식은 강철 관짝이었어. 원자로는 배가 그레미하에 묶인 14년 내내 꺼져 있었고 잠수함에는 추진력만 없는 게 아니라 전기 자체가 없었어. 항해는 오롯이 예인선 몫이었으니 승조원들은 캄캄한 선내에서 손전등에 의지한 채 있어야 했지."

"말짱한 핵잠수함이라면 원자로가 생산하는 증기로 터빈을 돌

---

* 예브게니의 애칭.

려. 그걸로 추진력이랑 전기를 동시에 만드는 거야. 그런데 예브 게니는 터빈 기술자야. 원자로가 뒤진 배에 필요한 사람이 아니 잖아. 전기기계 부서 사령관이나 항해 장교도 할 일 없기는 매한 가지였고. 더군다나 함대에서는 침수에 대비한다는 명목으로 K −159에 수동 해수펌프 두 개를 실어뒀어. 수동 펌프라니, 무슨 어 린애 장난 같지 않아? 낚싯배에서나 쓸 물건을 심지어 구멍투성이 인 3,000톤짜리 잠수함에 쓰라고 주는 게?"

이리나 일리니치나가 사워크림 잔뜩 바른 빵을 내 앞 접시에 덜 어줬다. 술이 들어가면 들어갈수록 가슴이 달아오르는 대신 머리 가 흐릿해졌다. 블라디미르 아나톨리예비치는 마치 체념한 사람 처럼 중얼거렸다.

"결국 폰툰 두 개가 킬딘섬* 근처에서 떨어져 나갔어. 잠수함은 균형을 잃은 채 가라앉기 시작했고. 예인선의 긴급 무전을 듣고 근처 기지에서 카모프 한 대가 날아왔는데, 하필이면 근처에 있던 다른 잠수함을 K−159로 착각했어. 별문제 없어 보이는데? 하면 서 그냥 돌아갔다는 거야.

며칠 뒤 함대에서 나온 뚱땡이 공보장교가 우리를 불러다 놓고 폭풍 때문에 견인 중이던 함선이 침몰했다고 하더군. 운 좋게 건

---

* 바렌츠해 연안의 섬으로, 무르만스크로 향하는 콜라만의 입구 부분에 자리한다.

겨낸 세 명 중 두 명은 이미 생사가 갈려 있었지. 내 아들이 그중 하나였고…….."

"하얀 실을 가져다 검은 옷을 꿰매려던 거나 다름없어. 우릴 얼마나 우습게 보면 그래? 정말 폭풍이 불었다면 출항을 미루는 게 당연하잖아. 심지어 기상대에 갔더니 잠수함이 가라앉은 30일 새벽에는 고작 초속 20미터 수준의 바람만 불었다고 하던데."

"맞아. 얼핏 강해 보일지도 모르겠는데, 여긴 바렌츠해야. 이 근방에서는 저게 보통이라고. 오죽 바람이 잦았으면 수병들이 그레미하를 '날아다니는 개의 도시'라고까지 하겠어? 그 정도도 못 버틸 것 같았으면 더 큰 배 위에 싣든가 했어야지."

부부는 어느새 담배를 물고 있었다. 나는 그릇 틈에서 정사각형 모양의 담뱃갑을 발견했다. 푸른 설산 앞을 달리는 말의 실루엣. 자세히 보니 승마 모자를 쓴 기수가 올라탄 채였다. 내 시선을 알아차렸는지 블라디미르 아나톨리예비치가 한 개비를 권했다. 대학 시절 이후로는 흡연을 관뒀지만 거절할 마음이 들지는 않았다.

담배와 함께 건네받은 건 다름 아닌 성냥이었다. 불을 댕긴 다음 빨아보니 생각보다 훨씬 독했다. 오랜만에 맛보는 연기라서일까. 나는 발작적으로 튀어나오는 기침을 참기 위해 고군분투했다. 콜록거리면서도 담배를 손에서 놓지 않자 그녀가 설핏 웃었다.

"나는 말이야. 죽음에도 종류가 있다고 생각하면서 살아왔어. 이건 사망 방식이 아니라 가치에 관한 이야기인데. 똑같이 암에 걸려 죽더라도 평생 담배나 뻐끔거린 게 이유인 사람이랑, 원자로 지붕에서 청산인* 일을 하다 망가진 사람이랑은 분명 다르잖아. 그래서 내가 보기엔 꽤 견딜 만한, 고개가 끄덕여지는 죽음도 있어. 분명한 의미만 있다면 말이야. 조국이나 당의 부름처럼 꼭 큰 게 아니더라도……."

"맞아, 그렇지."

그래도 죽음은 여전히 죽음이잖아요. 내가 얼결에 대꾸했다. 사랑하던 이를 영원히 못 보게 되는 건 어찌 되든 똑같은데, 그러면…….

"슬프지 않다는 뜻은 아니야. 시간이 지난 뒤 받아들일 수 있느냐 없느냐의 차이라는 거지. 스베르들롭스크에 살던 친구, 아나톨리 이야기를 해줄까? 마드리드호텔 옆에 주차된 트럭에서 폭발 사고가 났어. 마침 친구가 근처를 지나고 있었고. 목격자들 말로는 아나톨리가 폭발에 휘말린 자동차로 앞장서 뛰어갔대. 문제라고 한다면 충격으로 문이 휘어서 열리질 않았다는 거야. 안에는 일가족이 살려달라고 아우성이었는데.

---

* 핵 사고를 수습하기 위해 투입된 작업자.

그럼 뭐, 어쩌겠어? 혼자 도망치는 것도 차마 못 할 짓일 테고. 아나톨리는 자기가 타고 온 자포로제츠를 사람들이 갇힌 차 뒤로 몰았어. 안전한 곳으로 밀어내려는 생각이었겠지, 불이 조금씩 커지고 있었으니까. 한창 애를 쓰던 도중 트럭에 실린 기름 탱크가 재차 폭발했어. 아나톨리는 운전석으로 날아든 쇳조각에 맞아 즉사했는데 덕분인지 친구가 구하려던 사람들은 모두 살았어.

당연히 슬펐지. 아나톨리는 나랑 인생의 절반도 넘는 시간을 알고 지낸 사이였어. 기르던 개가 다쳐도 속상한 게 사람인데 괜찮다면 거짓말이잖아? 장례를 치르고 집에 와서 정말 하루 종일 울었어. 하지만 그건 상대적으로 고분고분한 슬픔이야. 가슴에 죽음이 꽂힌 건 맞지만 평생토록 날을 세우고 속을 온통 긁어대지는 않더라는 얘기지. 다만스키섬*에서 전사한 친형을 떠올려도 마찬가지고."

방 안이 마치 사우나처럼 부옜다. 나는 사워크림으로 텁텁해진 입속을 씻어내기 위해 본능적으로 술을 삼켰다. 블라디미르 아나톨리예비치는 기계적으로 잔을 채웠고 이리나 일리니치나는 앨범에서 인화지 한 장을 떼어내 내게 건넸다. 도합 열 명이 모여 찍은 기념사진. 배경에는 흐린 하늘과 반쯤 무너진 창고가, 발아래에는

---

* 전바오섬이라고도 불리며, 중국과 러시아 국경에 자리하고 있다. 중소 국경 분쟁 도중 큰 전투가 일어난 장소이다.

애처롭게 삭은 강철이 있었다. 나는 그 사진이 승조원들의 마지막 모습이라는 것을 쉽게 눈치챘다.

"하지만 나스탸 남편은 어때? 우리 아들 제냐라면? 그 죽음에 무슨 의미라도 있는 것 같아? 난 단언할 수 있어, 우리 아이들 목숨은 그 누구를 위한 것도 아니라는 사실을. 로디나조국를 위해서 한 몸 바친 게 아니라 로디나가 우리를 무심하게 대해서 버려진 거야. 그 뒤로는 이이랑 내 삶도 배배 꼬이기 시작했지. 암만 애를 써도 상상을 멈출 수가 없어, 내 제냐가 물속에서 천천히 식어가는 동안 무슨 생각을 하고 있었을지…… 얼마나 억울했을지……."

"맞아. 우리가 당신을 불러놓고 이렇게 한참 떠들었지만, 한마디로 이런 거야. 내 아들은 겨우 쓰레기를 버리러 가던 길이었을 뿐이라고. 사실이 그렇잖아. 고작 그런 것 때문에 하나뿐인 자식이 죽었다고 한번 상상해 봐……."

"……하."

"그리고 이야기가 나왔으니 하는 말인데, 아들이 옮기던 군함은 우리 돈으로 해체될 예정조차 아니었어. K-159뿐 아니라 그해 그레미하에서 네르파로 이동한 열두 척 핵잠수함 전부 다. 노르웨이, 스웨덴, 영국. 보다 정상적으로 굴러가는 나라에서 우리 쓰레기를 치워달라고 보내준 돈이었지. 그쪽에선 방치된 원자로가 바다를 더럽힐까 봐 걱정했어. 심지어 우리 바다인데도! 나는 라디오에서 그 소식을 들은 뒤에야 깨달았지. 아, 레닌이 세운 위대한 이 나라가 이제 혼자 힘으로는 자기 집 청소도 못 하게 됐구나. 그런 곳에 내 아들을 억지로 떠밀었구나.

비참하다는 단어만 머릿속을 맴돌더라고. 뭐라도 해야겠다 싶어서 공장을 정리한 다음 며느리랑 같이 소송을 걸었어. 이야기를 쭉 들었으니 당신도 알 거야, 이런 건 개인이 책임질 수 없는 일이라는 걸. 책임자 한두 명의 과실이 아니라 군부, 국가 단위의 문제라는 걸. 물론 그쪽은 꼬리를 자르느라고 이미 바빠 보이더라고. 처음에는 예인 책임자던 세르게이 젬추즈니 탓을 하더군. 다음에는 함대 사령관 겐나디 수치코프를 기소해 유죄판결을 때리고. 무슨 선심이라도 쓰듯이 죽은 아이들 특진 이야기를 꺼내는 걸 단칼에 잘랐어. 그 정도면 우리가 만족할 거로 생각했나 봐."

"나는 얼마가 걸려도 괜찮았어. 그냥, 제냐의 죽음이 무용하다는 걸 받아들이기 싫어서…… 남들 자식이라도 같은 일 안 당하게 할 수 있으면 마냥 헛되진 않겠구나 싶었던 거지. 그렇게 몇 년을 싸웠는데 결국 졌어. 우리는 국방부에 배상을 요구했는데, 그쪽 주장으로는 이미 함대 사령관이 군사법원에서 유죄판결을 받았으니 자기들과는 상관없는 이야기라는 거야. 정부 쪽 변호사는 돈 받고 싶으면 수치코프한테 따지라며 우릴 면전에서 비웃는 네⋯⋯.

　당연히, 당연히 항소하려고 했지. 그런데 집으로 돌아가는 길에 며늘아기가 이이를 붙들고 펑펑 울면서 그만하고 싶다는 거야. 주변에서 다들 자기를 손가락질한대. 심지어 면전에 대고. 연금 타 먹는 정도로는 부족하냐는 거지. 죽은 남편 가지고 소보크* 시부모를 꼬셔서 장사질이나 하려고 한다고, 그렇게 돈 벌면 부끄럽지 않냐고."

　"도대체 우리한테 왜 그러는 거야? 우리가 무슨 잘못을 했는데? 남부끄러운 짓 한 번 안 하면서 살아왔어. 추위에 덜덜 떨어가면서 생산 할당량은 꼭 채웠고, 페레스트로이카니 자유화니 하는 핑계로 정부가 국민을 버렸을 때도 누구 탓 한 번 한 적이 없어. 다른 가족들은 또 어떤데? 부모 무덤에는 일찌감치 흙을 덮었지. 내 아버지가 왜 1944년 이후로 다리 한 짝이 없는 데다, 쉰 살도 못 넘기고 세상을 떠났겠어? 결혼도 못 해보고 죽은 형은 또 어떻고? 그래도 찍소리 안 하고 있었잖아. 그러다 하나뿐인 아들이 그런 식으로 가버려서, 이것만큼은 못 참겠다 싶어서 처음으로 목소리를 냈더니, 뭐? 어떻게 온 나라가 우리를 두고 그런 식으로 굴 수

---

* 소비에트 시대의 사고방식을 가진 노인들을 뜻하는 '호모 소비에티쿠스'의 약칭.

가 있어?"

"100만 루블. 목숨값으로 주장한 게 고작 100만 루블이야. 처음에는 돈을 받을 생각도 없었어. 인생의 절반을 돈 없는 세상에서 살아왔는데 그런 게 중요할 리가 있나? 그냥, 우리 아이들이 정부 놈들 손에 죽어갔다는 사실만 받아들여졌으면, 비슷한 일이 다시는 안 일어나게만 할 수 있었으면 했지. 그런데 변호사가 말하길, 우리같이 순진한 방식으로는 부족하다는 거야. 피해보상을 요구해야 더 진지하게 받아들여질 거라더라고. 100만 루블 정도면 적당해 보일 거라고 하기에 그대로 한 건데……."

이리나 일리니치나는 두 손으로 주름진 얼굴을 이리저리 짓눌렀다. 조금 전 그녀가 재떨이에 내려놓았던 담배는 한참이 지나도 꺼지지 않았다. 그 모습을 지켜보던 블라디미르 아나톨리예비치는 병에 남은 마지막 보드카를 모조리 따라냈다.

"아냐, 그런다고 뭐가 달라지겠어. 나중에 고향에서 올라온 어머니가 그러더라고. 인제 그만할 때가 됐다면서. 어찌 된 게 누굴 탓하기에만 바쁘냐는 거야. 너희 아들이니 너희가 책임지는 게 당연한 건데. 그 말을 듣고 나니까 뭐라 대꾸할 말이 없더라고. 어쨌든 어머니도 자식을 잃었잖아. 그런데도 화내거나 우는 모습 한 번 본 적이 없어. 기일이 되면 형이 쓰던 물건들을 전부 꺼내서 새

것처럼 닦는 거. 그게 다였지."

"조금만 생각해 보면 이이 어머님 말씀에도 일리가 있어. 그게, 그렇잖아. 우리한테도 기회가 있었어. 제냐 몸에 싱치 난 꼴을 봤을 때, 전화통 너머에서 풀 죽은 목소리로 웅얼거릴 때 억지로라도 데리고 나왔어야 했다고. 아들이야 다 큰 성인이었지. 하지만 군대가 콜리마*나 다름없다는 사실은 아마 잘 몰랐을 거야. 그도 그럴 게, 조직 안에서는 뭐든 제대로 판단할 수가 없어. 당신이랑 나도 그랬잖아. 바르톱스크에 사는 내내. 결국 밖에 있는 우리가 하나뿐인 자식한테 더 신경을 썼어야 하는 건데……."

"맞아. 결국 우리 말고는 다 좋아 보여. 윗놈들은 당당하게 뉴스에서 인터뷰를 하고, 상을 받은 다음 승진도 해. 정작 허무하게 피 흘린 아이들을 위해서는 기념비 정도면 충분하다고 여기지. 아무것도 변한 게 없어. 우리는 매년 기일이 되면 어선을 빌려 타고 잠수함이 침몰한 바다로 나가. 꽃다발을 던질 때마다 내 아들을 그냥 죽도록 놔둔 거, 그리고 그 죽음을 가지고 무엇 하나 바꿔놓지 못한 채 헛되이 흘려보낸 거…… 그게 제일 미안해."

시곗바늘이 아홉 시를 향해 가고 있었다. 나는 불현듯 택시 기사의 말이 떠올랐다. 부부에게 양해를 구하고 받아둔 번호로 히

---

* 러시아 극동의 지역. 동명의 강이 흐르며, 굴라크의 강세 노역을 기반으로 성장했다.

둥지둥 전화를 걸었다. 다행히도 늦지는 않았다. 그러는 동안 블라디미르 아나톨리예비치는 무언가 생각났다는 듯 책장 구석에서 노트 한 권을 뽑아왔다. 누렇게 변한 종이를 이리 넘기고 저리 넘기더니 중간쯤에서 멈췄다.

"시간 된다면 이 사람을 한번 만나 봐. 한창 소송 걸 때 우리 편에 서준 군인이야. 도움을 정말 많이 받았는데 지금도 저기 사는지 모르겠네. 자, 휴대전화 번호랑 주소."

나는 쪽지를 잘 갈무리하며 고맙다는 인사를 건넸다. 초대에 대해, 이 모든 음식에 대해, 들려준 안타까운 이야기에 대해. 그러자 그녀가 다가와 나를 덥석 껴안았다. 나프탈렌 냄새가 났다. 나는 당황했다.

"시답잖은 말로 이렇게 시간을 뺏어서 미안해. 아들에 대해서는 좀처럼 털어놓을 기회가 없어서 그랬어. 나이가 들어서 그런지 기억이 점점 흐려져서. 들려줄 말이 많았는데 더는 생각이 안 나. 그래도 당신은 마이크만 들이대던 다른 기자들이랑은 좀 달라 보여서 좋네. 젊은 나이에 우릴 이해한다는 게 쉽지가 않거든. 눈을 보니까 알겠어. 무슨 일을 겪었는지는 모르겠지만, 와줘서 너무나도 고마워."

"맞아. 혹시라도 말이야, 우리한테 하고픈 말이 있다면⋯⋯."

속에서 뭔가 올라올 것만 같았다. 나는 애써 고개를 저으며 짐을 챙겼다. 택시가 도착했는지 밖에서 짧게 경적이 울렸다. 잰걸음으로 집을 나서자 이젠 익숙한 택시가 마당에 서 있었다. 등 뒤에서 느껴지는 부부의 인기척. 나는 뒷좌석 문을 쾅 닫고 사이드미러에 의지해 그들을 흘끔거렸다.

"아…… 아지무트요. 아지무트 무르만스크 호텔."

택시가 출발했다. 얼마 못 가 이리나 일리니치나 스미르노바와 블라디미르 아나톨리예비치 스미르노프의 머리가 손톱 크기로 줄어들었다. 현관문은 끝내 닫히지 않았다.

나는 세 번째로 보는 운전기사에게 감사를 표했다. 그녀는 내 꼬인 발음에 짧게 답한 뒤 운전에만 집중했다. 나는 시트에 깊숙이 몸을 묻었다. 차가 흔들려서, 술을 너무 많이 마셔서 토할 것만 같았다. 아니, 아니다. 불량한 노면 상태나 음주는 그저 핑계였다.

나는 생각했다. 두 잠수함의 침몰은 희생자들 이름과 숫자만 달라졌을 뿐 완벽하게 닮았다고. 사고라는 건 많은 징조를 무시한 대가로 발생한다. 수직적으로 얽힌 윗사람들은 지탄받은 듯 보이나 이영부영 승진한다. 유족들은 운다. 정부는 그들의 입을 막기 위해 창고에 쌓아둔 훈장을 몇 개 던져주거나 일괄적으로 계급을 추서한다. 전체주의 스타일로 추모용 모뉴먼트를 대충 세우고 나면 모든 게 완전히 마무리된다. 두 사건 사이에 존재하는 3년의 시간차에도 불구하고 그러하다.

그건 우리의 알링턴이나 그들의 알료샤 기념비*로 대표되는 존중과는 다르다. 무성의하고 되레 불쾌하다. 그 모든 과정에 무슨 의미가 있는가? 상식 밖의 이유로 죽은 중사가 상사로 승진하게 되면 비참함이 사라지는가? 관 위에 박아놓는 용기 훈장이나 음각으로 파낸 글자에 금색 페인트를 채운 비석으로 망자의 영혼과 가족들이 위로받을 수 있는가? 사건으로 이어지는 불합리한 과정만이 역겨운 건 아니었다. 정말 끔찍한 부분은 그 뒤에 올 수도 있었다. 부인과 부부가 경험한, 도덕적인 반응이 완전히 결여된 순수한 기망이 좋은 예였다. 죽은 사람을 다시 한번 짓밟고, 산 사람들조차 억울함 속에 파묻기 충분했다.

하지만 그렇기에 그들은 무고했다. 부부의 책임을 주장하는 건 그야말로 억지였다. 만약 내가 그들과 같은 상황이라면. 마음껏 억울해할 수, 원하는 만큼 슬퍼하고 분노할 수 있다면. 흘리는 눈물 속에 가족을 죽게 만든 이들을 향한 화와 사랑하는 이를 영원히 잃었다는 상실감만 오롯이 담을 수 있다면. 그렇게만 된다면······.

---

* 공식 명칭은 '위대한 애국 전쟁 기간 동안 소련의 북극 수호자들을 위해'이다. 독소전쟁 당시 북극권에서 죽은 병사들을 기리기 위한 무르만스크의 전몰자 기념비.

택시가 비포장도로를 빠져나오자 흔들림이 눈에 띄게 줄어들었다. 야간 운전이 지루했는지 그녀는 끝내 라디오를 켰다. 작은 볼륨으로 흘러나오는 노래는 의외로 낯설지 않았다. 그게, 비슷한 걸 들어본 기억이 났다. 일사의 스포티파이 보관함에도 들어 있던 러시안 샹송이었다. 일사는 취업 기념 홈파티에서 밀러 맥주를 마시다 말고 발라드 스타일인 곡의 뿌리가 흐루쇼프 해빙기*에 닿아 있다는 사실을 재잘재잘 늘어놓았다. 나는 그때 그녀의 표정이 얼마나 활기찼는지, 병 사이로 반짝거리는 은빛 귀걸이가 앙증맞은 올림머리와 얼마나 잘 어울렸는지, 눈이 마주치면 몰래 건네어오던 윙크가 얼마나 그리운지에 대해서는 잊으려 애썼다.

운전기사가 살짝 볼륨을 올렸다. 바람 소리 너머로 원자력 선박과 바다를 운운하는 독특한 가사가 귀에 들어왔다. 아마 이곳에서 흔하다는 밀리터리 장르가 아닐까 싶었다. 나는 장대한 가사와는 다르게 부드러운 목소리를 듣다 까무룩 잠이 들었다.

---

* 1950~1960년대 사이에 흐루쇼프의 스탈린격하운동과 함께 일어난, 정치범 사면과 문화예술 개방기를 의미한다.

파벨 자카로비치 코노발로프, 50세

세상이 휘청거렸다. 단박에 속이 뒤집어졌다. 몸이 붕 떠오르다 바로 다음 순간 추락하는 일이 수차례 반복됐다. 창밖으로는 조종면이 바삐 움직이는 모습이 보였는데, 그럴 때마다 기다란 날개는 마치 힘을 준 신용카드가 그러하듯 눈에 띄게 휘었다. 하늘에서 처음 겪어보는 멀미였다. 레모네이드라도 한 모금 마실 수 있다면 괜찮을 텐데. 그게 없다면 오렌지주스. 아니, 맹물이라도. 하지만 착륙 절차가 시작된 기내에서 음료 서비스를 바랄 수는 없었다.

땅이 손에 잡힐 듯 다가왔지만 여객기는 여전히 비틀거렸다. 왼쪽으로 크게 한 번 기울더니 마지막 순간에 겨우 수평이 되었다. 바퀴가 뒤뚱거리며 활주로에 닿는 게 느껴졌다. 역추진에 나선 엔진이 회전수를 올리는 것과 동시에 승객들이 박수를 치기 시작했다. 옆의 중년 여자가 가만히 앉아만 있던 나를 흘끔거렸다. 무사 착륙을 축하한다는 의미인 걸까. 뒤늦게 손을 올려봤지만 이미 늦었다. 허리가 살살 아파왔다.

땅을 밟자마자 본능적인 기지개가 튀어나왔다. 도합 11시간짜리 비행이라니, 심지어 국내선 주제에. 나는 주기장을 걷는 내내 이리저리 몸을 풀었다. 미제 여객기의 거대한 엔진 너머로 삼색 국기를 화려하게 칠한 꼬리날개가, 그리고 어림잡아 몇천 미터는 되어 보일 설산이 차례로 나타났다. 설산은 화산이라고 말한다면 그 누구라도 떠올릴 외형인 데다 옆에 비슷한 게 하나 더 솟아 있었다. 그제야 내가 불과 얼음의 땅에 들어왔다는 게 실감이 났다. 여긴 페트로파블롭스크-캄차츠키였다.

〈그러니까, 일요일 저녁은 되어야 온다는 거야? 왜?〉

크리스티는 러시아 서쪽 끄트머리에 있다던 내가 왜 갑자기 동쪽 끝에서 전화를 걸어오는지 이해할 수 없다는 눈치였다. 나는 갑작스레 일정이 추가된 탓이라며 다시금 얼버무렸다. 부부에게 받은 주소가 캄차카반도를 가리키고 있어서, 상대와 통화를 한 것도 약속을 잡은 것도 아니었지만 막무가내로 날아왔다고는 차마 털어놓을 수 없었다. 그녀는 시애틀로 돌아오려면 내가 태평양을 건너야 한다는 사실만으로도 충분히 걱정스러워하는 듯 보였다.

"알아, 그래도 어쩔 수 없으니까. 모스크바, 런던, 이렇게 전부 다시 거치기에는 너무 멀어서……."

마중 나갈 테니 편명만 보내놓으라는 밀과 함께 크리스티의 전화가 끊겼다. 짐을 찾기 위해 들어간 터미널은 애슈빌에 있던 그레이하운드 터미널과 비교해도 별반 나을 게 없어 보였다. 나는 한참을 기다려 받은 캐리어에서 여분의 겉옷을 재빨리 꺼냈다. 무르만스크에 비해 위도가 한참 낮은데도 날씨는 더 추웠다.

이름부터 낯선 동네였다. 페트로파블롭스크면 페트로파블롭스크고 캄차츠키면 캄차츠키지, 두 이름을 하이픈까지 써서 합쳐놓을 건 또 뭐람. 나는 버스를 기다리며 관광 안내소에서 챙겨 온 책자를 펼쳤다. 조잡하게 인쇄된 데다 햇빛 닿는 부분이 바랜 홍보지였다. 강에서 연어를 잡는 불곰 사진 몇 장과 미개척지 헬기 투어가 전문이라는 로컬 여행사의 연락처. 운 좋게도 맨 뒤 섹션에 내가 원하는 정보가 있었다. 카자흐스탄의 페트로파블롭스크와 구분 짓기 위해 중앙집행위원회에서 '캄차카인캄차츠키'이라는 접미사를 붙인 거였다.

공항과 시내는 오직 버스로 연결되는 모양새였다. 바가지여도 좋으니 택시를 타고 싶었건만, 눈에 보이는 자들이 하나같이 자가용이었다. 나는 현지인이 분명해 보이는 중년 여성 몇 명과 함께

녹색 버스에 올라탔다. 호텔이 있는 레닌그라드스카야 거리까지 가는 비용이 고작 30루블이었다. 잔돈이 없어 100루블 지폐를 내밀고 자리에 앉았다.

버스는 차선조차 그려지지 않은 시골길을 바삐 달렸다. 목재 단층 주택들이 도로변을 따라 드문드문 늘어선 모습이 오래도록 이어졌다. 통나무 몇 그루를 묶어 만든 조잡한 전봇대와 갈탄 판매를 알리는 옥외 광고판에서 어째 19세기 느낌이 났다.

창문에 머리를 기대고 있으려니 잠이 쏟아졌다. 공항에서 본 산들은 빽빽한 자작나무 숲 사이로 숨어버린 데다가 나처럼 시애틀에서 온 사람에게는 크게 놀랄 게 못 되었다. 꾸벅꾸벅 졸던 도중 혹시나 하는 마음에 다시 전화를 걸었다.

〈누구시죠?〉

신호가 가기 시작한 지 고작 두 번만이었다. 나는 나직한 목소리에 당황하다 겨우 자초지종을 설명했다. 내친김에 버스를 타고 시내로 가는 중이라는 사실까지 단숨에 털어놓았다. 시간을 좀 내줄 수 있냐는 부탁에 그는 고민 섞인 신음을 흘렸다. 수화기를 귀에 더 가져다 대니 기계장치에서 비롯된 듯한 연속적인 소음과 누군가의 고함, 버저 소리가 끊임없이 들려왔다. 공장 비슷한 곳에 있는 걸까 싶었다.

"오늘 어려우시다면 내일도 괜찮아요. 아직 돌아가는 예정을 안 잡아둬서……."

〈뭐, 그럴 수는 또 없죠. 여기서 딱히 할 일도 없으실 텐데. 주소를 알고 계신다니까 차라리 잘됐네요. 오후 세 시 정도면 괜찮나요?〉

"네, 그래 주신다면 저야 감사하죠."

그는 약속을 다시 확인한 다음 전화를 끊었다. 나는 딱딱한 좌석에 몸을 기댔다. 기나긴 여행이 헛수고가 될 가능성은 얼추 사라진 것 같아 마음이 좀 놓였다. 그리고 버스는, 내가 그러거나 말거나 쉬질 않았다. 벌써 정류장 십수 곳을 지났지만 타는 사람도, 내리는 사람도 없었다. 몇 개 안 되는 신호등조차 적당히 무시하는 탓에 멈추는 일이 손에 꼽았다.

버스가 나지막한 언덕에 놓인 도로를 빙 돌아 나오자 길가에 놓인 조형물이 시선을 끌었다. 조각된 범선 두 척이 도시 이름이 적힌 콘크리트 받침 위에 올려져 있었다. 그러더니 풍경에서 건물이 차지하는 비중이 갑작스럽게 늘었다. 조형물이 일종의 구역 경계 역할을 하는 듯했다. 샛노란 아파트 앞에 멈춰 선 버스가 머리에 딱 맞는 우샨카*를 뒤집어쓴 꼬마와 그 엄마를 새 손님으로 받았다.

---

* 동물의 모피 등으로 만든 방한용 모자.

페트로파블롭스크-캄차츠키는 많은 부분에서 무르만스크의 하위 버전처럼 느껴졌다. 물론 내가 무르만스크에 머문 건 고작 나흘뿐이기는 했다. 누군가는 여행이라고 칭하기조차 민망한 시간이라고 하겠지. 하지만 그렇다고 해서 확신이 없는 건 아니었다. 그곳에 몇 달 살았더라도 내 결론은 똑같을 거란 이야기다. 무르만스크는 여러 부분에서 엉망인. 프러시안블루보다는 배틀십 그레이*에 가까운 우울한 분위기의 도시였다. 그리고 그보다 더 나빠질 수 있을까 싶다면 바로 이곳이었다.

북극권에서 본 조잡한 통일성마저 페트로파블롭스크-캄차츠키에서는 먼 이야기였다. 어설프게 증축한 태가 나는 구식 아파트. 벽에 녹물 자국을 더하는 것 말고는 무슨 의미가 있을까 싶도록 허접한 방범창. 골목에서 대뜸 뛰어나와 아스팔트에 진흙을 토해내는 SUV. 수평이 완전히 어긋난 조립식 가건물과 세상 불안하게 붙어 있는 간판들까지. 버스에서 내린 다음엔 인도 위 개똥을 피하다 캐리어 바퀴 하나가 떨어져 나갔다. 나는 가방을 질질 끌며 돌아갈 땐 꼭 택시를 타리라 다짐했다.

호텔은 독소전쟁 시절의 탱크 한 대가 전위적인 포즈로 전시된 교차로 앞에 자리했다. 벽에 금이 쫙쫙 가 있는 5층짜리 건물이었

---

* 군함에 주로 사용되는 회색빛 페인트.

다. 높이가 낮다는 걸 빼면 일견 아지무트와 비슷한 분위기처럼 보였다. 안타깝게도 반만 맞은 예상이었지만.

무르만스크 호텔의 경우, 외관은 살벌했지만 내부는 상상 외로 정갈했다. 굳이 비교하자면 코트야드와 엇비슷한 수준일까. 그런데 새롭게 묵게 된 아바차호텔은 외관은 물론 로비 또한 특정 국가의 향수를 과하게 풍겼다. 나는 카운터 직원을 기다리며 존 르카레 소설을 떠올리게 하는 인테리어를 차분히 관찰했다. 중앙위원회 휴게실에나 있을 법한 브루탈리즘 소파가 특히 흥미로웠다.

"어제 예약하신 분이죠? 미국인? 미안합니다, 미안해요. 교대 근무자가 안 오는 바람에……."

객실은 먼지가 풀풀 날리는 데다 벽에는 시든 장미 그림이 걸려 있었다. 손님 마음을 덩달아 우울하게 만드는 재주가 있는 예술품이었다. 화장실이 시베리아라도 되는 듯 냉기가 들이치기에 볼일을 보려던 계획은 포기해야 했다. 나는 가방만 남겨둔 채 서둘러 방을 빠져나왔다. 근처 식당에서 치즈버거로 끼니를 때우고 나니 더는 흘려보낼 시간이 없었다.

주방에서 패티를 굽던 직원은 미크리키를 타고 가는 게 좋을 거라고 말했다. 처음 듣는 단어에 바보처럼 되물었는데 알고 보니 사설 미니버스를 의미하는 캄차카반도의 사투리였다. 정류장이 없는 곳에서도 탈 수 있지만 일반 버스보다 더 비싼 요금을 내야한다는 게 특징이었다. 나는 몇 번의 시도 끝에 자보드스카야만으로 가는 하얀 밴을 잡아탈 수 있었다. 약속 시간에 딱 맞춰 도착하겠구나 싶었는데 느닷없는 교통체증에 조금 늦어졌다.

노부부에게 받아낸 주소는 바다와 인접한 언덕 위를 가리켰다. 노선에서 벗어나 있을 게 뻔했기에 최대한 가까워 보이는 곳에서 내렸다. 주변을 둘러보니 단층 주택과 아파트가 경우 없이 뒤섞인 지역이었다. 굴뚝 두 개가 걷는 내내 뒤에서 잿빛 연기를 쏟아냈다. 공장인지 발전소인지는 알 도리가 없었지만 코를 파고드는 매캐한 냄새에 일정 지분이 있는 건 확실했다. 나는 다치아 해치백이 버려진 스산한 주차장을 지나 벽에 얼기설기 철판을 덧대 한층 더 우중충한 아파트 앞에 멈춰 섰다. 31 트루다 스트리트였다.

**

파벨 자카로비치. 그는 항구 방향으로 난 오솔길에서 불쑥 등장했다. 50대 후반, 혹은 60대로도 볼 수 있을 얼굴에 올리브색 웨이더* 차림이었다. 종아리에는 정체 모를 하얀 부스러기들이 군데

---

* 발에서 가슴까지 올라오는 방수 작업복.

군데 붙어 있었다. 상대는 일을 마치자마자 달려와 이런 꼴이라며 내게 양해를 구했다. 알고 보니 그가 일하는 곳은 걸어서 5분 거리의 대구 통조림 공장이었다.

손으로 옷을 대충 털어낸 남자는 나를 비좁은 공동 현관으로 안내했다. 발을 들이기가 무섭게 카나리아가 당장 죽어 나갈 만큼 독한 화학약품 냄새가 났다. 파벨 자카로비치는 기침을 쏟아내며 관리업체가 내부를 다시 칠한 탓이라고 말해줬다. 햇살 아래 온통 번들거리는 청록색 벽과 난간이 그의 말을 뒷받침했다. 새 우레탄을 밟을 때마다 귀에 거슬리는 뿌드득 소리가 났다.

그는 5층 아파트의 꼭대기에 살고 있었다. 외관을 통해 짐작하고는 있었지만 역시 엘리베이터가 없는 곳이었다. 우리는 높이가 제각각인 데다 대체로 수평이 맞지 않는 계단을 한 걸음씩 올랐다. 거주인에게야 익숙하겠지만 나는 얼마 못 가 숨이 찼다.

헉헉거리며 다다른 마지막 층에는 세 개의 문이 있었다. 맨 왼쪽으로 향한 그가 열쇠 꾸러미를 꺼냈다. 그러고는 문에 매립된 평범한 자물쇠, 추가로 단 게 분명한 황동색 맹꽁이자물쇠를 차례대로 열었다.

집은 빈말로라도 넓다고는 못 할 방 두 개짜리 공간이었다. 하지만 제대로 둘러보기도 전에 배 속이 요동쳤다. 아마 허겁지겁

먹은 햄버거가 얹힌 거겠지. 나는 실례와 부끄러움을 무릅쓰고 화장실 사용을 청했다. 파벨 자카로비치는 괜찮다고 말하면서도 망설이는 티를 냈는데, 문을 열자마자 이유를 알 수 있었다. 세탁기가 변기 앞을 7할도 넘게 가리고 있었으니까.

나는 꽃무늬투성이 타일이 잔뜩 붙은, 잘 쳐줘야 옷장 크기의 공간에서 잠시 당황했다. 결국은 바지를 완전히 벗고 카마수트라에나 나올법한 둔각으로 다리를 쫙 벌리는 수밖에. 볼일을 마친 뒤 문을 열었더니 그가 다 이해한다는 듯 멋쩍게 웃었다. 골반이 다 뻐근했다.

가볍게 홍차 정도만 차려질 거라는, 그리고 그러면 좋겠다는 예상과 바람은 전부 빗나갔다. 상대는 내 만류에도 불구하고 비좁은 주방을 분주하게 오갔다. 스토브에서 주전자가 달아오르는 사이 깡통에서 나온 오트밀 쿠키, 그리고 카라쿰 초콜릿 한 주먹이 식탁 위를 선점했다. 반쯤 남은 통밀빵, 밀폐 용기에 담긴 살로, 통조림 대구 간도 뒤를 이었다. 모든 먹거리가 텅 빈 듯 보이는 찬장에서 튀어나오는지라 내심 미안한 마음까지 들었다. 그는 주머니칼로 딱딱한 칼바사를 썰며 묻지도 않은 집에 대해 술술 털어놓았다.

"미안해요. 그냥 밖에서 보자고 할 걸 그랬네. 내가 차가 없어요. 회사는 가깝지, 따로 다닐 곳은 없지, 그냥 팔아버렸죠. 집을 알고 있다기에 처음에는 아이고, 잘됐다 싶었거든요? 내가 이런 돼지우리에 산다는 건 생각노 안 하고. 바보 같죠, 하하.

이 집이 나랑 동갑이에요. 1970년에 지어졌다는데, 오면서 봤겠지만 근처가 온통 똑같은 건물투성이죠. 처음에는 뱃사람들을 위한 아파트 단지로 시작했어요. 그것도 오로지 캄차트리프롬* 근로자한테만 배정되는. 부친이 레닌 트롤 선단 기지 소속 갑판장으로 일했으니 충분히 자격이 있었죠.

나도 여기서 자랐어요. 군에 있을 동안을 빼면 떠난 적이 손에 꼽으니까 벌서 40년은 살았네요. 90년대 중반에 부친이 갑작스러운 뇌출혈로 쓰러진 뒤에는 내 명의가 됐고요. 부친과 같은 배를 타던 항해사는 고칠 돈이 없어 부두에 방치된 어선들이 하나둘씩 중국으로 팔려가는 꼴을 보다 못해 머릿속 혈관이 터졌을 거라 확신하더군요. 이해가 안 가는 건 아니죠. 자기가 타던 배를 마누라보다 아끼는 게 뱃사람들 천성이니까.

하여튼, 황망하게 장례를 치르고 집에 돌아와 보니 도둑이 들었더군요. 냉장고나 식탁은 말할 것도 없고, 십 년 묵은 장화에 가족 앨범까지 탈탈 털어간 겁니다. 결국 54년 인생에서 부친이 남

---

* 1936년에 설립된 소련의 국영기업으로, 캄차키 지역의 수산업을 총괄했다.

긴 거라고는 이 조잡한 패널 주택뿐이었던 거죠. 몇 년 전엔 금반지를 너클처럼 낀 모스크비치* 놈팡이가 와서 300만 루블에 넘기라고 하던데, 굳이 사양했어요. 다른 데로 가라고 해도 이젠 못 가지."

파벨 자카로비치는 큼지막한 소니 라디오 전원을 마지막으로 올리고는 자리에 앉았다. 바이올린 협주곡이 잡음과 함께 흘러나왔다. 나는 잔뜩 차려진 음식들을 어디서부터 손대야 하나 고민했다. 그러자 파벨 자카로비치가 탁자 구석에 놓여 있던 레즈긴카** 병을 대뜸 집어 들고는 거절할 틈도 없이 내 찻잔에 채웠다. 음식이 차와 곁들이는 용도로는 하나같이 과하게 느껴지던 이유가 뒤늦게 밝혀진 셈이었다.

"도와줬다라…… 그분들이 그래요? 스미르노프 부부가? 내가 자기들 편에 서 줬다고? 아이고, 순진한 사람들 같으니. 나는 뭐 한 게 없어요. 겸손 떨려는 게 아니라 사실이 그래요. 증인으로 나가서는 당시 규정이 어떠했고 우리가 이랬다더라, 그거 몇 마디 보태준 게 다예요. 보관소에서 **빼낸** 서류 몇 부 몰래 부쳐준 거랑. 어디 가서 도와줬다고 자랑이라도 하고 다니려면 소송부터 이기

---

* 모스크바 시민.

** 본래 레즈긴인의 민속춤이지만, 다게스탄에 있는 키즐랴르 브랜디 팩토리에서 생산하는 코냑 이름이기도 하다.

게 해줬어야죠. 그런데 아니잖아요."

"어쩌다 알게 되신 건가요? 스미르노프 부부랑은?"

"뭐, 내가 먼저 연락했죠. 유기족들이 소송을 걸었다기에."

나는 재차 물었다. 증언을 했다면 당시 그레미하에 있었다는 뜻
이냐고. 파벨 자카로비치는 통조림 안에 마요네즈를 잔뜩 끼얹으
며 어깨를 으쓱했다.

"아뇨, 2003년에는 내가 3등 함장이었어요. 폴랴르니에 있는 잠
수 사단 참모부 소속이었고요. 지금도 그런지는 모르겠지만 거기
기지 규모가 좀 돼요. 그땐 더군다나 내 발이 아직 넓을 때였고.
그레미하는 물론, 가지예보나 자파드나야*에도 아는 사람들이 있
어서 어지간한 정보는 쉽게 얻어낼 수 있었어요. 그래서 그런 거
지, 말고는 뭐……."

"하지만 그럼, 별 연관이 없다는 말씀인 거잖아요. 저로서는 이
해가 잘 안되는데요. 왜 굳이 그분들을 도와주신 건지. 유족 편에
섰다는 이유로 정부나 군으로부터 불이익이 있지는 않으셨나요?"

"할 수 있어서 한 것뿐입니다. 이런, 하품 나오는 내 과거보다는
그쪽 이야기를 먼저 좀 해보세요. 어쩌다가 이 구석까지 온 거죠?
통화에서 말하기로는 시애틀에 있는 잡지 기자라면서요."

---

* '자파드나야 리차'를 뜻한다. 콜라반도 북부에 있는 러시아 북부 함대의 해군기지.

무턱대고 찾아온 주제에 빡빡하게 구는 것도 예의가 아니기는 했다. 나는 그간의 이야기를 전부 털어보기로 마음먹었다. 너무 장황하게 여기지 않길 바라며 러시아로 오게 된 경위부터 시작했다. 그런데 현직 제독이 주장하던 여러 가능성에 관해 듣던 상대가 돌연 내 말을 잘랐다.

"이해는 내가 더 안 되는데. 결국 당신 또한 평범한 기자라는 이야기잖아요. 무르만스크까지는 뭐, 그렇다고 칩시다. 그런데 여긴? 나를 만날 수 있을지 아닐지도 모르는 상태로 이 먼 거리를 날아오다니, 두마 조사위원회 소속이라도 그렇게는 안 할 걸요. 뭐, 엉덩이만 쓸데없이 무거운 게 정치인들 습성이긴 하지만.

그나저나, 방금 야코블레비치라고 했죠? 혹시 성이 투르게네프 아니에요? 맞죠? 참모장 아래서 딸랑이 노릇하던 개새끼? 아직도 군바리짓 하고 있대요?"

파벨 자카로비치의 말투가 급변했다. 나는 쭈뼛쭈뼛 고개를 끄덕였다. 이고르 야코블레비치가 제독 계급장을 달고 있더라는 말도 슬쩍 덧붙였다. 그러자 그는 잔을 단숨에 비워낸 다음 어이가 없다는 듯 웃었다. 터져 나온 기침도 함께였다.

"뭐, 그럴 만도 하지. 그런 병신한테는 안에 남는 것만큼 신나는 일이 또 없을 테니까. 내가 북함대로 옮겨왔을 때부터 꽤 유명한 인간이었어요. 다른 건 몰라도 세 가지는 기가 막히게 잘하는 걸로. 돈 냄새 맡는 거, 윗사람들 뒷구멍 핥아주는 거, 사무직 여자들 꼬셔서 떡치는 거. 그러니 승신도 초고속으로 했고요. 오죽했으면 그 어려운 시절에 아우디를 끌고 쿠바산 시가를 태울 정도였으니…… 하여튼, 그 인간이 뭐라고 합디까? 아니, 그딴 인간을 왜 만나고 온 거예요?"

"쿠르스크 사고 조사위원회에 소속되어 있다던 사람이래서요. 올레크 이바노비치도 그래서 만나본 거고요."

상대는 내 답변에 만족할 생각이 없다는 듯 찌푸린 표정을 유지했다. 하지만 나는 거기에 굴하지 않고 제독에게 들었던 가능성을 하나하나 털어놓았다. 적어도 이고르 야코블레비치가 한 말 중에서 한 가지만큼은 확실하구나 싶었다. 어차피 판단은 내가 내리는 게 아닐 테니까.

"포포브까지, 아이고 두야. 하여튼 그렇게 주절거리더란 거죠, 투르게네프가? 재밌네, 재밌어. 듣는 내내 저 자식 떠벌거리는 꼴이 좀 수상한데, 그런 생각은 안 들던가요?

뭐? 증거자료가 사라진 살인사건? 그 멍청이는 아직도 자기가 이반 뇌제 시대에 사는 줄 아나 보네. 지금은 21세기예요. 우리가 살고 있는 세상은 동굴에서 찾아낸 뼛조각만 가지고도 네안데

르탈인이 무슨 이유로 죽었는지 알 수 있는 수준이라고요. 심지어 쿠르스크는 핏자국 하나만 덜렁 남은 살인 현장조차 아니잖아요. 그건 1만 톤이나 되는 증거물이 남아 있는 형사사건이에요. 바닷속에 몇 년 잠긴 게 무슨 대수냐고요.

그리고 무기가 어쩌네, 조국의 기술이 어쩌네 하니까 말인데. 당신도 그렇게 생각하나요? 우리 잠수함이 정말 완벽하다고? 무슨 수를 써도 연인한테 선물해 줄 립스틱 한 자루를 살 수가 없고 고기 들어간 솔랸카는 주말에나 겨우 먹을 수 있는 데다 판지시르*에서 팔다리 한 짝씩 날려먹은 상이군인이 몇 코페이카라도 벌어보고자 넵스키 대로를 질질 기어 다니는, 그런 시절 만든 물건이?"

"물론 그렇지만……."

나는 웅얼거렸다.

"저는 소련이 군국주의 국가였다고 알고 있어요. 그러니 국방력과 연관된 부분이라면 좀 다르지 않을까 했는데. 무르만스크에서 세계 최초의 핵 쇄빙선을 봤어요. 만난 사람들에게도 비슷한 예시를 들었고요. 세계 최초니 최대니, 아니면 내부에 사우나 시설까지 갖춘 잠수함 같은 거요. 저야 무기에 대해서는 무지한 사람이

---

* 아프가니스탄의 수도 카불에서 약 50킬로미터 떨어진 곳에 있는 협곡. 소련-아프가니스탄 전쟁 당시의 격전지이기도 하다.

지만, 이뤄낸 업적 자체는 인정해야지 싶어서."

짧게 답한다는 게 어째 이 나라를 위한 변명처럼 늘어지기 시작했다. 상대는 들릴 듯 말 듯 한숨을 내쉬었다.

"그래요, 공산당이 제1 야당으로 내려앉은 지금도 이 나라가 신형 탄도미사일에 환장하는 건 매한가지. 하지만 잘 생각해 보세요. 군사력은 국가의 다른 부분과 동떨어져 발전할 수 있는 영역이 아니에요. 무기를 만드는 것도, 굴리거나 고치는 것도 전부 사람이잖아요. 부패라는 단어를 붙이지 않고는 아무것도 설명할 수 없는 데다 국민 생활수준이 수십 년째 제자리걸음인 나라가 군대만 으리으리하다는 건 말도 안 되는 소리라고요. 만약 정말 그런 곳이 있다면, 우리가 딱 그랬는데, 국가의 유일한 자랑거리조차 실은 빈 수레라고 보면 맞아요. 반짝거린다고 다 금은 아니라니까.

어렵게 생각할 필요가 하나도 없어요. 무르만스크에 며칠 머물렀다면서요? 당신이 다니는 잡지사는 시애틀에 있고요. 거기가 고향인가요? 아니면 다른 도시?"

내 찻잔에는 홍차보다 코냑의 비율이 더 높았다. 초콜릿을 한가득 씹어봤지만 독주가 목구멍을 긁는 느낌을 지울 수는 없었다. 일사와 함께 지낼 때는 와인 이상의 무언가를 마실 일이 없었는데. 나는 작게 콜록거리며 한때 노퍽에서 살았다고 말했다.

"하하, 그럼 더 잘됐네요. 이해가 쉬울 테니까. 노퍽도 시애틀도 미 해군 본거지잖아요. 무르만스크랑 여기는 러시아의 주요 군항이고. 이참에 한번 물어봅시다. 거기서 본 미국 군인들, 이딴 무호스란스크* 거주자랑 비교해 보면 어떨 거 같아요? 아니, 비교라는 게 성립하긴 해요? 여긴 군인들이 전술 토의를 하는 대신 보고서에 적을 가상 물고기** 이름이나 고민하던 곳인데?

이 낡아빠진 아파트만 해도 군인들이 꽤 살아요. 요즘은 좀 어떠냐 물어보면 여전히 돼지 농장으로 가야 할 수준의 쿨레시***가 끼니랍시고 나오고, 기본적인 공구조차 망가진 게 많아서 사비를 털어 사 온대요. 그러다 퇴역하면 달에 1만 2,000루블을 연금으로 받는 거죠. 달러로는 200쯤 되려나? 하하, 그거 가지고 어떻게 살죠? 그리고, 이런 조건에서 어떤 체계가 정상적으로 굴러가며 말짱한 결과물을 뽑아낼 수 있겠어요?

결국 모든 건 국가가 국민을 뭐라 생각하냐의 문제예요. 이 나라는 군인한테 그렇게나 많은 빚을 져놓고도 제대로 대접해 준 적

---

* 모스크바에서 멀리 떨어진, 낙후된 마을을 뜻하는 비하적 명칭.

** 1990년대 러시아 해군에서 생겨난 속어. 당시 정부는 부족한 식량 보급을 벌충하기 위해 함정 승조원들에게 물고기를 잡으라고 명령했고, 이에 불복한 군인들은 존재하지도 않는 가짜 물고기 이름들을 어획 보고서에 올리는 것으로 대응했다.

*** 수프 폴레보이(들판 수프)라고도 불리는 우크라이나의 국물 요리. 감자와 기장이 주 재료이다.

이 없어요. 하긴, 예전에도 마찬가지였는데 지금이라고 뭐 다를 게 있나. 하루에 1만 명씩 죽어나가면서 라이히스탁에 적기를 꽂아놨더니, 우리 참전 용사들이 먹고살기 위해 훈장을 내다팔 동안 전쟁에서 진 독일놈들은 정부 지원금까지 타먹으며 소치에 놀러 오잖아요. '승리'라는 단어가 따라붙는 대조국 전쟁마저 그런 취급이니 아프가니스탄에서 증발한 1만 5,000명이나 체르노빌을 거쳐 여탕 입장 허가*를 받은 군인 수십만, 가라앉은 잠수함 열세 척에 타고 있던 불쌍한 영혼들에 대해서는 입을 싹 다물 수 밖에요. 그게 금지된 것도 아닌데."

나는 칼바사를 우물거리다 말고 적잖게 놀랐다. 열세 척이라니. 평시에 침몰한 잠수함이 그렇게나 많을 수가 있나? 파벨 자카로비치가 혹시 2차 세계대전 당시 이야기를 하고 있는 건가 싶어서 황급히 되물었다. 그러자 상대는 대수로울 게 없다는 표정으로 고개를 저었다.

"이제야 정신이 좀 들어요? 왜 내가 투르게네프나 포포브를 잡소리나 해댄다며 씹을 수밖에 없는지? 쿠르스크나 K-159 사고가 우리의 처음이 아니에요. 당신 주장처럼 우리 군사기술이 정말 우

* 체르노빌에서 청산인으로 일한 군인들 사이에서는 방사능이 불임을 유발한다는(실제로도 그러하다) 믿음이 널리 퍼져 있었고, 고방사선 구역에서 일한 사람들에게는 전역 시 '여성 목욕탕 영구 이용권'을 나눠준다는 농담이 나돌았다.

월했다면 왜 그런 식으로 잠수함을 잔뜩 잃었겠어요. 더군다나 침몰만 안 했다 뿐이지 불이 나고 원자로가 망가져서 수십 명씩 죽어 나간 사건은 훨씬 많은데.

그러니까, 내 생각은 이래요. 이 나라가 최초니 최대니 하는 거에 집착하는 이유는 단 두 가지뿐이라는 거지. 그렇게라도 우리 체제의 우월성을 증명해야 하니까. 그리고, 이젠 어쩔 도리가 없으니까."

"죄송해요, 무슨 의미인지 이해가 잘……."

"뭐, 예를 한번 들어볼게요. 우리가 굴리던 중 전략미사일 잠수함, 그건 원래 그토록 거대해질 예정이 없었어요. 그런데 미사일 설계국에서 던져준 신형 탄도탄 길이가 무려 16미터나 됐던 거지. 결국 전투기만 한 물건을 실어야 하니 억지로 잠수함 사이즈를 늘린 거예요.

그렇게 어영부영 탄생한 결과물을 한번 볼까요? 미국산 전략미사일 잠수함은 탄도탄 24발을 실을 수 있지만 무게가 1만 6,000톤밖에 안 돼요. 반면 우리 물건은 고작 20발밖에 못 싣는데도 2만 3,000톤이 넘죠. 절대적인 성능 면에서 열세니 내세울 거라고는 규모밖에 없었던 거예요. 아, 그 틈바구니에 수영장이며 사우나실 꾸민 거랑요."

"아, 인터뷰로 만난 다른 분께 들었어요. 그래도…… 바닷속 사우나실이라는 게, 저한테는 뭔가 멋지면서 동시에 인간적으로 느껴지기도 해서..."

"아직도 감이 안 오셨구나. 우리가 지금 논하고 있는 건 전투함이지 지중해 크루즈선이 아니라고요. 아니, 그래. 좋아요. 근무 마치고 사우나라도 한 판 때리면 몇 날 며칠 햇빛을 못 봐서 생긴 스트레스가 조금이라도 줄겠지. 그런데요, 도중에 환자가 내릴 수조차 없는 잠수함이라면 그런 유흥 설비보다는 수술실이 우선되어야 하지 않나요? 충수염 환자라도 생기면 재떨이며 포드스타카늬*이 즐비한 사관실 탁자 위에 눕혀 배를 가르는 게, 돌팔이 군의관이 펜라이트를 입에 물고 충치를 녹슨 펜치로 뽑아대는 게 정상이에요? 한번 말씀해 보세요. 작전 상황에서 둘 중 뭐가 더 중요할지.

쇄빙선 이야기도 해볼까요? 소비에트연방은 당신들 노틸러스호 덕분에 세계 최초의 핵 추진 군함을 선보일 기회를 놓쳤어요. 결국 그 대신이랄지, 민간용 핵 추진 함선을 만들기로 어쩔 수 없이 방향을 틀었죠. 군함부터 찍어내려 드는 자본주의 제국과는 달리 소련은 핵을 평화적으로 쓴다고 선전할 핑계도 겸해서. 그게 쇄빙선 '레닌'의 탄생 비화예요. 세상 어떤 나라가 그런 식으로 판단을

* 일종의 컵 홀더로, 유리잔을 끼워 사용한다. 주로 금속으로 만들어져 유리잔의 무게중심을 낮춰주는 효과가 있어 철도나 배처럼 흔들림이 많은 장소에서 쓰인다.

내리나 싶죠? 여긴 그래요. 예나 지금이나 겉보기식 경쟁에 목숨을 거는 곳이라는 사실을 자꾸 잊는다니까.

물론 당신이야 군인도 전문가도 아니까 우리 군을 대단하게 여길 수도 있어요. 한때 미국 정부조차 속아 넘어갔는데 별수 없는 일이지. 소련 함대가 그렇게나 무시무시한 존재라고요? 전쟁을 시작하자마자 대서양이 우리 잠수함들 앞마당이 되고 유럽은 해상 봉쇄로 말라죽을 거라고요? 그건…… 니키타 쿠쿠루즈닉*의 블러핑을 그대로 믿는 것처럼 바보 같은 소리죠. 그 사람이 미사일을 소시지처럼 뽑아내고 있다고 서구를 협박했을 때, 소련 무기고에서 워싱턴에 쏠 수 있는 탄도탄은 고작 네 발뿐이었다는 사실을 한번 떠올려 봐요.

더 재미있는 게 뭔지 아세요? 우리가 시작한 허풍에 우리 스스로도 넘어가 버렸다는 겁니다. 그래서 별 볼 일 없는 무기들이 한 줌뿐인 국가 자원을 블랙홀처럼 빨아들인다는 사실은 그냥 무시해 버렸어요. 대신 나토가 우리 군대를 겁낸다는 사실에만 환호했죠. 사람들 배를 쫄쫄 굶겨가며 만든 무기로 결국 한 게 뭘까요? 백악관** 공격?"

---

* 본래 옥수수밭을 뜻하지만, 집권 중 황무지 개간을 통해 옥수수를 심도록 장려한 니키타 흐루쇼프의 별명이기도 하다.

** 여기서는 워싱턴 D.C.의 미국 대통령 관저가 아닌, 모스크바에 있는 러시아 연방정부청사인 '벨리 돔'을 가리킨다. 벨리 돔은 1993년 러시아 헌정 위기 당시, 옐친이 동원한 타만스키 전차 사단의 포격에 의해 심하게 손상되었다.

파벨 자카로비치는 답답하다는 듯 잔을 연거푸 기울였다. 상대가 차를 끊인 이유는 오직 나 때문이 아닐까 싶은 생각이 불쑥 들었다. 첫 잔을 빼면 그가 차를 마시는 모습을 본 기억이 없어서였다.

"잘 아시다시피, 1991년부터는 모든 게 바닥으로 고꾸라졌죠. 밖에서는 이름만 소련에서 러시아로 바꿔 달았다고 할지 모르겠지만요. 소련에서는 그래도 줄을 서면 언젠가는 물건을 살 수 있었는데, 러시아에서는 줄이 없어진 대신 내가 가진 돈으로는 아무것도 살 수 없게 되었어요.

상상이 가요? 강도보다 경찰이 더 무서운 세상이? 둘 다 우리 물건을 빼앗고 때리는 건 매한가지였지만, 최소한 강도들은 시민을 감옥에 보내진 않았거든요. 약에 취한 졸부가 모는 벤츠는 유모차를 들이받고, 도시에 전기며 수도가 끊기고, 사람이 굶어 죽는 건 또 어떻고? 그래요, 지금 고작 30년도 안 지난 시절을 말하는 거라니까. 그런 상식 밖의 일들이 페테르에서 마가단까지 골고루 벌어지자 체계가 완전히 무너졌어요. 군대도. 아니, 실은 진즉 무너져야 했죠.

이 나라의 군대는 오래도록 절대 권력을 유지했어요. 당이 낳은 첫 번째 자식이 붉은 군대고, 두 번째 자식이 국가보안위원회라는 말이 있을 정도였으니까. 좋은 건 늘 그 둘이 먼저 가져갔죠. 그런데 하루아침에 상황이 바뀐 거예요. 당은 사라졌지, 금고는 텅 비어버렸지. 세상이 변했다는 걸 얼른 인정하고 허리띠를 바짝 졸라맸다면 아마 쿠르스크는 살아 있었을지도 몰라요.

하지만 지휘부는 그럴 생각이 추호도 없었어요. 수십 년간 그래 왔듯 여전히 국가의 상징으로 군림하고 싶어 했죠. 예산은 원래의 반의반도 안 되는데. 자동차를 수리할 돈이 없으면 차고에 그냥 두는 게 맞는 거예요. 엔진 경고등을 무시하고 몰았다가는 완전히 망가진다고요.

1999년 초여름에 자파드-99라는 대규모 훈련이 있었어요. 러시아 해군력이 아직 건재하다는 걸 알릴 좋은 기회였죠. 위에서는, 내가 아직 카스피 소함대에 있을 때였는데, 욜킨*을 북방 함대로 초대해 사격 연습을 보여주기로 했어요. 물론 텅 빈 보급 창고로는 어림도 없는 일이었지만.

결국 어떻게 됐는지 알아요? 그 머저리들은 해결책이랍시고 나머지 함대에서 탄약이며 연료를 박박 긁어갔어요. 고작 몇 시간짜리 유흥을 위해서요. 그런 게 합법적일 리가 없으니 서류 위조도 당연하죠."

---

* 옐친의 또 다른 별명으로, 1999년 대통령 사임 TV 연설 당시 옐친 뒤에 세워져 있던 크리스마스트리(욜카)에서 파생된 말이다.

입을 열려는 나를 그가 재빨리 가로막았다.

"그럼 당신은 또 이렇게 물어보겠죠? 그래도 훈련은 필요한 게 아니냐고. 하지만 우리 훈련은…… 더는 훈련이 아니게 된 지 오래였어요. 언제나 100퍼센트 성공하는 방식으로 정해진 게 무슨 의미가 있겠냐는 뜻입니다. 예를 들면, 훈련 평가관은 표적 함정의 위치와 항해 계획을 잠수함 측에 슬쩍 귀띔해요. 망망대해에서 '적'을 못 찾아내는 일이 없게요. 그런가 하면, 실탄 사격훈련을 할 때는 표적에 명중했냐를 신경 쓰지 않아요. 대신 발사에 성공했냐만을 평가합니다. 그런 건…… 버튼을 누를 수준의 지능을 갖춘 사람이면 누구나 할 수 있으니까요.

함대는 자파드-99에서도 이런 '관행'을 충실하게 따랐죠. 텅 빈 바다에 로켓이며 미사일을 그냥 쏟아부은 거예요. 보드카에 거나하게 취한 욜킨은 열병식을 처음 보는 어린아이처럼 내내 감탄만 연발했다더군요. 뭐, 군대도 안 간 사람 입장에선 마냥 멋졌겠죠. 카스피 소함대는 그것 때문에 해가 다 지나도록 제대로 초계 한 번을 못 나갔는데.

우리 함선엔 아무 문제가 없다는 말도 마찬가지예요. 정말 불량 어뢰 때문에 쿠르스크가 침몰했을 것 같아요? 다 자기들 책임을 이리저리 돌려대고, 사건을 서둘러 덮어버리기 위한 거지. 불량 어뢰를 만든 하청 공장과 비숙련 노동자만의 잘못이라면 해결책 찾는 것도 쉽잖아요. 같은 종류의 어뢰들을 군에서 퇴출시키면 되니까. 지휘부는 손짓 한 번에 사고 원인이 제거되었다고 선언한 다음 다른 곳은 털끝만큼도 건드리지 않았죠. 얼마나 간단하고 좋아요?

하긴, 사고와 함께 퍼져나간 루머의 진원지가 바로 해군 자기 자신일 정도인데 저 정도는 별것도 아니죠. 소나에 잡힌 청어 떼가 미국 잠수함으로 둔갑하고, 사고 해역에서 발견한 해파리는 영국 잠수함의 비상 신호 부표라는 신화로 재탄생하고, 심해 구조 잠수정 상태는 무시한 채 쿠르스크와 도킹이 불가능한 이유를 '탈출 해치 손상' 때문이라고 떠들고, 서방은 침몰에 대한 책임을 져야 한다며 TV에 나와 사람들을 선동하고. 그런 게 다 뭐겠어요. 예카테리나 2세 이래 윗대가리들 사전에 진실이라는 단어가 존재하질 않으니 벌어지는 일이지."

상대의 이야기를 듣기만 하는 게 점점 힘에 부쳐서일까. 생각보다 내 찻잔이 빠르게 비워지는 듯했지만 홀짝거리기를 멈출 수는 없었다.

"그러니 이참에 확실히 말해줄게요. 그쪽이 내 조국에 대해 어떤 감정을 품고 있는지 대충 알 것도 같은데, 일단 전부 틀렸다는 걸요. 바르샤바조약기구나 으리으리한 핵잠수함 따위는 잊어버려요. 사회주의의 '완전하고 최종적인' 승리를 운운하며 세계를 잠식하던 초강대국 같은 건 처음부터 존재하지 않았고, 이득바득 살아가는 국민과 그 목숨값으로 에나멜 훈장 쪼가리면 충분하다고 여기는 베스프레델시크* 사기꾼뿐이었다고요. 이 나라는 오래된 속담이 그렇듯 꿀 한 통과 타르 한 수저로 구성된 게 아니에요. 그보다는 타르 한 통과 꿀 반 수저에 훨씬 가깝지.

그동안 일어난 사고들이 전부 불운 때문이었다는 말을 지껄이거나, 푹신한 소파에 앉아 지들 뱃살만 찌웠으면서 잘못한 게 없다고 떠벌거리는 놈들은 데려다가 반으로 접어버려야 해요. 코뮤날카**에 살던 동냥아치가 어느 날 급사하면 그게 재수가 없었기 때문이겠어요? 이것저것 주워 먹다 걸린 결핵 때문에, 아니면 제대로 난방을 못 했거나 뒷골목에서 구한 싸마곤밀주이 잘못돼서 그런 거겠지. 쿠르스크 승조원들도 마찬가지예요. 멍청한 국가 때문에 주먹구구식 훈련을 받다 억울하게 떠나간 이들을 두고 어떻게 그런 말들을 하는지……."

머릿속이 어지러웠다. 아무리 홍차와 섞였다고 한들 코냑은 코

---

* '베스프레델'은 법의 부재나 방임 정도로 번역할 수 있는 러시아 단어다. 명사형인 '베스프레델시크'는 주로 부패 공무원이나 무력 부처 출신의 정치인을 묘사할 때 쓰인다.

** 저소득층 주거용 공동주택. 아파트와는 달리 욕실, 주방 등을 몇 세대가 공유해 사용한다.

냐이었다. 나는 손을 떨며 파벨 자카로비치가 만든 즉석 샐러드를 한입 삼켰다. 먼저 마요네즈의 산뜻한 고소함이, 뒤를 이어 대구 간의 진한 기름기가 밀려들었다. 라디오에서 곡 하나가 막 끝난 시점이라 사방이 조용했다. 꿀꺽, 소리가 선명하게 들릴 수준의 정적이라는 걸 진즉 눈치챘어야 하는 거였는데.

"부러운 일이네요."

"네? 뭐요?"

상대가 되물은 건 내 말을 놓쳐서가 아니었다.

"뭐가 부러운 일이냐고 묻잖아요."

그가 앞서 지적했듯, 나는 기자다. 그것도 서방에서 온. 최소한 독재자가 주무르는 정부 편을 들지 않을 사람이라는 건 상대도 잘 알 터였다. 고로, 헛 나온 말 정도는 쉽게 덮을 자신이 있었다. 러시아어는 내 모국어조차 아니었고, 기자는 혀보다는 귀를 더 많이 써야 하는 직업이었다. 음식 이야기를 하려다 튀어나온 실수라고 정정하면 충분하겠지. 파벨 자카로비치의 표정 또한 화를 내기보다는 의문에 가까워 보였다.

하지만 일은 생각대로 흘러가질 않았다. 나는 준비한 핑계를 소리 내어 말할 수가 없었다. 머리와 입, 둘 다 내 몸의 일부가 아닌 것만 같았다. 사실 이런 상황에 대해 들은 적이 있기는 했다. 상담으로 만난 의사와 크리스티에게. 털어놓지 않고서는 못 견디게 되는 순간이 온다고. 뭐, 왜 하필 처음 본 인터뷰이를 앞에 두고 그랬는지는 의문이었지만. 귀로 듣는 내 목소리가 싱상외로 나지막해 되려 낯설었다.

"내가 이 먼 곳까지 와서 당신이 그토록 혐오하는 전직 군인이나 제독만 찾아다닌 건 아니에요. 그치들이 내놓는 의견이라면 몰라도, 거기 담긴 감정이 얼마나 되겠어요? 누가 죽는 모습을 코앞에서 보거나 사랑하던 사람을 잃은 것도 아닌데. 보고서를 쓸 거라면 몰라도 잡지 기사를 쓰려면 어림도 없죠. 그래서 구조 작전에 직접 참여한 남자와 만난 거예요. 남편이 쿠르스크에 타고 있던 부인이나 스미르노프 부부는 말할 것도 없죠. 그런데 다들 어떤지 알아요? 속 시원하게 욕이라도 하는 사람이 없어요."

"계속 이야기해 봐요."

"당신 입으로 그랬잖아요. 이 나라에서 사고로 죽은 사람들에게는 하나같이 분명한 원인이 있다고. 썩어빠진 군대, 그러니까 상태 불량한 정부 때문이라고. 외국인인 나한테도 술술 털어놓는 걸 보면 그게 무슨 비밀도 아닌 거겠죠.

그런데, 보세요. 구조 현장에 있넌 진직 군인은 죄책감을 씻어내려고 용을 쓰는 게 빤히 보이더군요. 미망인은 끝내 자신이 아내 도리를 다 못 한 걸 탓했죠. 스미르노프 부부도 자식을 빼낼 기회가 충분히 있었다며 결국 화살을 본인들에게 돌리고. 아니, 왜 그런 자잘한 행동까지 전부 의미를 부여해요? 여긴 나라 욕, 세상 탓 좀 하면서 살아가면 안 되는 법이라도 있어요?

들다 보니 화가 나더군요. 왜 자신을 불필요한 슬픔 속에 밀어 넣는지 당최 이해가 안 가서. 그래요, 다들 원통하게 세상을 떴어요. 그걸 부정하진 못해요. 하지만 거기에 주변 사람들 잘못이 있는 건 아니잖아요. 유족들이 사고가 나달라고 빌기를 했어요, 아니면 직접 손에 피를 묻히기를 했어요? 그런 게 아니니까, 그러니까…… 산 사람들한텐 많은 게 단순해지잖아요.

마음껏 억울해할 수 있겠죠. 슬픔을 다른 방향으로 돌릴 수도 있을 테고요. 이를테면, 화를 낼 자격도 충분하잖아요. 그게 누군가한테는 부러운 일일 거라는 생각은 안 해본 걸까요? 그러고 싶어도 그러지 못하는 사람, 아니, 제대로 슬퍼할 겨를조차 없는 사람도 있는데?"

나는 여기서 겨우 입을 다물었다. 상대는 빤히 내 얼굴을 응시했다. 마치 하고 싶은 말이 남았으면 더 해보라는 표정이었다.

"그래서, 그게 누군데요? 그쪽이에요?"

어째 심문을 당하는 기분이라 내 시선을 슬쩍 찻잔으로 옮겼다.

뭐, 옮겼다기보단 도망친 것에 더 가깝기는 했지만. 그러자 파벨 자카로비치가 탁탁 소리가 나도록 식탁을 두드렸다.

"왜, 그렇게나 남 이야기를 들으러 다녀놓고, 심지이 불쌍한 이들을 답답이 취급까지 하고서는, 막상 당신 이야기는 못 하겠어요? 기가 차네요. 나 같은 무지크*가 들어서는 안 되는 내용이라도 되나? 뭐예요?"

"그런 게 아니라."

"아니긴 또 뭐가 아니에요? 불쌍한 사람이 당신 혼자뿐인 것 같죠? 못 믿겠으면 아무 집 문이나 열고 가서 물어봐요. 당신 고향에서는 어떤지 모르겠지만 여기서는 자식 잃은 부모나 남편 잃은 부인 정도는 세 집 건너 하나꼴이야. 흥청거리면서 살아온 주제에 뭘 안다고 우리 사람들한테 그런 식으로 말을……."

"일사를, 스물셋 나이에 처음 봤어요."

술기운 탓이었을까? 흔들리는 목소리에 실려 튀어나온 이름을 다시 내 귀로 들었다. 대체 몇 년 만인지 알 수가 없었다. 나는 두 손으로 얼굴을 몇 번이고 문질렀다. 축축한 수건을 쥐어짜듯 무심하게. 하지만 물 한 방울도 남기지 않으려는 듯 거칠게. 당연하지만 그런 정도로 넘실대는 기억이 진정할 턱이 없었다.

---

* 본래 남자 농부를 의미하는 단어지만, 소작농이나 촌뜨기처럼 비하적인 의미도 있다.

"푹신한 단발과 선명한 보조개가 감탄스러울 만큼 눈길을 끌던 사람. 취향이 신기하리만치 겹쳐서 금방 친해졌어요. 처음에는 영화나 보러 다니다가 나중에는 집에서 요리도 같이하고…… 아니, 아니다. 말이 헛 나왔네요. 내가 그냥 일사를 닮고 싶었던 거지 다른 게 아니니까. 제대로 된 취미 하나 없던 사람이 나예요. 하지만 덕분에 캘리포니아롤 정도는 곧잘 말게 되었고, 이국적인 음악을 듣게 되면 몇 마디쯤 거들 수 있게 되었죠.

대단한 사람이었어요. 내가 그저 부러워하던 것들을 그 사람은 앞장서서 해내고 있었거든요. 예를 들면 사이클링 같은 거. 키가 5피트 2인치밖에 안 되었는데 자전거를 말도 안 되게 잘 몰았어요. 로스터[*]가 비면 코롤라 지붕에 MTB를 올려서는 크로스컨트리 루트가 있는 맥도웰^{**}로 가곤 했죠. 길이라고 하기에도 민망한 돌투성이 자갈밭을 늘 앞장서서 달려 나가는 모습이 너무 멋졌어요."

가뿐히, 그리고 자세히 떠올렸다. 일사의 새하얀 저지. 떨기나무가 만들어낸 한 줌뿐인 그늘. 가쁜 숨을 몰아쉬던 나를 향해 장난스럽게 들이미는 진저에일 캔. 버석하게 마른 흙냄새와 대비되

---

* 항공기 승무원들의 스케줄.

** 애리조나주 피닉스 근처에 있는 산맥. 최고봉은 약 1,200미터이며 주립공원으로 지정되어 있다.

는 상대의 말랑한 체취. 그리운 목소리. 웃음소리.

나는 얼굴 근육을 있는 대로 구겨가며 미소를 지었다. 몇 잔째인지 모를 술을 삼키던 상대와 눈이 마주치기 선까지는 그러했다. 아, 여긴 러시아인데. 일사와 나는 성별이 같은데. 경멸하는 표정을 마주하지 않을까 싶어 문득 겁이 났다. 다만 파벨 자카로비치의 눈매는 내 예상과 사뭇 달랐다.

"나는 루이지애나주 러스턴 출신이에요. 좋게 말해 전통적인 가치관을 중시하는, 나쁘게 말해 동성애자는 사탄에 썬 거니 때려죽여 마땅하다는 세상에서 자란 셈이죠. 하지만 그토록 동경하던 일사가 사실 나를 보고 있었다는 걸 깨달은 뒤로는 전부 희미해졌어요. 모든 걸 내려놓을 수 있었다는 뜻이에요. 연기에 예민한 상대를 위해 대번에 담배를 끊었어요. 입맛을 바꾸고 나쁜 습관을 고친 건 물론, 일사를 작부 취급하던 부친에게 난생처음 대들기까지 했죠. 그녀는 그런 나를 걱정하기 바빴는데, 내게는 오직 간질간질한 기쁨밖에 안 느껴지더라고요.

그렇게 반지까지 나눠 낀 연인이 됐지만 물리적인 거리는 오히려 멀어졌어요. 미묘한 사이일 때는 둘 다 피닉스에 살기라도 했으니까. 나는 졸업 후 한참 헛발질한 끝에 LA의 잡지사에 자리를 잡았어요. 아메리칸에어라인에서 일하던 일사도 전근을 신청했지만 우선순위에서 밀렸죠. 한 명은 기자, 다른 한 명은 민항기 승무원. 둘 다 쉬는 날도, 일하는 날도 들쭉날쭉한 직장에 다니는 셈이잖아요.

물론 그런 게 마냥 싫지만은 않았어요. 짧으면 3주, 길면 두 달에 한 번 보더라도 괜찮았어요. 만날 때의 밀도를 더 높이면 되니까. 늘 아쉬운 데이트지만 공들여 계획을 짜고 한 번이라도 더 사랑한다는 말을 주고받으면 되니까. 그렇게 한참을 더 이어가니까 결국 빛이 보이더군요. 일사가 드디어 전근을 올 수 있게 된 거예요. 서로 모아둔 돈에 모기지를 끼면 괜찮은 집도 구할 수 있었고요.

이제 행복할·일만 남은 듯 보였죠. 드디어 같이 살 수 있게 되었잖아요. 사는 내내 청소 한 번 하는 법 없던 룸메이트와도 안녕이고요. 거기에 더해, 몇 달 뒷면 서로 만난 지 5년째가 되는 날이었어요. 같이 침대를 뒹굴며 기념으로 뭘 할까, 반나절 내내 고민했죠.

그러다 모아진 결론이 여행이었어요. 하와이. 나야 말할 필요도 없고, 비행기 타는 게 업인 일사조차 가본 적이 없더군요. 신이 나서는 그 자리에서 항공편이며 호텔을 잡았죠. 그런데……."

더는 절제된 문장과 단어를 사용할 수 없었다. 머릿속이 울렁거리는 수준을 넘어 완전히 헝클어진 탓이었다. 온전한 형태를 갖춘 거라고는 이제 본능에 충실한 감정이 다였다. 더는 버티지 못하고 날카로운 숨소리가 터져 나왔다. 그래도 말은 멈출 수 없었다. 대신 그저 두 눈을 감았다.

나는 더듬거리는 목소리로 털어놓았다. 여행을 몇 주 남겨둔 시점부터 일사의 상태가 변했다는 것을. 온몸에 힘이 없다며 집에 오자마자 침대에 쓰러지는 건 물론이고, 사이클링을 하러 갔다가 가슴이 답답하다며 핸들은 잡아보지도 못한 채 돌아왔던 일을. 심지어는 시시한 스릴러 영화를 보다 온몸을 덜덜 떨며 겁에 질리던 이야기를.

"아무리 봐도 이상했어요. 붙어 산 지는 얼마 안 된 시점이었지만 벌써 6년을 알고 지냈잖아요. 일사는 왕복 비행을 두 번 연속 뛰고 온 날에도 활기 넘치게 페이스타임을 걸어오던 사람이었어요. 그 흔한 감기 한 번 걸린 적 없고요. 오히려 당시엔 내가 자주 아팠죠. 그래서 결국…… 그게 몸이 망가졌다는 신호라는 생각을 못 했어요.

출발을 코앞에 두고 묻더군요. 병원을 가봐야 할까, 하면서. 피곤하다며 침대에 붙어 있는 시간은 늘어났지만 정작 잠은 설치고 있다는 걸 잘 알고 있었어요. 등이 결린다는 말도 들었고요.

그런데 내가 그랬어요. 얼버무린 것도 아니고 똑똑히 말했어요. 그럴 필요까진 없지 않냐고. 검진을 신청하면 예약이 다음 주에나 잡힐 게 뻔하고. 그러면 여행 일정도 꼬일 테니까. 놀러 가서 푹 쉬면 될 거라고 그랬죠. 아무것도 하지 말고 해변에 누워서 마가리타나 마시자고. 일사는 내 말을 들었어요.

심지어 로스터가 꼬여서, 일사는 하와이로 가는 동안 승무원으로 일해야 했어요. 공항으로 가는 택시 안에서는 꾸벅꾸벅 졸더군요. 지연까지 겹쳐서 네 시간 뒤에야 다시 만나게 되었죠. 나는 비행 내내 1,699불짜리 좌석에서 알로하셔츠 차림으로 쉬었지만 일사는 두꺼운 블레이저를 입은 채 좁디좁은 점프 시트*에 앉아 있었어요. 그마저도 이륙 뒤에는 내내 서 있어야 했고요.

점심 서빙을 마친 뒤 한숨 돌리던 일사와 눈이 마주쳤어요. 내 쪽으로 걸어와…… 지금 와서 생각하면 걸음걸이가 너무 느렸어요. 마치 혼자 기름 속에 잠긴 것처럼. 그러고는 포그주스**를 먹고 싶지 않냐고 물었죠. 나는 당연히 좋다고 했어요. 가이드북을 뒤적이는 데만 정신이 팔려서 목소리가 떨리는 건 눈치도 못 챘고요. 일사가 갤리로 사라졌는데, 얼마 안 가서 쿵 하는 소리가 났어요. 내가 움직일 마지막 기회였죠. 하지만 난 그러지 않았어요. 바

---

* 승무원들이 주로 사용하는, 항공기 출입문 근처에 설치된 접이식 좌석.

** 하와이의 식품 컨설턴트가 고안한 열대음료. 패션푸르트, 오렌지, 구아바가 들어간다.

보처럼 자리에만 앉아 있었어요.

아마 10분 남짓한 시간이 흘렀을 거예요. 갤리로 들어간 다른 승무원이 갑자기 비명을 질렀어요. 근처 승객 몇 명이 소리가 난 곳으로 몰려갔고, 나도 뒤늦게…… 입술이며 손끝이 이미 새파랗게 변해 있었죠. 체격 좋은 남자 승객이 가슴을 누르는 사이 군복 차림의 여자가 응급 제세동기를 가져왔어요. 그녀가 전극을 일사 몸에 붙였지만 무슨 이유인지 작동하질 않는 거예요. 나는 사람들을 밀치고 들어가 붉은 버튼을 부서져라 눌렀어요. 제세동기는 완전히 심장이 멈춘 사람에게 쓸 수 없다는 건 나중에야 알았죠.

영화와는 다르게 승객 중에는 의사가 한 명도 없었어요. 비행기는 이미 여정의 절반을 날아왔고요. 하와이와 북미 사이는 망망대해라 비상 착륙이 불가능해요. 그러니 내가 할 수 있는 건 일사를 껴안는 것뿐이었어요. 쏟아진 주스가 끈적하게 말라가던 느낌이 아직도 손끝에 생생해요. 몸이 식어가도록 두고 싶지 않아 담요를 덮어줬는데, 영화처럼 기적적으로 깨어나지는 않을까 하는 말도 안 되는 상상을 계속하면서…… 세 시간이 지나 구급대원을 볼 수 있었죠. 달리 할 수 있는 게 없기는 그쪽도 마찬가지였지만.

언젠가, 일사와 소주라는 낯선 동양 술을 마시며 떠들어댄 적이 있어요. 만약에? 라는 일종의 가정 놀이였죠. 만약에, 우리가 아이를 가지고 싶으면 어떡하지? 만약에, 둘 중 한 명이 너무 아파서 일을 그만둘 지경이 되면? 만약에, 내가 범죄자가 되어 잡혀가면? 웃기는 건, 내가 나도 모르는 사이 스스로를 희생하는 쪽으로 상대를 설득하더란 거예요. 들어봐, 아이라면 내가 낳는 게 좋아. 돈은 내가 더 벌면 되니까. 에이, 그래도 안 떠나. 장난으로 한 게임이었지만 지극히 진심에 가까웠어요. 그러던 내가, 일사를 위해 내 모든 걸 내어줄 수 있다고 부득부득 우기던 내가 상대를 그냥 방치했다는 게 믿어지세요?

원래 심장마비라는 건 손 쓸 틈조차 주어지지 않는 일이 훨씬 많대요. 집에서 홀로 쓰러져, 몸이 차갑게 식은 뒤에야 겨우 발견되는 거죠. 하지만 나는 달랐어요. 이미 알고 계시겠지만 너무, 너무 많은 기회가 있었잖아요. 여행 전 일사가 보여준 그 무기력한 모습들은 하나같이 심장마비의 전조 증상이라더군요. 난 어째서 그렇게 무심했을까요? 왜 구글에 검색 한 번 해보지 않았을까요? 병원 이야기는 어째서 그토록 대충 넘긴 데다 제대로 된 걱정 한 번 하지 않았을까요?

신이 있다면 우릴 어떻게든 도우려 했던 게 분명해요. 내가 제 발로 걷어찬 모양새가 되었지만요. 여행을 취소하는 한이 있더라도 일사를 병원에 데려갔다면. 정말 괜찮냐고 캐물었다면. 이상한 소리가 나자마자 갤리로 달려갔다면. 아마 많은 게 달라졌겠죠.

　그러니 나는 여기서 만난 여러 사람들과는 상황이 달라요. 내게는 누구 탓을 할 자격이 없어요. 심지어는 슬퍼할 자격조차도. 민간인이 저 먼바다에서 침몰하는 잠수함을 무슨 수로 막겠어요? 하지만 내내 일사 옆에 붙어 있던 나라면 완전히 반대죠. 결국 사랑하는 이의 삶이 뼛가루 한 줌이 되도록 방치한 거나, 아니, 절벽 끝에서 손수 떠민 거나 똑같잖아요. 내가 이런 식으로 말할 수밖에, 살 수밖에 없는 이유고요……."

　파벨 자카로비치는 자기 몫의 오트밀 쿠키를 조각조각 부수고 있었다. 얼마나 힘을 줬는지 접시 위가 온통 가루뿐이었다. 내가 말끝을 흐리자 손을 털어낸 상대는 다시 차를 따랐다. 그사이 끓여둔 건지, 주전자에서 김이 펄펄 났다. 잔을 절반만 채우더니 알코올이 아닌 딸기잼을 몇 수저 더했다. 그는 대충 휘저은 잔을 내 앞으로 밀어줬다. 뒤이어 집이 떠나갈 듯한 한숨이 울려 퍼졌다. 그 모든 동작이 내게는 무겁게만 보였다.

　"뭐 하나만 물어봅시다. 그게 언제쯤 일이죠?"

　"4년. 4년 전이에요."

　"음…… 그래요, 그렇네요. 하지만 그쪽도, 아니다. 내가 뭐라고 한들 무슨 의미가 있겠어요? 당신이라고 노력을 안 한 것도 아닐 테고. 차라리, 그냥……."

나는 메마른 눈으로 상대를 바라봤다. 흉터투성이 손가락이 쿠
키에 이어 초콜릿 알갱이를 짓눌렀다. 파벨 자카로비치의 시선이
이따금 탁자 위에 놓인 담뱃갑으로 향한다는 걸 뒤늦게 알아차렸
다. 내가 아무래도 상관없다는 몸짓을 하자 그가 한 개비를 꺼냈
다. 하지만 플라스틱 라이터를 당기려던 손가락은 끝내 불꽃을 튕
기지 못했다. 상대의 한숨이 한층 더 깊었다.

"아직도 좋아하나 봐요, 일사라는 사람."

파벨 자카로비치가 손가락에 끼워진 얇은 반지를 가리켰다. 나
는 꾸중을 들은 아이처럼 다른 손으로 슬쩍 가렸다.

"시간이 최고의 의사라는 말은 못 하겠네요. 20년이나 지난 나
도……."

그가 기침과 함께 목소리를 짜냈다. 나는 쭈뼛거리며 상대가 따
라준 차를 마셨다. 선명한 온기가, 그리고 뭉근한 단맛이 여러 부
분을 건드렸다. 차가워진 손을, 머리를, 가슴을 차례대로 지났다.
조금이나마 심장 뛰는 속도가 느려진 듯했다. 양손으로 잔을 감싼
나는 파벨 자카로비치의 이야기를 들었다.

어쩌다 보니 온전한 조각 하나

파벨의 기분은 한마디로 꿀꿀했다. 세베로모르스크의 먼지 폴폴 날리는 이면도로를 달리는 내내 그러했다. 부친에게 물려받은 83년식 가즈 트럭은 시트를 아무리 박박 닦아도 오래된 장화 냄새가 났다. 4단 기어를 넣으면 엔진이 발에 차인 개처럼 낑낑거린다는 점이나, 계기판에서 제대로 작동하는 거라고는 오직 수온계뿐이라는 것 정도는 애교였다. 그는 어려서부터 냄새에 약했다.

물론 파벨의 모난 감정은 상태 불량한 자동차에서 시작된 게 아니었다. 그건 촉매와도 같은 요소일 뿐, 혼자서는 무용했다. 괜한 꼬투리를 잡는 교통경찰에게 '이런 씨발, 그딴 식으로 돈 뜯어먹으면 좋아?'라고 대들 마음이 들 수는 있겠지만 딱 그 정도였다. 오직 냄새 때문에 하루 종일 죽상이 되지는 않는다는 이야기였다.

아침에 청어 통조림을 열다 캔 따개에 왼손 살점이 날아간 일, 늘 조수석에 던져두는 부대 출입증을 밤사이 누가 훔쳐 간 일도 마찬가지였다.

뭐, 출입증 따위는 어차피 다들 무시한 지 오래였다. 검문소의 초병조차 어디론가 사라져 있을 때가 많았으니까. 그의 머릿속은 좀 다른 이유로 산만했다. 어쩌면 그는…… 불안했다.

마리야, 마리야, 마리야. 세상에는 사람 간의 관계를 표현하는 여러 단어가 있었다. 가족이라든지, 친구라든가, 연인과도 같은. 파벨은 마리야와 무슨 사이냐는 질문을 받으면 속으로는 늘 고민했다. 저 세 부류를 전부 합친 게 두 사람의 관계인데, 그는 거기에 해당하는 단어를 알지 못했으니까. 혹시 상대는 알고 있으려나. 솔제니친의 소설이 해금됐을 때 동네에서 가장 먼저 사 읽었다는 사람이니 어쩌면 그럴지도 몰랐다.

파벨이 아는 마리야란 늘 한 걸음 앞에 있는 사람이었다. 같은 나이에, 엇비슷한 가정환경에서 자랐건만 어째 달랐다. 아마 그녀의 레이더 안테나가 볼 수 있는 면적이 평균을 훨씬 웃도는 탓이지 싶었다. 이런저런 판단을 내릴 때뿐 아니라 그를 향한 일상적인 표현 방식조차도 색다른 구석이 있었다. 마리야는 어디선가 불쑥 나타나 도무지 잊을 수 없는 형태로 감정을 선사하곤 했다.

대체 어떻게 이런 생각을 했어? 참, 너답다. 그가 그녀에게 가장 많이 건네는 말이었다. 결국 그는 세상의 많은 연인들이 그렇듯, 몇 가지뿐인 패턴을 빙빙 돌다 서서히 질려갈 필요가 없었다. 대신 매번 다르게 세공된, 무엇 하나 놓치고 싶지 않을 형태의 사랑만 받았다.

　그런 사이었기에 그는 더더욱 그녀를 이해할 수가 없었다. 마리야처럼 다채로운 사람이라면 다른 쪽으로 나아갈 거라고 줄곧 믿어온 탓이었다. 상대가 더는 놀고만 있을 수 없다며 사포노보에 있는 드루즈바에서 계산원으로 일할 거라 선언했기에. 부하린 유령이 금방이라도 튀어나올 듯 어두컴컴한 그 체부레치나야는 지저분한 소문으로, 이를테면 고주망태가 된 병조장이 종업원 엉덩이를 슬쩍 주물럭거리는 곳으로 명망 높은 곳이었기에. 마리야는 당신 생각만큼 나쁜 곳이 아니라고 했고, 그는 그녀가 금방이라도 이성을 잃을 수 있는 주정뱅이 소굴에서 일하는 것을 원치 않았고…… 결국, 대차게 싸웠다. 마음에도 없는 험한 말을 주고받다 마리야 쪽을 먼저 울려버렸다.

　물론 파벨이라고 마리야의 사정을 모르는 건 아니었다. 그녀는 경리 일을 하던 회사가 폐업한 이후 제대로 된 직장을 구하지 못했다. 하루 종일 짝퉁 리바이스 청바지에 로고를 단 대가로 닭고기 한덩이조차 사기 힘들 액수를 받았고, 비디야예보에 있다는 남동생은 자기 앞가림에도 허덕이는 듯했으니 논할 가치도 없었다.

결국 그만 답답할 뿐이었다. 근무가 끝난 다음 트럭을 몰며 운송기사 노릇까지 해야 하는 입장으로서는 여자 친구에게 경제적 자유를 선물할 능력이 없었으니까. 회의감과 함께 겁도 났다. 이대로 끝나버리는 거면 안 되는데. 그는 몇 년간 마리야 곁에서 보낸 삶이 예전과 비교하면 과분할 만큼 밝아졌다는 걸 잘 알았다. 어제저녁에는 자존심을 내려놓고 먼저 그녀에게 전화를 걸었다. 마리야는 수화기를 들지 않았다.

그는 집으로 장미라도 꺾어 보내야 하나 고민하며 크림색으로 칠해진 건물로 향했다. 사령부였다. 입구에서 담배를 태우던 바바이* 상위 한 명이 알은체를 하며 담뱃갑을 던졌다. 맛이 끔찍한 프리마였지만 주머니 사정이 엉망인 그로서는 앞뒤 가릴 처지가 아녔다. 말없이 연기를 뿜어내던 차에 상위가 먼저 입을 열었다.

"정말로 핀도스탄** 머저리들이 우리 배를 쐈을까요?"

"갑자기 무슨 말이야, 그게?"

"잠수함이요, 쿠르스크 말이에요."

파벨은 어떻게 답해야 할지 알 수 없었다. 그는 여름휴가차 며

---

* 아시아계 선원을 의미하는 별명.

** 일부 러시아인들이 미국, 특히 미군을 비하할 때 쓰는 단어이다.

칠 동안 자리를 비웠으니까. 잘 모르는 티를 내자 부대에서 입이 싸기로 유명한 상대는 신나게 이야기를 쏟아냈다. 훈련 도중에 쿠르스크와 연락이 끊겼다는 이야기. 인근에 있던 함정이 미국 잠수함으로 추정되는 물체를 발견했다 놓쳤다는 이야기. 초계기까지 띄웠지만 지금까지 아무것도 찾지 못했다는 이야기. 파벨은 바보처럼 되물었다.

"그러니까, 함대가 지금 우리 훈련장에 들어온 양키들을 찾고 있단 말이야?"

"무슨 소리 하시는 거예요. 쿠르스크를 찾는 거겠죠."

상위는 어깨를 으쓱하더니 볼일이 있다며 자리를 떴다. 파벨은 이내 통신 담당관과 민간 사무 보조원, 부서 동료들에게 더 많은 내용을, 하지만 신빙성은 의심스러운 이야기들을 지겹도록 들을 수 있었다. 밤사이 출항한 구조함이 벌써 잠수함을 찾았다느니, 경미한 기술적 문제만 해결되면 배가 스스로 떠오를 거라느니. 확실한 거라곤 쿠르스크가 스무 시간 넘도록 연락 두절 상태라는 것뿐이었다. 비상경보가 내려졌다지만 사령부 분위기는 평소 같았다. 파벨이 있는 공보실은 더욱 그러했다.

그는 신문에 낼 훈련 홍보 기사 초안을 대충 끼적였다. 통신장비 고장일 게 뻔한 해프닝을 두고 다들 뭐 그리 관심이 많은 걸까 싶었다. 소문이 누굴 먹여 살려주는 것도 아닌데. 더군다나 잠수함이라니? 그와는 전혀 접점이 없는 분야였다. 파벨은 세베로모르스크로 옮겨온 지 고작 1년 반이 되었을 뿐이었고, 소위와 중위, 상위 계급장은 전부 카스피 소함대에서 달았다. 그 시절 물속에서 본 거라고는 철갑상어뿐이니 잠수함과 데면데면한 건 당연한 심사였다.

뭐, 실은 그런 말로는 부족했다. 그는 잠수함을, 그리고 그걸 모는 족속들을 썩 좋아하지 않았으니까. 대부분은 발라쇼프의 영향이었다. 그는 파벨이 근무했던 배의 함장으로, 잠수함은 아군일 때나 적군일 때나 수상 함대 엿 먹이는 게 존재 의미라며 늘 투덜거렸다. 적으로 만나면 선제공격을 당할 게 뻔해서, 아군으로 만나면 오직 공을 낚아챌 궁리만 한다는 게 이유였다.

나중에 보니 그건 꽤 논리적인 불만이었다. 파벨과 발라쇼프가 배치된 '몰니아' 미사일정은 카스피 소함대의 거의 유일한 전력이었다. 500톤짜리 작은 군함일지언정 다들 최선을 다했다. 매일같이 녹을 벗겨내고, 카스피스크 근해에서 자체적인 훈련도 했다. 년에 한 번꼴인 함대 종합 평가에서는 늘 최고점을 받았다.

그런데도 무공훈장은 고사하고 우샤코프 메달, 아니, 굴라시 통조림 하나 받아본 사람이 없어 문제였다. 북방 함대에, 더 나아가 잠수함에 순서가 밀린 탓이었다. 상뿐 아니라 연료와 수리 예산까지 뺏어가는 일 또한 비일비재했다. 파벨은 그런 뜨루바치*들이 저지른 실수를 동정하고 싶지 않았다.

점심 무렵이었다. 세르게이 부킨이 뒤뚱거리며 사무실로 들어섰다. 몸무게만 0.1톤은 족히 넘는 데다 목소리보다 쌕쌕거리는 숨소리가 더 큰 상관이었다. 그가 얼굴을 찌푸리며 얄팍한 서류한 묶음을 파벨의 책상 위로 대뜸 던졌다. 지저분한 필체로 '1차 보고서'라 적혀 있었다.

"우리더러 기자회견 준비를 하라던데."

부킨이 캐러멜 몇 알을 입속으로 굴려 넣으며 웅얼거렸다.

"자세한 내용은 아직 안 내려왔지만, 완전히 가라앉은 건 확실한 것 같아. 위에서는 사상자가 꽤 나올 거라 예상하는 눈치고. 아직 위치 파악조차 못 했으니 그럴 만하지 뭐. 하여튼, 새 소식 들어오는 대로 덧붙여서 욕 안 먹게 해봐. 지역 신문이랑 방송국은 내가 틀어막고 있을 테니까."

파벨은 간부 식당에서 살라마타**로 점심을 때우며 서류를 뒤적거렸다. 보고서라고 부르기에도 민망한 종이 쪼가리라 읽는 게 어렵지는 않았다. 사고에 관한 직접적인 설명은 고작 몇 줄이었다.

---

* 수상함 승조원들이 잠수함 승조원들을 경멸하는 멸칭.

** 메밀 혹은 밀을 사용해 만드는 젤리에 가까운 슬라브 음식.

[8월 12일 13시 40분, 바렌츠해에서 수중 어뢰 공격 훈련을 진행 중이던 북방 함대 제7 잠수 사단 소속 АПРК* K-141 '쿠르스크'는 예상 훈련 시각 만료 이후에도 부상하지 않았음. 원인 미상의 사유로 침몰이 사료됨. 8월 13일 11시를 기점으로 함대 구조함이 함 위치 특정에 성공함. 가용한 모든 수상/수중/공중 전력이 동원되어 구조를 지원 중. 인근 해역 방사능 수치 정상.]

그는 서류의 나머지 부분을 읽어 내렸다. 쿠르스크와 관련된 공식 문서의 사본들이었다.

[원자로와 추진체계 정기 점검: 이상 없음]

[밸러스트와 트림 탱크: 이상 없음]

[3번 베체 인원에 대한 어뢰 운용 능력 평가: 정상]

[65-76ПВ와 УСЭТ-80 어뢰의 안전 점검: 완료]

모든 확인란에는 빠짐없이 쿠르스크 함장이나 잠수 사단 참모장, 혹은 둘 다의 서명이 있었다. 잠수 사단의 보고서 작성자가 문서 사본을 끼워 넣은 이유를 파벨은 잘 알았다. 쿠르스크는 군의 눈높이로 봤을 때 정상이라는 뜻이었다. 물론 그 말을 곧이곧대로 믿을 사람은 없겠지만 일단 서류상으로는, 또 법적으로는 그랬다.

그날 늦게 몇 가지 소식이 더 도착했다. 음향 탐지 장치에 SOS

---

* 순항미사일 핵잠수함의 러시아식 명칭.

로 추정되는 소리가 잡혔고, AC-34 심해 구조정이 잠수를 시작했다. 구조정이 도킹을 시도해 보기도 전에 쿠르스크와 부딪혀 긴급히 떠올랐다는 사실도 함께였다. 피벨은 평소처럼 업무를 보다 이따금 서류에 내용을 더했다. 외부 전화가 울리기 전까지는 줄곧 무료했다.

〈집 전화는 안 받길래…….〉

아아, 드디어. 줄곧 기다려온 연락이었다. 그는 온몸의 긴장이 풀어지는 것을 느끼며 의자에 등을 기댔다. 고작 며칠 서먹했을 뿐인데 벌써 목소리가 낯선 느낌이었다. 뭐, 지빌이니 파타스쿠시카*니 하는 말로 비난을 퍼부었으니 어쩌면 당연한 반응이기는 했다.

먼저 선수를 친 건 상대 쪽이었다. 그녀는 예의 체부레치나야 대신 약국에서 일자리를 구했다는 소식을 조심스럽게 털어놓았다. 그는 잘됐다는 축하의 말과 함께 지난날 자신의 실언에 대한 변명을 덧붙였다. 마리야는 그럴 수도 있지 않냐고 얼버무리며 어색하게 웃었다. 그러더니 대뜸 물었다.

〈그, 설마 해서 물어보는 건데…… 쿠르스크에 일이 좀 생겼다며. 정확하게 어떤 상황인지, 혹시 알고 있어?〉

---

* '지빌'은 멍청이를, '파타스쿠시카'는 창녀 혹은 걸레를 뜻한다.

예상을 벗어난 질문이었다. 파벨은 아직 모르는 것투성이었고, 사실 모든 걸 알고 있더라도 상부의 허가 없이는 혀를 놀릴 수 없는 처지였다. 그가 알기로 사고 소식은 아직 언론에 공표되지 않았다. 별다른 언질이 없는 걸 보면 아마 대외비 수준의 보안등급이겠지. 물론 그렇더라도 민간인인 마리야에게 떠벌리는 건 좋은 생각이 아니었다. 내부 정보의 출처가 무려 공보실 장교라면 어떤 사달이 날지 뻔했으니까. 그는 함대에서도 상황을 조사 중이라는 사실을 에둘러 전하는 정도로 만족했다. 그러자 마리야는 눈에 띄게 실망한 목소리로 그의 말을 받았다.

〈그럼, 뭐라도 듣게 되면 좀 알려줄래? 내 친구…… 응, 나디야랑 지금 같이 있는데. 남편이 승조원으로 배에 타고 있대. 너무 불안해서.〉

그날 밤, 그는 침대에 모로 누워 나름 최선의 판단을 했다고 자부했다. 그리고 그런 생각은 어느 정도 옳았다. 모스크바에 있다는 해군 공보실장이 사고 소식을 카메라 앞에서 읽어내린 건 다음 날 점심때가 한참 지난 뒤였다. 잠수함의 원자로는 말짱하며, 탑승자들과 양호한 교신 상태를 유지하고 있고, 경미한 부상자를 우선 구출하기 위한 함대 사상 최대 규모의 작전이 진행 중이라는 간결하고 희망찬 내용이었다.

물론 그건 선전이었다. 아니, 좋게 말해 선전이지 그냥 새빨간 거짓말이었다. 침체 시대는 물론, 스탈린까지 직접 겪어봤다는 잡부 남낭 노인네조차 흠칫할 만큼. 해군은 진실을 말할 생각이 손톱만큼도 없어 보였다. 파벨이 보충 중인 보고서와 공보실장이 말하는 내용이 같은 사건을 다룬다는 게 믿기지 않을 정도였다.

제1적기 잠수함 소함대에서는 큰 진동을 느꼈다는 인근 수상함 승조원들의 증언을 바탕으로 어뢰가 선내에서 폭발했을 가능성을 제시했다. 구조대가 무인 TV 카메라를 통해 얻은 이미지는 처참했다. 쿠르스크의 함수에는 손질된 대구 배처럼 큰 구멍이 있었다. 해군 수색 구조대에서는 승조원 전원이 이미 사망했을 것으로 예상했으며, 심해 구조정은 두 차례 도킹에 실패한 뒤로는 날씨 문제로 투입조차 못 하고 있었다. 결국, 무엇 하나 좋은 소식이 없었다.

그는 이제 반쯤 의아했다. 이건…… 선을 넘었다고 할 만했기에. 100명도 넘는 승조원의 생사조차 모르는 상황에 부상자를 운운하는 건 그야말로 미친 짓이었다. 해군본부와 모스크바, 권력 피라미드 맨 꼭대기에 앉아 있는 인간들이 구조 '시도'와 구조 '중'의 차이를 모를 리가 없었으니까. 체제가 온 힘을 다해 진실을 감추려 들던 시절은 고르비*가 꽤 오래전에 끝내지 않았나? 사람들 사는 꼴이 어떻든 간에 목숨을 가지고 말장난을 치려면 최소한의 대의는 있어야 했다.

물론 파벨이 몸담은 직장은 의문을 용납하지 않는 곳이었다. 나이 스물여덟에 고작 대위 계급장을 달고 있었지만 그 정도는 알았다. 저녁 무렵 마리야에게 전화가 걸려 오지 않았더라면 일부러라도 생각을 멈췄을 터였다.

〈자꾸…… 전화해서 미안해.〉

여자 친구는 차마 못 할 부탁을 건네듯 주저하며 상황을 물었다. 행여나 기밀이라면 오직 자신과 친구만 알고 있겠다고 맹세까지 하면서. 파벨은 그가 긁어모은 소식 일부를 쪼개 대충 둘러댔다. 그러고는 전화를 끊은 뒤 문득 생각했다. 아직은 그녀의 화가 풀리지 않은 게 분명하다고. 며칠째 집으로 와주지 않는 걸 보면. 아니, 수화기 너머 목소리부터 사뭇 다른 걸 보면.

만약 부친이 그가 그토록 고민하는 모습을 봤다면 뒤통수를 빡, 소리가 나도록 후려쳤을 게 분명했다. 사내새끼가 되어서 뭐 그런 걸 고민하고 있냐면서. 남자면 남자답게 상대를 휘어잡을 줄도 알라고 했겠지. 마리야를 만나기 전에는 파벨도 같은 생각이기는 했

---

* 고르바초프의 별명.

다. 쑥스럽다는 핑계로 미안하다는 말 한 번 입 밖에 내본 적이 없었다.

하지만 이세는 아니었다. 그는 상대에게 분에 넘치도록 받아온 흔치 않은 사랑에 최대한 보답하고 싶었다. 어쩌면 관계를 복구하는 것뿐만 아니라 한층 더 가까워질 기회일 수도 있는 거니까. 결혼을 하고, 아이를 낳고. 그래, 기왕이면 마리야를 닮아 눈매가 서글서글한 딸이라면 좋겠지. 그녀가 없는 미래는 이제 상상조차 하기 어려웠다.

혹시라도 그가 사건의 분명한 윤곽을 알아낸다면. 그래서 마리야가 그녀의 친구에게 슬쩍 귀띔해 줄 수 있다면. 최소한 그를 향한 그녀의 평가가 매사에 무뚝뚝한 극동 출신 군바리로 굳어지는 일은 막을 수 있을 것만 같았다. 생각이 거기까지 가닿자 그는 전화를 돌리기 시작했다. 파벨과 무관하게 시작된 쿠르스크 사고가 완전한 남 일은 아니게 되는 순간이었다. 그토록 이기적이고, 또 사심 가득한 시작이었다.

〈그 친구는 톨스투시카*같은 복합 사이클 어뢰에 대해서라면 하나도 몰라요. 원래라면 공격 잠수함에나 싣는 물건이지 쿠르스크

---

* 본래는 뚱뚱한 여자를 의미하나, 65-76A '키트' 어뢰의 별명이기도 하다. 대부분의 소련 중어뢰는 533밀리미터 구경이지만, 65-76A의 경우 더 두꺼운 650밀리미터 구경이기 때문에 위와 같이 불렸다.

에선 볼 일조차 없어야 정상이거든요. 오죽하면 제가 직접 배로 가서 산화제 제어시스템에 어떻게 연결해야 하는지를 알려줬다니까요. 신형 모델이라 심지어 저도 가끔 헷갈리는데…….〉

〈아마 사용할 틈조차 없었겠지. 잔잔한 호수에서 물놀이나 하던 도중이라면 몰라도, 실제 사고 상황에서 부상 구조실*은 그냥 허울뿐인 장비야. 잘 생각해 봐. 원인이 어찌 됐든 함수가 그렇게 폭발했다면 물이 초당 톤 단위로 쏟아져 들어올 거 아냐. 승무원들이 구조실에 들어간 다음 복잡한 분리 과정을 끝낼 여유가 대체 어디 있겠어? 심지어 거긴 어뢰실 바로 뒤에 있는데?〉

〈절차란 절차는 전부 무시했어요. 왜, 잠수함이라는 게 그렇잖아요. 일단 물속으로 들어가면 밖에서는 그 상태를 알 도리가 없으니까. 무선통신도 어렵지, 꼬르륵 가라앉아도 티가 안 나고요. 그래서 규정이 있는 거예요. 훈련 종료 시점을 한 시간 이상 넘겼는데도 부상하거나 통신망에 나타나지 않으면 일단 함대 전체에 비상경보를 발령하라고…… 그런데 쿠르스크가 사라졌어요. 하지만 위에서는 경보 대신 부상을 명령하는 메시지나 보내고 있었죠. 반응이 없으니 나중엔 함대 통신 채널로 배를 호출했고요. 그러니까, 경찰이 실종 신고를 받고는 피해자 집에 전화나 계속 건 꼴이

---

* 쿠르스크를 포함한 일부 소련 잠수함에 탑재된 비상 탈출 장비이다. 평소에는 선체 일부를 구성하지만, 사고가 발생하면 구조실 구획이 통째로 분리되어 수면으로 떠오른다.

잖아요. 시간은 계속 가는데 여전히 경보는 없고 함대는 초계기나 띄우는 데 정신이 팔려서는…….〉

〈왜 그렇게 생각하냐고? 산소, 물론 중요하지. 그래서 레게네라슈카*를 구역마다 넣어두는 거고. 그런데 다들 온도는 신경조차 안 써. 거긴 난방 빵빵한 레닌그라드스카야 호텔이 아니라 바렌츠해 물속이잖아. 수온이 고작 4도인데, 날짜를 봐. 벌써 가라앉은 지 이틀이나 지났잖어. 그런 온도라면 카트리지 효율도 바닥을 찍는데다 저체온증 때문에 하루도 못 견뎌. 설마 잠수함에 비상용 히터가 있다던가, 승조원들이 캠핑 중인 피오네르** 처럼 모닥불이나 피울 거로 생각한 건 아니지?〉

〈결국 다 돈이네, 돈. 자네도 알고 있으려나 모르겠지만, 연체된 전기 요금 때문에 핵 사고가 날 뻔한 게 고작 몇 년 전이야. 전기 회사에 암만 허리를 굽신거려봐야 노비 루스키*** 들이 우리 일에 대해 뭘 알겠나? 그 작자들이 대뜸 가지예보로 가는 송전망을 끊어버리는 바람에 정박해 있던 잠수함 원자로들이 녹아내리기 직

---

* 잠수함의 생명 유지장치가 멈췄을 때 사용되는 B-64 비상 카트리지가 담긴 상자를 뜻한다. B-64는 초산화칼륨을 기반으로 화학반응을 일으켜 이산화탄소를 흡수하고 산소를 방출한다.

** 공산당에 소속된 청소년 조직. 9~14세에게 입단 자격이 주어졌다.

*** 신 러시아인이라는 뜻으로, 1990년대 이후 러시아에서 불법 수단을 동원해 부를 축적한 사업가들을 가리킨다.

전까지 갔었지. 그런 것부터 막는 게 우선인데 구조 훈련을 위해 쓸 예산 따위가 대체 어디 있겠어.〉

〈БИП*에 카세트테이프 녹음기가 있겠지만 아마 별 쓸모는 없을 거야. 위에서 무슨 정신으로 그런 걸 달아두라고 한 건지 모르겠어. 우리 잠수함에는 파나소닉 물건을 가져다 놨거든? 내가 직접 무르만스크로 나가서 구해오기까지 했는데. 하여튼 바톤**에도 비슷한 걸 뒀겠지. 안에서 무슨 일이 일어났는지는 몰라도 소금물에 잠긴 상태로는 얼마 못 갈 텐데, 폭발이라도 했다면 이미 재로 변했을 거고.〉

〈그쪽에서 그렇게 말해? 생존자들이 선체를 두드려서 구조 신호를 보내는 걸 들었다고? 지랄, 그럴 리가. 과학적으로, 내가 과학자는 아니지만 하여튼 말도 안 돼. 우리 잠수함들은 이중 선체가 기본이고, 쿠르스크라고 다를 게 없어. 내부 선체와 외부 선체가 미터 단위로 떨어져 있는 데다 밖에는 고무 타일까지 붙여두는데 안에서 망치질 좀 한다고 소리가 들릴 리가 있나.〉

〈그래요, 활성화 모듈이 처음부터 빠져 있는 걸 내 눈으로 직접 확인했어요. 그래야 비상 신호 부표***가 작동하지 않을 테니까. 이

---

* 전투정보실의 약자.

** 두툼하고 길쭉한 형태의 빵. 그 형태의 유사성으로 쿠르스크에 붙은 별명이기도 하다.

*** 평소에는 잠수함 선체에 부착되어 있지만, 사고가 발생하면 자동으로 분리되어 수면 위로 떠올라 구조 신호를 보낸다.

상하게 생각하지 않으셨으면 좋겠습니다. 위에서도 신경 안 쓰는데 저희가 뭘 어쩌겠어요. 어차피 틈만 나면 오작동하는 물건이니 차라리 꺼진 채 두는 게 낫겠다 싶기도 했고요. 작년에 쿠르스크가 나토 함대를 감시하라고 지중해로 보내진 거 아시잖아요. 멋대로 부표를 살려놨다가, 지 혼자 떠올라 미국 애들한테 들키기라도 하면 그 책임은 누가 집니까.〉

〈네…… 네, 그렇죠. 탑승자 명단이 없으면 출항 허가가 안 나오는 게 정상이죠. 저도 잘 압니다. 그게 아니라…… 아뇨, 그런 식으로 말씀하시지 마시고요. 저희가 일부러 그런 게 아니라, 처음부터 잠수 사단에서 보고를 안 올린 거라면 어쩔 도리가 없다니까요.〉

17일 저녁이었다. 그는 사무실에 앉아 텔레비전을 보고 있었다. 지긋지긋한 PTP 뉴스였다. 패널로 등장한 해군 1등 함장의 주장으로는 산소 카트리지 잔량에 대한 기존 추측이 틀렸다. 쿠르스크에는 5일분이 아닌 7일분 카트리지가 탑재된 게 확실했고, 승무원들은 19일까지는 너끈히 생존할 수 있다는 소리였다. 대통령이 서방의 지원을 수락했다는 보도가 뒤를 이었다. 아나운서는 러시아산 장비에 문제가 있어서가 아니라며 선을 그었다. 단지 추가적인 도움이 있다면 구조 작전 속도가 조금 빨라지리라는 게 이유였다.

파벨은 본능적인 한숨을 참을 수가 없었다. 여섯 번에 걸친 구조정의 잠수는 무용했다. 그중 절반은 도킹에 실패했고, 나머지 절반은 쿠르스크를 발견조차 하지 못했다. 그의 손에 들어온 뒤 양이 두 배 넘게 늘어난 보고서와 윤기 좔좔 흐르는 TV 속 장교의 입술 사이에는 이제 아르한겔스크에서 쿠이비셰프만큼의, 혹은 그 이상의 거리가 있었다. 위에서는 대체 어쩌려고 한 주가 다 지나도록 거짓말만 쥐어짜는 걸까. 알아서 보고서까지 만들라 시킨 걸 보면 무작정 숨기기만 할 생각은 아닌 듯한데. 고민은 동기의 전화 때문에 더욱 깊어졌다.

〈혹시 명단 가지고 있어?〉

"명단이라니, 갑자기 무슨 명단?"

〈왜, 거기 타고 있던 사람들 명단 말이야. 공보실에는 있을 거 아냐?〉

"쿠르스크? 나야 모르지. 소함대에도 없다는데 우리가 무슨 재주로. 그나저나, 그게 왜 필요해? 너 아직 통신 여단에 있는 거 아냐?"

〈아니, 뭐⋯⋯.〉

"입 다물고 있을 테니까 말해봐. 우리가 하루 이틀 알고 지낸 사이도 아니고."

〈그게…… 가끔 연락하면서 지내는 이즈베스티야 기자가 있거든. 근데 승무원 명단을 넘겨주기만 하면 1만 루블을 준다잖아. 네가 공보 쪽에 있으니까 혹시나 했지. 돈 받으면 반씩 나눠 가지면 되니까.〉

며칠간 보이지 않던 부킨이 파벨의 책상 옆에 불쑥 나타난 건 바로 그때였다. 전화를 끊어보라는 손짓을 하더니, 그가 수화기를 내려놓자마자 버럭 소리를 질렀다. 무슨 생각으로 사고 이야기를 떠벌리냐는 거였다. 함대 통신 여단 소속 대위였다고 웅얼거렸지만 부킨은 그딴 건 상관없다며 차갑게 대꾸했다. 계급장 뜯긴 다음 군사법원에 서는 결말을 원한다면 사방팔방 떠들고 다니라는 거였다.

"이게 장난 같아? 해도 되는 거, 하면 안 되는 걸 아직도 구분 못 해?"

상관의 화는 쉽게 풀어질 기미가 없었다. 그가 탁자 위에 놓인 서류철을 와락 집어 들더니 신경질적으로 넘겼다. 파벨에게 처음 넘겨줬을 때와 비교하면 눈에 띄게 늘어난 페이지와 마주하자 상대의 송충이 눈썹이 이리저리 구겨졌다.

"너는, 이런…… 염병."

부킨은 혼잣말인지 모를 욕설을 중얼거리며 다시 책상 위로 던져놓은 보고서를 엄지로 꾹꾹 짓눌렀다. 파벨은 손가락이 송충이처럼 꿈틀거리는 남자가 다음 순간 서류의 뒷부분을 뜯어 세절기에 던져 넣은 다음, 손잡이를 돌려 그의 며칠을 쓰레기 더미로 바꿔놓을 거라고는 미처 예상하지 못했다.

"브리핑 준비를 하라고 했더니 왜 시키지도 않은 개짓거리를 해둔 거야? 우린 사령관 옆에서 거들어 주기만 하면 되는 거라고. 모스크바에서 뭐라고 떠드는지 안 봤어?"

"죄송합니다. 그래도 저로서는 일단……."

"우리는 할 만큼 했다, 재수가 없었다, 이런 것만 어필하라니까. 언제부터 공보실 장교가 어쭙잖은 기자 행세를 하면서 나대게 되어 있지? 이래서 카스피 추르반*들이랑은!"

부킨은 내일 새벽에 나오라는 말에 비속어 몇 마디를 더하며 사무실을 떠났다. 파벨은 그제야 어렴풋이 깨달았다. 위에서는 사고를 수습하거나 생존자를 구할, 혹은 같은 실수를 반복하지 않으려는 의지 자체가 없다는 것을. 찻잔을 깬 어린이가 사금파리를 침대 아래 슬쩍 밀어 넣듯, 세상이 진실을 알아차리는 것을 그저 늦추기 위해 애를 쓰고 있다는 것을. 그는 마리야에게 어디까지 말해줘야 할지 정하지도 못한 상태로 전화를 걸었다. 받는 사람이

---

* 중앙아시아나 캅카스 출신을 비하하는 표현.

없었다.

비디야예보까지는 간이좌석 하나 없는 화물 수송용 카모프를 타고 이동했다. 직선으로 38킬로미터, 이륙과 착륙 시간을 감안해도 고작 15분 거리였다. 뭐, 그는 잘 알고 있었다. 2,000마력 엔진이 두 개나 달린 10톤짜리 헬리콥터가 한 번 움직이는 데 얼마 만큼의 돈이 드는지에 대해. 고작 공보실 말단 장교 몇 사람을 옮기는 목적으로는 수지 타산이 맞지 않았다. 이 정도 거리면 자동차로, 아니, 하다못해 그곳에 있는 인원들에게 문서 낭독을 맡겨도될 일이었다.

뚱한 표정으로 바닥에 주저앉은 부킨도 어째 그와 비슷한 생각을 하는 눈치였다. 동행하는 소함대 장교가 엔진 소음에 악을 쓰며 설명했다. 가족들의 불만이 엄청나다는 내용이었다. 화가 머리끝까지 난 사람들은 더 이상 쿠르스크가 소속된 잠수 사단 인원들의 변명을 믿지 않았다. 분노를 잠재우기 위해서는, 거짓말을 당분간 유효하게 만들기 위해서는 새 얼굴이 필요했다. 이를테면 함대 사령관이나 해군 수색 구조팀 책임자 같은.

결국 파벨의 쓸모는 언론 담당관 자격으로 사람들의 비위를 맞추는 데 있는 듯했다. 꾸역꾸역 자료를 모을 필요는 애당초 없었다. 욕이나 실컷 먹으러 가는 거지. 부킨이 중얼거렸다. 전에 싣고 다닌 화물에서 떨어진 건지, 천장에서 떨어진 건지 모를 너트 몇 개가 거친 착륙과 동시에 춤을 추듯 달그락거렸다.

그들은 마을 중심부에 자리한 장교의 집으로 안내되었다. 로비에 놓인 작은 벤치에서 사령관을 기다렸다. 예정에서 30분이 더 흐른 끝에 포포브가 참모 몇 명을 이끌고 나타났다. 그는 피곤하고 귀찮다는 표정으로 무심하게 부킨의 경례를 받았다. 칼라시니코프 소총을 맨 위병들이 복도로 앞장서 걸어가더니 벽에 난 방음문을 벌컥 열었다.

본래는 영화 상영관인 모양이었다. 남색 커튼이 벽에 걸려 있었고, 앞쪽 벽을 완전히 가리는 대형 해군기 앞에 육중한 나무 연단이 놓여 있었다. 파벨, 부킨, 포포브와 제1 적기 소함대 참모장, 제7 잠수 사단 출신의 1등 함장은 일제히 자리에 앉았다. 파벨은 장교 중 가장 하급자였지만 부킨이 그를 사령관 옆자리로 몰았다. 참모장이 앞장서 마이크를 잡았다.

"가족 여러분, 이런 어려운 시기에도 군을 믿고 기다려 주셔서 감사합니다. 앞에 계신 분들은 우리 북방 함대 사령관이신 포포브 제독, 그리고 구조 작전에 관여하고 있는 해군의 최고 전문가들입니다."

시작부터 거짓말이라니 대단한데. 파벨은 고개를 들고 앞에 모인 사람들과 처음 마주했다. 여자와 노인, 그리고 무릎 위에서 칭얼대는 아기들까지. 수백 명이 불편한 장의자에 앉아, 혹은 복도에 주저앉은 채 군인들을 응시하고 있었다. 표정은 제각각이었지만 한 가지는 같았다. 감정을 억지로 눌러 담은 사람 특유의 흐릿한 눈. 감히 깊이를 특정할 수 없는 눈. 그가 종이로 다시 시선을 피하려던 찰나 포포브가 입을 열었다. 판에 박힌 위로 문구와 함께 구조 가능성에 대한 희망적인 예측이 태연하게 흘러나왔다.

하지만 그는 벌써 이마에 땀방울이 맺힌 부킨과는 다르게 썩 긴장하지 않았다. 파벨은 하인이 아가씨를 깨우는 게 아니라 아가씨가 하인을 깨우는 것이라는 오래된 격언을, 그리고 자신은 눈을 감고 가만히 기다려야 하는 처지에 불과하다는 사실을 잘 알았다. 의도야 어찌 됐든 사건의 정보를 모았지만, 위에서는 그게 알려지길 원치 않았다. 그는 러시아연방 해군에 소속되어 월급을 받는 입장이지 눈 탱탱 부은 여자들에게 고용된 사립 탐정이나 내부고발자가 아니었다. 어쩔 수 없었다. 쥐꼬리만 한 액수일지언정 그는 돈을 받아야 했다. 스스로를 위해, 마리야를 위해.

"아마 소식을 들으신 분도 계시겠지만, 우리 군은 노르웨이와 영국의 도움을 수락했습니다. 노르웨이에서는 '노먼드 파이오니어'호, 영국에서는 '시웨이 이글'호가 사고 해역으로 향하는 중입니다. 시웨이 이글에는 심해 구조 잠수정인 LR5 한 대가 실려 있습니다. 물론 이미 현장에서 구조 활동 중인 북방 함대 소속 '미하일 루드니츠키'에는 두 대의 첨단 심해 잠수정과……."

그는 상관의 주문대로 몇 마디를 떠들었다. 물론 옆의 제독처럼 되는대로 내뱉지는 않았다. 가능한 사실에 가깝도록 애썼다. 생략하거나 얼버무리는 부분이 있을지언정 그렇게 했다. 그런데도 자리에 앉은 가족들은 그가 입을 열면 열수록 눈에 띄게 동요하는 눈치였다. 서로 웅성거리거나 손을 드는 사람이 곳곳에서 나왔다. 부킨과 참모장은 아직 질문을 받지 않겠다며 기다리라는 제스처를 했다.

"저기요, 그래서 결국 당신들이 내내 한 게 뭐예요? 줄곧 구조를 했다면서 물속에서 신발 한 짝 건진 게 없다는 건가요? 대통령이라는 인간은 왜 아직도 보차로브*에서 노닥거리는 건데요?"

"우리 아이들 상태는 어떤데? 살아 있기는 해? 솔직하게 말하라고, 솔직하게! 여기 모인 사람 전부 부모 아니면 아내야. 지금 진행 중인 게 구조 작전인지, 아니면 시체 수습 작전인지는 알 권리가 있잖아!"

두어 사람이 자리에서 벌떡 일어나 외쳤다. 머리가 반쯤 벗어진

---

* 소련과 러시아의 최고 지도자용 다차로, 소치에 자리하고 있다.

중년 남성과 30대 중반쯤 될까 싶은 여성이었다. 잠수 사단 장교
는 나중에 발언 기회를 줄 테니 설명을 방해하지 말라고 으름장을
놓았다. 파벨은 조금씩 목이 탔다. 연단 위에 놓인 생수를 몇 모금
마셨다. 남자는 장교의 말을 무시한 채 다른 군인을, 특히 그를 쏘
아 보였다.

"대통령은 장소와 무관하게 매시간 구조 상황을 보고 받고 있으
며, 다만 대통령이 현장에 직접 나타나면 지휘 체계에 혼선이 생
길 거라고 판단했기에……."

벽에 걸린 함대 휘장에만 시선을 고정한 채 설명을 이어가던 도
중이었다. 그는 그녀를 보았다.

마리야였다. 그녀는 뒷문 근처의 구석진 자리에 앉아 있었다.
늘 공들여 묶던 머리카락이 이리저리 헝클어진 상태라 바로는 알
아볼 수 없었다. 볼쇼예 호수로 피크닉을 갈 때 종종 입던 새하얀
니트 스웨터에는 지저분한 얼룩이 나 있었고, 찢어진 파나마모자*
는 십수 미터 떨어진 곳에서도 티가 났다. 푹 꺼진 눈두덩에서 서
로의 시선이 마주쳤다. 생각들이 말도 안 되게 빠른 속도로 그의
머릿속을 휘저었다.

"이봐, 뭐 해?"

---

* 벙거지 모자를 러시아에서 부르는 이름. 본래 에콰도르에서 유래된 모자이지만, 파나마운하
건설로 인해 서방세계로 알려짐에 따라 파나마모자로 불리게 되었다.

마리야는 무르만스크에 혼자 살았다. 그녀는 면허도, 차도 없었다. 소련 시절 아파트 몇 채가 전부인 데다 비밀 도시인 비디야예보는 우연으로라도 방문하지 않을 장소였다. 왜 여기 있는 걸까? 쿠르스크에 타고 있는 건 분명 친구 남편이라고 했는데. 그래, 같이 왔을 수도 있었다. 하지만 옆자리에는 베이지색 코트를 입은 중년 여성뿐이었다. 친구라기에는 너무 나이 차가 많아 보였다.

"뭐라도 말을 하라고, 정신 나갔어?"

"봐, 저거 보란 말이야! 왜, 이젠 갑자기 아무 말도 못 하겠어? 우리한테서 뭘 또 숨기려고? 그러고도 당신들이 인간이야? 한번 마음대로 지껄여 봐!"

"일단, 저희가 가능한 한 모든 정보를 공유하려고 노력하고 있다는 것을 이해해 주시길 바랍니다. 하지만 쿠르스크는 러시아 해군의 최중요 자산이고, 그렇기에 연방법 제5485호에 의거하여 기밀로 판단되는 사항은……."

파벨은 마리야의 여러 모습을 알았다. 아니, 그냥 아는 정도가 아니라 빠짐없이 아꼈다. 콜라반도 최고의 레스토랑이라고 선전하는 어설픈 식당에서 케이준 치킨을 처음 나눠 먹을 때. 부두에서 고꾸라진 그가 왼쪽 팔이 부러진 채 나타났을 때. 어렵사리 기른 데이지를 조잡한 꽃다발로 만들어 건넸을 때. 심지어는 이성을 잃고 그녀를 걸레라 불렀을 때의 표정조차도. 하지만 이번에는 달랐다. 그는 마리야의 낯선 표정 앞에서 입을 열 자신이 없었다. 상대가 더는 친근한 연인 상대로 보이진 않았다. 며칠 사이 그와 그녀 사이에 갑작스러운 장벽이 솟아난 듯했다.

"기밀, 그래! 기밀이겠지! 당신들이 우리 바샤를 구할 생각조차 안 하고 있다는 거, 월요일 아침에는 사소한 문제라고 이빨 털다가 이틀 뒤에는 심각한 사고라고 말을 바꿔대는 거, 그런 게 기밀 아니야?"

"영국이랑 노르웨이는 처음부터 도움을 주겠다고 했다면서요? 그때 왜 바로 수락하지 않았죠? 왜? 무슨 알량한 자존심 때문에? 이 누더기 같은 나라에서 감출 게 뭐가 있다고?"

"내 아들은 어디 있어? 어디 있냐고?"

"자, 다들 진정하시고. 잠시 쉬었다가 다시 진행하겠습니다. 음료를 원하시는 분은 자리에서 손을 들고 계시면 저희 인원들이……."

제독을 필두로 모두가 자리에서 일어섰다. 파벨도 흐느적거리며 그 뒤를 따랐다. 다섯 명의 장교는 대기 중이던 부사관의 안내에 따라 상영관을 빠져나갔다. 가족 몇 명이 성난 몸짓으로 다가오다 총을 든 병사들에게 제지당하는 모습이 어깨너머로 보였다.

휴게실로 향하는 복도를 지나던 도중이었다. 포포브와 속닥거리던 부킨이 대뜸 파벨을 붙잡더니 다른 방향으로 향했다. 그는 두툼한 손아귀에 끌려 화장실과 창고를 지났다. 얼마 못 가 손바닥만 한 창문이 나 있는 막다른 공간이 나왔다. 부킨은 바닥에라도 주저앉으라는 의미인지 그의 어깨를 내리눌렀다. 피할 틈도 없이 오른손이 날아든 건 어쩌면 예고된 수순이었다. 파벨이 뺨에 아픔을 느끼기까지는 몇 초가 더 필요했을 뿐이다.

"자, 들어봐. 우리가, 내가 어려운 부탁을 한 게 아니잖아. 시간을 버는 게 네 일이라고. 그렇게 정신 빼놓고 있으면 당연히 의심스럽지. 모르겠어? 저 인간들이 물어보는 말에 일일이 답하려고 하지 말라고!"

부킨은 쉴 틈 없이 쏘아붙이고, 어르고, 다시 윽박질렀다. 적당한 핑계를 지어내 둘러대는 성의라도 보이라는 거였다. 이를테면 바렌츠해의 거친 날씨, 탁한 수질과 강한 조류로 구조대의 기동을 방해하는 바다, 쿠르스크의 침몰 형태로 인한 잠수정 도킹의 어려움 같은 걸로. 그는 어차피 오늘 모인 사람들은 제대로 알 수 없을 거라 말했다. 그 먼 물속을 자기들이 무슨 수로 보겠냐는 거였다. 들키지 않는다면 거짓말이 아닌 건가 싶었다.

상관은 파벨의 뺨을 툭툭 건드린 다음 담배나 한 대 태우고 돌아오라며 자리를 떴다. 턱 안쪽이 뻐근했다. 벽에 기대어 주머니를 뒤져보니 아폴로-소유스* 한 갑이 들어 있었다. 집 식탁에 굴러다니던 걸 별생각 없이 가지고 나온 거였다. 그가 피우던 게 아니니 누군가 두고 갔을 물건이겠지. 파벨은 담배를 입에 물고 라이터를 찾아 주머니를 뒤적거렸다. 정신이 없어 담뱃갑 주인이 다가오는 발소리조차 듣지 못했다.

"세상에, 자이카!"

그래, 그렇다. 그는 어쩌면 이렇게 되리라는 걸 알고 있었다. 마리야는 파벨이 어디에 있든 몰래 나타나 눈을 가리고, 누구냐는 장난을 불쑥 걸어오는 사람이었다. 하지만 알고 있다고 해서 꼭 대비가 가능한 건 아니었다. 상대가 꺼낸 첫마디가 주변 상황과 전혀 어울리지 않는 경우에는 더더욱 그러했다.

"이거, 벌써 부어오른 거 봐……. 괜찮아? 많이 아프지?"

마리야는 옷깃을 잡아 늘려 손끝을 덮은 다음 그의 뺨을 쓸어내렸다. 보푸라기가 코를 간지럽혀 재채기가 나올 것 같다는 건 문제도 아니었다. 빨갛게 부운 상대의 눈가라든지 갈라진 입술 사이로 피가 말라붙은 흔적 같은 게 파벨의 신경을 여러 방향으로 잡아끌었다. 소매 사이로 검푸른 멍이 든 손톱을 보고 나자 어째 참

---

* 아폴로와 소유스의 공동 우주비행을 기념하기 위해 소련과 미국에서 발매된 담배.

을 수가 없게 되었다.

"어째서 여기 있는 거야? 몸은 또 왜 이렇고?"

"나는…… 괜찮아. 그보다, 요즘 어떻게 지냈어? 일은 좀 어때? 여전히 바쁘지?"

이게 뭘까. 왜 이런 걸 물어보는 걸까. 누가 봐도 질문을 던질 사람은 이쪽인데. 북방 함대 소속 현역군인이며 나름 말짱한 군복을 입은 나보다는 있어서는 안 되는 장소에 망가진 몸과 성치 않은 옷차림으로 나타난 너에 대해 할 말이 많을 텐데.

"그때는 내가 미안했어. 정말로. 생각해 보니 나도 참 웃겼지. 어떤 남자가 자기 여자 친구가 술집 직원으로 일하겠다는 걸 웃으며 허락하겠어. 그래도 약국은 괜찮은 곳이야. 엄마뻘 되는 나탈리아가 혼자 약사로 있고, 젊은 손님도 거의 안 오거든."

"라스타치카, 그게……."

"궁금하면 한번 와볼래? 아, 이 뺨 때문에라도 와야겠다. 바를 만한 연고가 많은 곳이니까. 너만 괜찮으면 지금 당장 가는 게 좋을지도 몰라. 혹시 아직도 화가 나 있다면 다시 한번 사과할게. 미안해."

우리는 여기서 왜 이러고 있는 걸까. 이 손바닥만 한 마을에서, 주머니 얇은 군인들을 위해 선심 쓰듯 지어 올린 건물 안에서, 날림으로 바른 벽의 회반죽에 이리저리 금이 가고 유리창이 만화영화 속 폐가처럼 깨진 복도에서.

"그때, 기억나? 아브람곳으로 놀러 갔을 때. 네가 아쿠아리움* 노래를 불러줬잖아. 다리 아프다는 말에 정류장까지 업어주기도 했고. 내가 솔직히 말해본 적이 없는 것 같아서. 얼마나 든든하고 기뻤는지 몰라."

거짓말이다. 아브람곳을 같이 가본 적은 있었지만 노래를 불러준 기억은 없었다. 업어준 적은 더더욱 없었고. 오히려 때늦은 봄비 때문에 싸웠다. 길바닥이 완전히 진흙탕으로 변해 신발이 엉망이 되었다. 안 그래도 다음 날이 당직인데, 비까지 쫄딱 맞아가면서 뭐 하러 나왔는지 모르겠다고 날을 새운 게 전부였다.

"생선 요리를 먹을 때도 늘 뼈를 발라줬잖아. 일이 끝나면 회사 앞에서 꽃다발 들고 종종 기다려주는 것도 정말 좋았는데. 며칠 내내 혼자 있다 보니까 그런 게 막 생각이 나서."

아니었다. 마리야가 땅바닥을 내려다보며 털어놓는 건 분명 그의 지난 모습과는 거리가 멀었다. 그녀와 함께 보낸 지난 2년간의 역사를 전부 기억하진 못했지만, 그는 스스로가 그런 식으로 섬세한 사람이 못 된다는 정도는 확실하게 알았다. 더욱이, 그 모든 게

---

* 1971년 결성된 소련의 록 밴드.

진실이더라도 달라지는 건 없었다. 무슨 수를 써도 그가 그녀에게 받은 건 그가 그녀에게 준 것보다 많았다. 늘, 그리고 항상.

"그러고 보니 영화관도 있었네. 네가⋯⋯."

"마리야."

파벨은 줄곧 고개를 숙이고 있던 상대의 얼굴을 붙잡았다. 뺨에 손을 올리고 두 손에 힘을 주었다. 마리야의 몸이 서서히 움직였다. 무슨 생각으로 그랬는지는 몰랐다. 결국 아무것도 말해주지 않았을 거면서, 대체 왜.

결국 시선이 맞닿았다. 상대의 눈이 순식간에 그렁그렁해졌다. 얼마나 빠른 속도로 눈물이 차올랐는지는 잴 수조차 없었다. 다음 순간에는 무언가 터지듯, 혹은 무너지듯 삽시간에 와르르 쏟아졌다. 그 모습을 지켜보는 파벨의 가슴속에도 무언가 후드득 떨어지는 것만 같았다. 그는 완전히 녹아버린 촛농 따위를, 차갑게 보이지만 실은 뜨거운 액체를 상상했다.

"동생이, 동생이 타고 있어. 그 배에, 쿠르스크에. 나보다는 세 살 어린 동생이야. 비탈리 니콜라예비치라고, 혹시 들어본 적 있어? 내가 잘은 모르지만, 전에 말하기로는 발전기를 다루는 일을 한다고 했거든. 부서진 건 잠수함 앞부분이라고 했잖아. 군함은 튼튼할 테니 뒤에 있는 사람들은 아직⋯⋯."

"하지만 나한테는 그랬잖아, 친구가…….."

"알아, 알아. 그깨, 일부러 그런 건 아니고. 미안해. 거짓말 해서 정말로 미안해. 내가, 여자 친구가 그러면 안 되는 거잖아. 하지만 동생이라고 하면 부담스러울까 봐. 괜히, 그래. 너만 곤란하게 할까 봐. 그래서 그랬어. 그런데 나는 우리 비트야 없으면 안 돼. 진심이야. 내가 이런 사람이라…… 너도 잘 알잖아."

그녀는 이제 비어버린, 의지와 같은 마음이 완전히 사라진 대신 투명한 물방울만이 남은 눈동자를 하고 있었다. 그는 그제야 떠올렸다. 마리야의 동생이 이곳, 비디야예보에 산다는 말. 자주는 아니지만 종종 잠수함을 타고 항해를 가더라는 말. 시간과 돈이 허락하는 한 동생 얼굴을 본다는 말. 당신이 없었더라면 아마 동생과 함께 살았을 거라는 말.

"그래도 다행이야. 함대에서 온 사람 중에 네가 있어서. 혹시 직접 가봤어? 거기 상황은 어때? 아니다, 그런 게 뭐가 중요하겠어. 여기 있는 군인들은 아는 것도 하나 없고, 계급장이 부끄럽지도 않은지 늘 거짓말만 해. 며칠 내내 불안했는데, 네가 이렇게 나타나 준 덕분에……."

"마리야, 내 말 좀 들어봐."

"말 안 해도 알아. 다들 정말 너무해, 그치? 뭐 잘못한 것도 없는 사람한테 그렇게 소리를 지르고, 심지어 때리고. 그래서 아까도 제대로 설명을 못 한 거잖아. 때가 되면 내 남자 친구가 어련히 말할 텐데. 우리 자이카가 어떤 사람인데. 다른 멍청이들이라면 몰라도 나는 잘 알잖아."

마리야가 쓰러지듯 그에게 몸을 기대 왔다. 아니, 동작 자체는 부드러웠을지언정 등 뒤로 느껴지는 그녀의 팔은 딱딱했다. 결국 상대는 그를 감쌌다기보다는 있는 힘껏, 거세게 붙잡은 셈이었다. 마치 벼랑 끝에 매달린 사람이 그러하듯. 이제 마리야에게 남은 거라고는 당당하게 자기 목소리 한번 내본 적 없는, 머릿속에는 온통 돈뿐이며 매사에 무심한 하급 장교뿐이듯.

"정말로…… 어때? 우리 비트야, 구할 수 있어? 그냥 솔직히 말해줘. 최선을 다하는 중이라는 말은 이제 싫어. 그러니까 어려우면, 힘들다면 그대로 말해줘도 괜찮아. 네 잘못이 아니잖아. 나한테 상황만 알려주면 돼. 안에 있는 사람들이랑 연락을 하고 있다며. 동생은 좀 어때? 비트야 소식도 있어?"

"마리샤, 나는. 그런 걸 알 수가 없어……."

파벨은 어영부영 털어놓았다. 그가 근무하는 곳은 함대 사령부에서 가장 조그마한 부서라는, 그마저도 현실과는 한참 거리를 둔 채 홍보용 기사 나부랭이나 쓰고 있다는 것을. 부킨의 의도대로만 일했다면 정말로 사건에 대해 무지했을 테니, 마리야에게 거짓말을 하는 게 아니라고 속으로 되뇌면서. 그녀가 그를 아는 것 하나 없는 책상물림 머저리로 봐주기를 간절히 바라면서.

"왜 그런 식으로 말해? 아니야, 아니잖아. 혹시…… 마음대로는 이야기할 수 없는 거야? 그렇지? 그래서 나한테 일부러 그러는 거지? 아니다, 정말 네가 공보실에서 일한다고 해도 괜찮아. 사령부라면 어쨌든 들리는 게 있을 거 아냐. 뭐라도 좋으니까 말해줘, 제발."

파벨은 스스로가 국가에 대한 충성과 개인을 향한 윤리적 잣대 사이에서 적당한 균형을 잡았다고 생각했다. 책임질 위치에 있으면서 남 탓에만 바쁜 돼지들처럼 행동하지도 않았고, 동시에 그가 속한 체제를 배신하지도 않았다. 그는 그 정도면 충분하리라 여겼다. 사람들도 그런 자신을 이해해 주겠지 싶었다. 심지어는 마리야까지도.

"내가 싫어진 거야? 그래서 그래? 그날 싸웠던 건 정말 미안해. 너도 다 내 생각에 그랬을 텐데, 너무 예민하게 굴었지? 내가 다 잘못했어. 이렇게, 무릎이라도 꿇을게. 한 번만 용서해 줘."

그녀는 그가 자신을 멍청이, 걸레, 창녀라고 부른 날에 대해 사과했다.

"나만, 오직 나만 알고 있을게. 저기 모인 다른 인간들? 다 엿이나 먹으라고 할게. 그 어떤 사람이 물어봐도, 누가 내 머리통에 총을 들이밀면서 협박해도 아무 말도 안 할게. 그러니까 일이 어떻게 되어가고 있는지, 이거 한 가지만 알려줘. 아니다, 그냥…… 우리 비트야는 살아 있어? 그것만, 제발 그것만!"

마리야의 어깨가 쉬지 않고 들썩였다. 그는 목덜미에 닿아 있는 상대의 눈매에서 많은 것들이 흘러내린다는 것을 본능으로 알았다. 처음에는 그저 축축하게 와닿던 게 이젠 카라 안쪽으로 끈적한 감각을 전하며 스며들었다. 파벨은 더 이상 촛농 같은 걸 떠올릴 수 없었다. 그보다는 도가니 속에 들어 있는 쇳물에 가까웠다. 뜨겁게 달궈진 액체가 그의 기억과 감각을 헤집으며 깊은 고랑을 만들었다.

"내 동생은 안 돼, 내 동생은…… 이제 고작 스물여섯 되었는데, 결혼도 아직인데 왜 벌써 죽어야 해? 무슨 이유로? 차라리 내가 갈게. 내가 거기 가서, 네가 하라는 거 다 할게. 차라리 나를 죽이든지 하면 되잖아. 조국이라는 게 국민들을, 우리 가족들을 전부 버리기만 해? 아프가니스탄에서도 그랬고, 티를리얀스키*에서도 그랬는데, 엄마랑 아빠 정도로는 부족하다 이거야?"

---

* 러시아 남부의 바시키르공화국에 있는 마을. 인근에는 티를리얀스코예 저수지가 있는데, 1994년 8월 7일, 수문 고장으로 인해 발생한 급류가 마을을 덮쳐 29명의 사망자가 발생했다.

그리고 사람들이 나타났다. 슬슬 눈에 익어가는 사령부 장교들. 낯짝 두꺼운 동료 군인들. 참모장은 옆에 있는 사람이 누구냐는 듯 곁눈질을 했다. 파벨은 아무 답도 하지 않았다. 부킨이 다가와 마리야를 그에게서 억지로 떼어냈다. 숙녀분, 여기서 이러시면 곤란합니다. 두툼하거니와 마리야와는 다른 방향으로 축축한 손가락들이 그녀의 팔에 붉은 손자국을 만들었다. 그는 여전히 아무 말 못 했다.

"자이카, 제발 구해줘. 내 동생은, 놔! 놔! 이 손 치우라니까? 나한테 이러지 마, 이러지 말라고……."

"회담장으로 돌아가 기다리시면 저희가 다 설명하겠습니다. 이렇게 독단적으로 행동하시면 이쪽 입장도 곤란해진다는 걸 이해해……."

"왜, 왜 곤란한데? 나는 그 애 누나라고! 동생이 나한테 어떤 의미인지 그쪽이 알기나 해? 남은 가족이라고는 그 애가 전부란 말이야. 피붙이가 그 차가운 바닷속에 버려졌는데, 시간이 벌써 일주일 가까이 흘렀는데 다들 입 싹 닫기로 한 건 어느 나라 법이야? 이딴 게 조국이야? 오직 나라만 바라보다 희생된 국민들을 이렇게 취급해? 대답해!"

"저기요, 저희는 그냥 위에서 명령을……."

"그 입 닥쳐! 사람들이 산 채로 죽어가는데 말만 빙빙 돌리는 게 그 돼지 같은 사령관 명령이야? 당신들 입으로 말했잖아! 그래, 당신! 당신이 저기 있는 비디야예브 동상 앞에서 당당하게 지껄였어, 별일 아니니 여자들은 집에서 가만히 기다리라고! 이게 별거 아닌 상황인 거면 크렘린이라도 무너져야 그 궁둥이를 좀 움직일 거야? 당신들 부인, 당신들 자식 일이 아니니까? 쿠도예도프, 푸틴 자식새끼들이 그 관짝 안에 갇혀 있어도 이럴 수 있어?"

어느 순간 이후로 그녀는 더 이상 파벨을 바라보지 않았다. 대신 자신을 붙잡으려 다가오는 손을, 그리고 말을 있는 힘껏 뿌리쳤다. 실랑이가 길어졌다. 그런 모습을 팔짱까지 끼고 구경하던 1급 함장이 돌연 날카로운 휘파람을 불었다.

"뭐 하는 거야? 뭐, 이거 놔!"

복도 끝에서 불쑥 나타난 남자가 마리야의 옷소매를 거칠게 걷어 올렸다. 처음 보는 얼굴인 데다 군복 차림도 아니었지만 행동에는 거리낌이 없었다. 남자는 작은 가죽 파우치에서 주사기를 꺼내더니 그녀의 왼팔에 푹, 찔러 넣었다. 무심결에 달려 나가려던 파벨을 참모장이 막아섰다. 그가 씩 웃으며 말했다.

"진정제야. 이제 그만 짖어대겠지."

짧은 시간이 흘렀다. 마리야는 말 그대로 녹아내렸다. 눈에 띄게 말을 절기 시작했고, 팔다리가 더 이상의 저항을 멈췄다. 그녀는 몇 분 만에 그대로 고꾸라지더라도 이상하지 않을 상태가 되었다. 어쩌면 파벨이 있는 쪽으로 쓰러지려는 그녀를 시병 한 명과 부킨이 달려들어 붙잡았다. 스웨터가 갈비뼈 근처까지 말려 올라갔다. 상관이 손이 그녀의 가슴께를 불필요하게 쓰다듬고 있다는 것을 그는 알았다.

마리야는 낯선 남자들에게 이끌려 다시 회담장으로 보내졌다. 등 방향으로 꺾이다시피 처진 그녀의 머리가 마치 죽은 사람이 그러하듯 힘없이 흔들거렸다. 의지에 반해 움직이는 건 파벨도 마찬가지였다. 그는 대오를 갖춘 군인의 벽에 둘러싸인 채 뒤를 따랐다. 불이 꺼진 마리야의 눈이 창문 근처를 지날 때마다 화려하게 반짝거렸다. 파벨에게는 작은 빛 망울이 이따금 바닥으로 떨어지는 모습이 선명히 보였다. 그의 눈가에서 느껴지는 축축한 감각과 비슷한, 다만 완전히 같지는 않은 무언가였다.

세월이 색을 되찾을 때

파벨 자카로비치는 그 뒤에 벌어진 일이 잘 떠오르지 않는다고 했다. 다시 회담장에 보내져 자동인형이라도 되는 듯 입을 여닫았으며 결국 연단에 선 사람들 전부가 분노를 피해 도망치듯 자리를 떠야 했다고. 그는 상관의 외침을 무시한 뒤 달려 나갔지만 마리야를 만나지는 못했다.

"사람들의 부축을 받아 차에 실려가더군요. 그게 내가 본 마지막 모습이었어. 왜냐하면…… 고작 사흘 뒤에 함대 참모장이 뉴스에 나왔어요. 잠수함의 모든 구획이 침수되어 118명 전원이 순직했다는 발표를 위해서요. 심지어는 그마저도 거짓말이었죠. 함미에 있는 9번 구획은 애당초 물에 잠긴 적조차 없었으니까.

마리야는 그 일 이후 내 연락을 받지 않았어요. 하루에 전화

여덟 통을 내리 걸었는데도. 그 정도면 뭐가 됐든 당장 찾아가서 얼굴부터 보는 게 정상이겠지만 나는 미뤘어요. 왜 그랬을까, 왜…… 생각해 보면 본능적으로 알았던 게 아닐까 싶어요. 무슨 일이 일어날 것만 같았지만 막상 마주할 용기는 없었던 거죠."

그가 자리에서 몸을 일으켰다. 가래 끓는 소리와 콜록거리는 소리가 방 안을 잠시 지배했다. 그러더니 부엌 수납장 안에서 새 담뱃갑이 튀어나왔다. 상대가 아폴로−소유스 두 개비를 연달아 태우는 데 걸리는 시간이 내가 한 개비를 태우는 시간보다 짧았다.

"22일 오후에, 집에 찾아갔어요. 문을 두드려도 인기척이 없더군요. 집주인을 찾아 물어볼 고민을 하다 손잡이를 당겼는데 그냥 열리는 거예요. 거실에서부터 코가 아팠어요. 진한 쇳내, 그사이에 섞인 악취. 화장실을 보니……."

창밖에 시선을 고정한 파벨 자카로비치는 오래도록 연기만 뿜어냈다.

"당신이 심장에 대한 지식이 없었듯, 나도 마찬가지였어요. 단어로 따지자면 평온한 슬픔이나 고요한 영면, 뭐 그런 걸 상상한 걸지도. 왜, 프랑스 배우들처럼 말이에요. 손목을 슬쩍 긋고, 피가 우아하게 번져나가는 따뜻한 욕조에 조용히 잠겨 눈을 감는.

누가 그러라고 알려줬을까요? 아니면 영화는 영화일 뿐이라고 생각해서 그런 걸까요? 마리야는 프로메돌* 한 통을 다 삼킨 다음 손목과 발목을 전부 그었어요. 얼마나 힘을 줬는지 뼈가 드러날 정도로. 욕조 안이 온통 피바다라 잠긴 몸이 제대로 보이지도 않았죠. 나중에 경찰이 말하길 내가 30분 정도 늦었다고 말해주더군요. 30분. 딱 30분만 빨리 왔어도…… 미루고 미뤄오던 트럭 카뷰레터를 하필 그날 바꾸려고 마음먹지만 않았어도.

나는 눈물조차 흘리지 못했어요. 당신처럼 그럴 자격조차 없다고 생각했으니까. 그거 아세요? 죽은 사람한테서는 좋지 않은 냄새가 나요. 부패 때문만이 아니에요. 일단 죽으면 몸의 힘이 풀려서…… 그러니까, 괄약근 같은 근육들도…… 경찰이 오기까지 마리야를 그 물속에 두기는 싫었어요. 욕조에서 끌어내 몸에 비누칠을 하는데, 차가워지는 감각은 또 지나치게 선명한 겁니다.

마리야에게 남은 가족이 없으니 내가 장례를 치러야 했죠. 준비는 혼자 다 했지만 결국 참여는 못 했어요. 현관에서 그냥 돌아섰죠. 왜냐하면…… 다른 유족들이 먼저 도착해 있더라고요. 회담장에서 내 얼굴을 봤을 사람들이요. 나중에 생각해 보니 그게 가장 바보 같은 짓이었어요. 그 순간의 손가락질이 두렵다는 이유로 한 번뿐인 마지막을 외면한 꼴이잖아요. 다른 사람도 아니고 연인인

---

* 1950년대 소련에서 개발된 마약성 진통제.

내가 그랬다는 게.

어쩌면…… 잘 생각해 보세요. 마리야의 동생, 먼저 떠난 그분은 울어줄 사람이라도 있겠죠. 어쨌든 전 국민이 다 아는 사건이니까. 하지만 마리야를 보세요. 쿠르스크 때문에 죽은 건 똑같아요. 그런데 누가 마리야 생각을 해줘요? 오블라스트 두마에서 추모 행사를 열자고 의결이라도 해주나요? 나는 기념비를 쓸모없는 돈 낭비로 여겨온 사람이지만 가끔은 부럽기도 해요. 그렇게라도 사람들이 떠올려 준다면, 왜 그 나이에 죽어야 했는지."

그는 식탁에 꽁초를 문질러 불을 껐다. 카펫 위에 떨어진 재가 지저분하게 날렸지만 눈길조차 주지 않았다. 다시 자리에 앉은 파벨 자카로비치가 기침을 이어갔다. 내 표정을 읽어낸 듯 중간중간 손사래를 쳤다.

"10년도 넘는 세월을 바보처럼 고민했어요. 처음부터 솔직하게 털어놨더라면 뭐가 좀 달라졌을까 하고. 당신도 그렇게 생각하지 않나요? 어차피 며칠 뒤면, 언젠간 다 까발려질 걸 왜 그토록 감췄을까 싶죠?"

나는 고개를 젓지도, 끄덕이지도 않았다. 비슷한 예시라면 내게도 많았다. 내 부모에게는 일사와의 관계를, 일사의 부모에게는 몇 주 전부터 일사가 보인 이상 징후를 오래도록 숨겼다. 차마 말할 용기가 안 났다. 파벨 자카로비치처럼 조직 단위의, 국가 단위의 압력이 있는 것도 아닌데 그러했다.

"변명이라고 하기에도 뭐 하지만, 그 시절 나는 먼 훗날 일만 생각했어요. 마리야와 결혼하는 미래였죠. 하지만 내가 상부의 지시를 어긴다면, 그 결과로 직장에서 쫓겨나가거나 수감된다면 결혼은…… 나는 뭐 할 줄 아는 게 없어요. 장사나 사업 수완, 그런 단어들이랑은 거리가 멀어요. 내세울 거라고는 고작 대위 계급장이 전부인 신세였죠. 그러니, 마리야를 놓치고 싶지 않아 내린 판단이 역으로 그녀를 잃게 한 거죠."

그는 다시 거칠게 기침을 했다. 금방 피를 토하더라도 이상하지 않을 강도였다.

"이것도 내가 골초인 탓이 아니에요. 쿠르스크 사고 몇 년 뒤, 내가 타고 있던 구축함에서 불이 났어요. 분전반에서 난 전기 화재였는데 이내 옆 격실로 번졌죠. 배처럼 밀폐된 곳에서는 불을 끄는 것도 물론 중요하지만, 사람들 질식을 막는 것도 마찬가지로 중요해요. 연기가 정말 순식간에 퍼지거든요.

하지만 소화반원들은 절반도 넘는 산소통이 비어 있다는 걸 발견했어요. 비상용 환풍기는 모터가 사라진 채였고요. 화재 진압 훈련은커녕 소화기 한 번 못 만져본 병사들이 반쯤 이성을 잃고

도망가는 건 나중 문제였죠. OXT*의 도움을 받아 간신히 불을 껐지만 연기를 마신 사람들 폐는 다 이 꼴이 됐어요."

나는 그가 고의로 담배를 태우는 게 아닐지 의심했다. 마리야가 그러했듯 손목을 긋는 것. 그리고 이미 폐가 망가진 사람이 쉼 없이 연기를 삼키는 것. 둘 다 속도는 다를지언정 같은 행동 범주에 넣어야 하는 게 아닐까 싶었다.

"나는 살았으니 그래도 운이 좋은 거겠죠. 그런데 불에 산 채로 타 죽은 여섯 군인은요? 함대에서는 그 부모들에게 뭐라 말할까요? 함선과 동료를 살리기 위해 용감하게 목숨을 바쳤다! 뻔한 일이죠. 하지만 그런 말을 누가 진심으로 믿겠어요? 어차피 이 나라에는 더 이상의 승리도 없고, 명예로웠다느니 신성하다느니 하는 말과 함께 꽃다발을 바칠만한 죽음은 더더욱 없는데? 더군다나 윗사람들에게 있어 인간의 가치란 늘 교체 가능한 부품 그 이상도 이하도 아니었는걸요.

의무실에 누워서 피를 토하던 와중에 그런 생각이 들더라고요. 사람 목숨을 연료삼아 굴러가는 일그러진 세상. 그게 마리야의 동생을 죽였죠. 진실은 그거잖아요. 자잘한 곁다리 이야기를 들어봐야 뭐가 달라지겠어요? 쿠르스크의 9번 구획에 남아 있던 사람들

---

* 용적 화학 소화 시스템. 프레온가스를 격실에 주입해 화재를 진압하는 시스템이다.

이 사실 숨이 막혀 죽은 게 아니라 얼어 죽었다더라, 그렇다고 납득할 수 있는 것도 아니잖아요. 더군다나 마리야는…… 동생과 말도 못 하게 각별한 사이였고요. 내가 무슨 수로 그 빈자리를 메꿨겠어요? 고작 만난 지 1년인 데다 뚜껑 좀 열렸다고 여자 친구를 창녀라 부르는 머저리 등신일 뿐인데?

당신 상황을 한번 떠올려 봐요. 별반 다를 것도 없어요. 당신은 기자지 의사가 아니었어요. 응급구조사 자격증, 뭐 그런 것도 없었을 거고요. 그런데 어떻게 일사, 그 사람의 심장마비 징후를 알아차리고 막는다는 거예요? 사이클링이 취미일 정도로 건강하기 짝이 없던 사람을? 그건 떨어지는 운석에 머리를 맞는 거나 다름없는 죽음이에요. 차르가 살아 돌아와도 그런 건 못 막는다고요."

나는 찻잔에 난 희미한 금을 손톱으로 긁으며 가만히 테이블을 내려다봤다. 상대는 기침 사이로 어렵사리 말을 짜냈다.

"스스로의 능력을 과신하지 맙시다. 우리는 그냥…… 아무것도 아니에요. 나, 나를 보세요. 나는 할 수 있는 게 없었어요. 직접 바다에 뛰어들 수도 없었고, 외국 원조를 잽싸게 수락할 위치에 있지도 않았죠. 나는 그냥 손톱만 한 부품. 어쩌면 그보다도 못한 존재였어요. 평범하게 마리야를 만나서 가정을 꾸리고, 아내를 닮은 아이들 몇 명과 함께 살기를 바란 게 다예요…….

나는 신을 안 믿어요. 정말 저 위에 누군가 앉아 있다면 왜 사람을 이런 끔찍한 기분으로 살도록 내몰겠어요? 마리야는 나 때문에 목숨을 끊지 않았어요. 절대로요. 표면적으로는 허무하게 가버린 동생이, 본질적으로는 이 나라가 이유라고요. 진실? 누가 뭐라던 그게 진실이에요. 그래야, 반드시 그래야 하고요. 그렇지 않다면 나도 더 이상 살아갈 수 없을 테니까……."

파벨 자카로비치는 다시 말이 없었다. 침묵이 길었다. 나는 가슴속에서 솟구치는 낯선 감각을 억지로 눌러대며 고개를 들었다. 처음 보는 크기의 눈물이 거친 뺨을 타고 흘러내렸다. 그가 울고 있었다.

"그냥 이런 말을 해주고 싶었어. 그러지 말자고. 내가, 나도 그런 기분을 잘 알아요. 모든 걸 내 탓으로 돌리고 싶고, 모든 걸 다 던져버린 다음 죽은 사람 뒤를 따르고 싶을 때도 자주 있다는 거. 하지만 그럴 필요가 없어요. 심지어 나 같은 인간도 더는 그렇게 생각하지 않아. 겪어본 적도 없으면서 떠드는 다른 사람들 따위는 그냥 잊어버려요. 우리는 그저 멋대로 굴러가는 삶 아래 깔려 불구가 된 존재예요. 가장 아픈 사람도, 가장 슬픈 사람도 우리니……."

마지막으로 울어본 게 언제지? 4년 전? 5년 전? 내내 숨기기만

한 채 살아왔으면 어떨까? 눈물도 몸속에 쌓이나? 유효기간 없는 항공사 마일리지처럼? 바보 같은 생각이 머릿속을 휘젓는 것과 동시에 몸이 멋대로 움직였다. 멋대로 치미는 숨소리가 목구멍 너머로 새어 나왔다. 더는 막을 힘이 없었다.

"당신도 나도, 완벽한 인간이랑은 거리가 멀겠죠. 그렇기에 허술한 행동을 저지르거나 바보같이 굴기도 하는 거고요. 하지만 중요한 건 그게 아니잖아요. 우리, 죄책감에만 사로잡혀서 모든 걸 부정하지는 맙시다. 손을 떠나버린 선택 때문에 남은 삶을 영원히 억누르며 살아갈 수는 없는 법이잖아요. 그렇잖아요……"

나는 끝내 울었다. 오래도록 써본 적 없던 얼굴 근육의 움직임이. 규칙을 완전히 벗어난 채 쉬어지는 숨과 삐걱거리는 어깨가 전부 낯설었다. 귀로 들려오는 내 비명이 마치 다른 사람에게서 들려오는 소리처럼 멀게 느껴졌다. 턱을 지나 떨어진 눈물은 곧잘 탁자를 향했다. 포크와 컵 받침, 반쯤 베어 문 쿠키가 축축하게 젖어갔다.

"마음껏 울어요. 원하는 만큼, 오래도록. 사람을 원망하거나 상황을, 세상을 탓해도 돼요. 아니, 되는 정도가 아니라 반드시 그래야만 해요. 스스로 모든 걸 담아두려는 건 억지니까요. 우리는 손이 찢어진 것보다 가슴에 멍이 드는 걸 더 아프게 느끼는 사람이지 저 위에서 한결같은 표정으로 득실을 따지는 냉혈한이 아니잖아요. 울음을 참는 건 다른 날, 다른 세상에서 해도 충분해요."

"왜, 우리한테만 대체 왜…… 왜……."

"괜찮아요, 괜찮아."

이윽고 해가 수평선 너머로 완전히 모습을 감췄다. 실내를 간신히 밝혀주는 건 빛이 고르지 못한 주광색 형광등뿐이었다. 남자가 공들여 차렸던 테이블 위의 음식은 절반만 남아 있었다. 단, 술병만큼만은 예외였다.

라디오에서는 언제부턴가 보로딘의 사중주가 흘러나왔다. 나는 고향에서 수천 킬로미터 떨어진 장소에서, 우연으로 만난 사람의 앞에 앉아 오래도록 흐느꼈다. 술기운과 울음이 골고루 섞이며 머릿속 기억을 얇은 막으로 덧칠했다. 때마침 녹음기도 작동을 멈췄다. 배터리가 다 했는지, 아니면 저장공간이 다 찼는지 모를 일이었다.

"모두들 안녕, 절망할 필요는 없습니다."
Всем привет, отчаиваться не надо.

- 쿠르스크 승조원인 콜레스니코프의 유서 中 -

작가의 말

　해를 넘기며 이어진 집필 과정에서 참 많은 음악을 들었습니다. 알고 지내는 작곡가인 정재민으로 시작해서 필립 글래스, 루드비코 에이나우디, 막스 리히터까지. 일부러 그런 건 아니었지만 이제 와서 보니 전부 1950년 이후 만들어진 작품들이더군요. 단 몇 달 만에 유행이 바뀌는 대중가요계의 시선으로 보자면 고리타분한 고전이겠지만, 바로크 이전까지 거슬러 올라가는 클래식 업계 기준에서는 빠릿빠릿한 최신곡이겠죠.

　조셀린 푸크의 포스트모더니즘 앨범을 듣다 문득 소설 속 글귀가 떠올랐습니다. 제 작품은 아니고, 영국 작가인 줄리언 반스가 쓴 '시대의 소음'에서 본 구절이었는데요. 절대권력 아래 신음하던 작곡가인 쇼스타코비치의 심경이었죠.

"… 그렇다, 그는 여전히 연주되지 않고 연주할 수 없는 음악을 만들 수 있다. 그러나 음악은 만들어진 시기에 들려주어야 한다. 음악은 피단 같은 것이 아니다. 땅속에 몇 년이고 묻어둔다고 나아지지 않는다."

소설을 쓸 때만 해도 저 구절이 제가 처한 상황과 무척 비슷하다고 느꼈던 것 같습니다. 아무런 기약 없이 무작정 써나가는 소설이 책으로 나올 날이 정녕 올까, 그런 생각도 했고요. 먼지 쌓인 원고, 아니, USB가 몇십 년 뒤에 발견되는 그런 이미지를 은연중 상상했나 봅니다. 그러니 작가의 말을 끼적이는 시점이 이토록 빨리 찾아왔다는 점에 대해 놀랄 수밖에요. 최소한 제 글은 쓰인 시기에 읽힐 수 있게 되었으니까요.

국내에서 '쿠르스크'라는 이름은 아마 전쟁사에 관심 있는 사람이라면 꽤 익숙할 겁니다. 러시아인들에게는 더더욱 그럴 거고요. 1943년, 반격을 계획하던 독일군과 스탈린그라드에서의 승리로 주가를 올리던 소련군이 러시아 중남부 도시인 쿠르스크에서 격돌했죠. 약 80만 명에 달하는 소련 병사들의 어마어마한 피가 땅 위에 뿌려졌지만, 슬퍼할 이유는 없었습니다. 이 전투의 패배로 인해 독일군은 반격 능력을 상실했고, 승리를 향한 소련군의 진격이 시작됐거든요. 그러니 그들에게 있어 '쿠르스크'라는 이름이 주는 가치는 큽니다. 쿠르스크에 수여된 '군사 영광 도시' 칭호나 도시 한복판의 승리 기념관, 당당히 서 있는 오벨리스크만 봐도 알 수 있죠.

물론 올해 여름, 쿠르스크라는 이름은 조금 다른 관점에서 뉴스에 등장하기 시작했습니다. 우크라이나군이 드디어 러시아의 본토를 역으로 공격하기 시작했고, 그 배경이 되는 곳이 바로 쿠르스크 주니까요. 한 가지 확실한 것은, 그 이름이 전투의 승패와 상관없이 러시아인들의 입에 활발히 오르내릴 거라는 사실입니다. 우크라이나가 쿠르스크를 완전히 점령한다면 '나치에게 다시 짓밟힌 슬픈' 장소로, 러시아가 우크라이나를 격퇴한다면 '젤렌스키 일당에게 본때를 보여준' 영광스러운 곳으로 말이죠.

하지만 2000년에 물속으로 가라앉은 쿠르스크의 경우는 어떨까요? 여기에는 승자나 패자가 없습니다. 영웅주의도, 기적도, 심지어 사소한 우연조차 없습니다. 오직 118명의 영혼과 남은 이들의 눈물, 무관심한 세상과 음모론투성이인 인터넷 페이지 한 무더기뿐이죠. 침몰한 잠수함은 잊힐 수밖에 없는 운명입니다. 오늘날의 러시아가 가지는 이미지 때문에 더더욱 그러할 거고요. 노년층에는 빨갱이 나라, 청장년층에는 전범국. 우리 마음속에서의 러시아란 오래도록 저 수준을 벗어나지 못하겠죠.

어쩌면 그래서 키보드를 두드렸나 봅니다. 조금이라도 다른 모습을 보고자 하는 사람이 있다면 어쩌나, 하는 노파심에서요. 국가와 국민을 더는 동일시하지 않게 되고, 아픔은 아픔 그대로 받아들이고자 한다면 때로는 다른 글도 필요할 테니까요.

2024년의 마지막 몇 걸음을 아껴둔 채,
소설가 **홍기훈**

■ 참고 문헌

Голотик, Сергей Иванович, Наталья Викторовна Елисеева, and Сергей Владимирович Карпенко. "Россия в 1992–2000 гг.: экономика, власть и общество(1992년–2000년의 러시아: 경제, 정부, 사회)." Новый исторический вестник 8, pp.164~203, 2002.

Ясин, Е. Г., et al. "Уровень и образ жизни населения России в 1989–2009 годах(1989–2009년 러시아 인구의 수준과 생활방식)." Докл. к XII Междунар. науч. конф. по проблемам развития экономики и общества, Москва. 2011.

Amundsen, Ingar, et al. The Kursk Accident. Vol. 5. Norwegian Radiation Protection Authority, 2001.

"A Comparison of Warsaw Pact and NATO Defense Activities," CIA 기밀 해제 문서고, 1987.

Schwartz, Paul. Russia's Contribution to China's Surface Warfare Capabilities: Feeding the Dragon. Rowman & Littlefield, 2015.

Mikhail Tsypkin, "Rudderless in a storm: the Russian Navy 1992–2002," 영국 국방 아카데미 산하 갈등 연구 센터, 2002.

FitzGerald, Mary C. The Russian military today and tomorrow: essays in memory of Mary Fitzgerald. Stategic Studies Institute, US Army War College, 2010.

김상원, "전환기적 사회에서의 정치 변동과 범죄," 한국사회학 제44집 1호, pp.149~178, 2010.

박선영, "예술과 사회: 한나 폴락의 다큐멘터리에 묘사된 포스트소비에트 러시아의 부랑아 문제를 중심으로," 노어노문학 제31권 1호, pp.351~380, 2019.

Дыгало Виктор Ананьевич, "Откуда и что на флоте пошло(해군에서 시작된 것들과 그 유래)," 크라프트 출판사, 2000.

Brannon, Robert. Russian civil-military relations. Routledge, 2016.

В.Д. Рязанцев , "В кильватерном строю за смертью. Почему погиб «Курск»(죽음의 항적에서. '쿠르스크'는 왜 죽었는가)," 야우자 출판사, 2019.

"V.I.레닌 vol. 25," CPSU 중앙위원회 산하 마르크스-레닌주의 연구소, 1969.

Сергей Николаевич Соколов, "История Формирования города Нижневар товска(니즈네바르톱스크 도시 형성의 역사)," Северный регион: наука, образов ание, культура, no. 2 (36), pp.75~80, 2017.

Э.С. КРАСОВИТОВА, "ЭКОЛОГИЧЕСКИЙ АСПЕКТ УСКОРЕННОЙ У РБАНИЗАЦИИ СЕВЕРА, НА ПРИМЕРЕ ГОРОДА НИЖНЕВАРТОВСКА 1960~1980 ГГ. (1960~1980년 니즈네바르톱스크 시를 예시로 한 북부 도시 가속화의 생태학적 측면)," Вестник Сургутского государственного педагогического университета, no. 6 (69), pp.142~153, 2020.

크리스탈(кристалл) 매거진, 한타만시스크 주립 지질학·석유 및 가스 박물관, 2007년 12월호

Cristy Galardo, Kristina Miler, "50 Years of Steely Purpose: A Moment to Fail and a Lifetime to Succeed," Salute magazine, Vol. 5 no. 6, 2013.

"Record of Proceedings of a Court of Inquiry-To inquire into the circumstances of the loss at sea of USS Thresher," 미국 대서양 함대, 미 국방부, 2020년 공개.

Stephen E. Miller, Dmitry Trenin. "Вооруженные силы России: власть и политика(러시아의 군대: 권력과 정치)," 미국 예술 과학 아카데미, 2005.

Владимир Николаевич Бойко, "Мартиролог погибших подводных лодо
к Военно-морского флота Отечества(조국 해군의 잠수함 수난사)," 세바스토폴,
2012.

R.W. Duggleby, "The disintegration of the Russian armed forces," The
Journal of Slavic Military Studies, 11(2), pp.1~24, 1998.

D.R. Herspring, "Undermining Combat Readiness in the Russian Military,
1992-2005," Armed Forces & Society, 32(4), pp.513~531, 2006.

C.J. Dick, "A bear without claws: The Russian army in the 1990s," The
Journal of Slavic Military Studies, 10(1), pp.1~10, 1997.

"Dedovshchina: From Military to Society," Journal of Power Institutions in
Post-Soviet Societies, 2004.

"The Soviet Pacific Fishing Fleet: After More Than Fish," CIA 분석국, 1982.

"The Soviet fishing industry: prospects and problems," CIA 분석국, 1975.

"Russia's Kursk Disaster: Reactions and Implications," information report,
Office of Russian and European Analysis/Office of Transnational Issues, CIA,
2000년 12월 7일.

"MARITIME INTELLIGENCE REPORT," 2000년 8월 14일·15일·16일·18일,
ONI.

А.А. ЯКОВЛЕВ, "Государственный капитализм, коррупция и эффективн
ость госаппарата(국가 자본주의, 부패, 그리고 국가기구의 효율성)," ОБЩЕСТВЕ
ННЫЕ НАУКИ И СОВРЕМЕННОСТЬ, No.4, pp.18~25, 러시아 과학아카데미,
2010.

Шекультиров Батырбий Ильясович, "Коррупция в России как угроза государственной и национальной безопасности(국가 및 국가안보에 대한 위협으로서의 러시아 부패)," Серия: Регионоведение: философия, история, социология, юриспруденция, политология, культурология, no.2, pp.205~210, 아디게아 주립대학교, 2012.

보리스 엘친, "Борис Ельцин. Исповедь на заданную тему(보리스 옐친. 특정 주제에 대한 고백)," 오고녜크-바리안트 출판사, 1990.

Richard Connolly, "Economic and Technological Constraints on Russia's Naval Ambitions," 스웨덴 국방연구소, 2016.

러시아연방 대통령령 NO.1554 "ОБ ОБЪЯВЛЕНИИ ТРАУРА В СВЯЗИ С ТРАГЕДИЕЙ В БАРЕНЦЕВОМ МОРЕ(바렌츠해의 비극과 관련된 애도 발표)", 2000년 8월 22일.

러시아연방 대통령령 NO.1578 "О НАГРАЖДЕНИИ ГОСУДАРСТВЕННЫМИ НАГРАДАМИ РОССИЙСКОЙ ФЕДЕРАЦИИ ВОЕННОСЛУЖАЩИХ ВООРУ ЖЕННЫХ СИЛ РОССИЙСКОЙ ФЕДЕРАЦИИ И ГРАЖДАНСКИХ ЛИЦ(러시아연방 군인과 민간인에 대한 러시아연방의 국가상 수여)", 2000년 8월 26일.

Alexander A. Sergounin/Sergey V. Subbotin, "Russian Arms Transfers to East Asia in the 1990s," 스톡홀름 국제평화연구소, 옥스퍼드대학 출판부, 1999.

Graham H. Turbiville, "Mafia In Uniform: The Criminalization of the Russian Armed Forces," 외국 군사 연구실, 미 육군 지휘참모대학, 1995.

D.R. Herspring, "The Russian Military Faces 'Creeping Disintegration'," Demokratizatsiya, The Journal of Post-Soviet Demokratization 7(4), pp.573~586, 1999.

Cristina Chuen/Michael Jasinski, "Russia's blue water blues," Bulletin of the Atomic Scientists, Vol. 57, No. 1, pp.65~69, 2001.

Margarete Klein, "Russia's military capabilities: 'Great Power'ambitions and reality," SWP Research Papers RP, Stiftung Wissenschaft und Politik (SWP), German Institute for International and Security Affairs, 12/2009.

비즈니스 가이드 "Судостроение(조선)", Коммерсантъ(콤메르산트), 2010년 10월 25일(부록 37번).

Борис Кузнецов, ""Она утонула⋯": правда о "Курске", которую скрывают Путин и Устинов("그녀는 익사했다⋯": 푸틴과 우스티노프가 숨기고 있는 쿠르스크의 진실)," КПД 출판사, 탈린, 2013.

Устинов, Владимир Васильевич. Правда о "Курске"("쿠르스크"의 진실). ОЛМА Медиа Групп, 2005.

В.Н. Бойко, "Трагедии Северного Подплава(북부 잠수함 선원의 비극)," 고라이존트 출판사, 모스크바, 2016.

Балашов Алексей Игоревич, "Российская армия: смена модели(러시아군: 모델 변경)", Мир России. Социология. Этнология, vol.23, no.4, pp.148–177, 2014.

BUKKVOLL Tor, "RUSSIAN MILITARY CORRUPTION – Scale and Causes," FFI 리포트, 노르웨이 국방연구소, 2005.

Павлов Александр Сергеевич, "УДАРНАЯ СИЛА ФЛОТА – подводные лодки типа «Курск»(함대의 타격력 – 쿠르스크 유형의 잠수함)," НИПК Сахаполиграфиздат, 2001

도서출판 득수 소설

가라앉는 마음

1판 1쇄   2024년 12월 5일

지은이	홍기훈
펴낸이	김 강
편 집	최미경
디자인	토탈인쇄 054.246.3056
인쇄·제책	아이앤피
펴낸 곳	도서출판 득수
출판등록	2022년 4월 8일 제2022-000005호
주소	경북 포항시 북구 장량로 174번길 6-15 1층
전자우편	2022dsbook@naver.com
홈페이지	dsbook.modoo.at
ISBN	979-11-990236-0-4

값 17,000